ちくま文庫

読まずにいられぬ名短篇

北村　薫
宮部みゆき　編

JN286705

筑摩書房

目次

第一部

『動物のぞき』より「類人猿（抄）」「しこまれた動物（抄）」　幸田文　11

デューク　江國香織　21

第二部

その木戸を通って　山本周五郎　35

からっぽ　田中小実昌　85

第三部

まん丸顔　ジャック・ロンドン／辻井栄滋訳　143
焚き火　ジャック・ロンドン／辻井栄滋訳　157
蜜柑の皮　尾崎士郎　189
馬をのみこんだ男　クレイグ・ライス／吉田誠一訳　213
蠅取紙　エリザベス・テイラー／小野寺健訳　221
処刑の日　ヘンリィ・スレッサー／高橋泰邦訳　237

第四部

『南島譚』より「幸福」「夫婦」　中島敦　261
百足　小池真理子　291
百足殺せし女の話（抄）　吉田直哉　295

第五部

張込み　松本清張　305
武州糸くり唄　倉本聰　339
若狭　宮津浜　倉本聰　397
解説対談
——松本清張の代表作が倉本聰の手で時代物に！
北村薫・宮部みゆき　452

読まずにいられぬ名短篇

第一部

『動物のぞき』より

幸田文

幸田《こうだ》文《あや》

一九〇四―一九九〇

東京都生まれ。作家。小説家・幸田露伴の次女。一九四七年に『雑記』『終焉』など、父・露伴に関する作品を発表し注目を集める。その後、『黒い裾』で読売文学賞、『流れる』で新潮社文学賞、芸術院賞を受賞する。『おとうと』『猿のこしかけ』『きもの』など鋭敏な作家的感性と高い生活教養を感じさせる作品を多数発表。

類人猿（抄）

これは、歩きつきまでがゴリラに似てきたと云われて、そうかなと頷いているほど、ゴリラを手がけ馴れてきた人の話である。ある日、閉園間近であった。まばらだがお客さんの姿はまだあちこちしていた。各飼育係は夕がたで用が多く忙しく働いていた。「ビルが逃げた！」と伝えられた。ビルとはゴリラの名である。そこいらにいる飼育係たちもぽかんとしている。信じられないのだ。新しいコンクリートの小屋ができて、ゴリチンたちはそちらへ移ったばかり、厳重で頑丈な新居なのだ。

もっとも変んな気がしたのはその人である。自分の手でいまビルの檻の錠をさして来たばかりなのだ。「ビルが歩いている！」「お客さまのなかを旧類人猿舎のほうへ歩いてる！」と報告は矢つぎ早だ。もはやぽかんではない。急ぐ。

ビルはほんとに歩いていた、お客様のなかを！　だが、幸いなことにお客様は騒がないでいてくれた。お猿電車などで檻の外にいる猿を見なれているので、「散歩に出してある」と錯覚したのだ。勝手に出て来てしまったゴリラだと知ったら仰天だったろう。一大事は錯覚から生じた冷静で助かったのだ。知らぬが仏はお客さまだけで、知っている係たちは戦慄である。その人は夢中だった。――「でも、一ト眼でビルの後ろ姿は淋しそうだと見えました。こっちも興奮してましたけど、かわいそうだ！という気がしましたね」

どうした弾みかで檻から出て、外へ歩きだしたものの、知った顔はなし、頼りなくてつまらなく、うろうろしてしまったのだろうと云う。私はここまで聴いたとき、檻に長く飼われた動物の、外へ出てみたもののその行きどころなさを思いやって、そのあまりの淋しさに涙が出そうになった。

その人は「ビル！」と呼んだ。ビルはふりかえって、懐かしい人を見つけた。おそらくまっ黒けな手や顔でふりかえったのだろうけれど。……特有な声で、呼吸を刻んで喜び、その人へ手をつないで、何か云いかけるかのように顔をふりむけふりむけ、O字形の二本足で歩いて住いへ無事に帰ったのである。

「あのとき園のほうじゃ、万一あばれだしたら、もうしょうがないから撃っちまおうというんで、鉄砲を持ちだしていたんです。他の動物とちがってあれはどんなところでも登って越しちまいますからね。処置なしの状態になるんです。園としては動物中でも大切な動物であるビルを撃つというのは一大事なんですが、お客様に危険なときにそんなこと云っていられません。ほんとにあの時はかわいかったなあ！　なんとも云えない素直さで、手をつないで来たっけ。もしあばれられたらそれこそ大変だ」

それはどっちにとっても死闘だったかもしれないのである。お客がきゃあと叫び、あるいは彼が銃口を見つけたら、あるいはその人がまず立腹したり恐怖したりしていたら、ビルは死闘を辞さなかったろう。長年の飼育のなじみが花になって咲いたような話である。人と動物の間には理解しがたいいろいろもあるが、飼育係は動物の身になって考えてやれる人たちなのだ。そのゆえに、ビルの淋しさはずばりとわかってもらえたのである。

しこまれた動物（抄）

どういうわけで、その室に猿が放たれて自由にしていたのか知らないが、たしか病動物を置いておく室の隣の、係員の休息所だったかとおもう。寒い日で室のまんなかにストーブが焚いてある。その飼育の人は一トしごと終えて休み所へ休みに来た。動物園の人はみな粗末な服装をしている。身軽な作業衣でなくては、敏捷な動物や鳥どもを対手《あいて》にしごとができないし、よごれ作業もしなくてはならないからである。その人もしごとを一段落つけての休息だから、きっとそうしたゲートル姿だったろう。ガラス戸をあけて室に入る。出払って仲間は誰もいない。ストーブ近く椅子を引きよせてまず暖まった。家庭ではなくてしごと場なのだから、ほっと一ト休みするにしても、お茶ひとつ出ては来ないのだ。ふと見ると自分の隣に、いつも手がけ馴れている一匹の猿が来ていて、自分と並んで猿らしく人並な恰好で、ちょこんと膝を抱いてストーブにあたっている。燃えて暖かいストーブをまじまじ見つめて、黙ってすわって動かない。

「なんていうことないんだなあ、やつはあたってるんだ。ちょこんと、ちいっぽけで、そして並んですわってるんだなあ。やつはどんな気だか知れないけど、おれは、こいつがおれといっしょにいるなあ、と思ったよ」

　これがその飼育の人のことばである。猿のほうが先にそこにいたか、自分のあとから入って来たのか、思いだそうとしても、全然気がつかなかったので思いだしようもないという。そんなに彼は静かにそこへ出現していたのだ。おそらく、しっとりとしんみりと猿はすわっていたとおもう。孤独と親愛とが食い入ってくるような話だとおもう。それにこの一匹の猿の姿には、飼われているものすべての心が刻みこまれているとおもう。――なんてことないんだよなあ、やつはおれといる！　そうだろうと思う、そんなふうにふと並んですわっていられれば、猿のかわりにどの動物がいても、飼育の人たちはやはりみんなそんなふうにいい、いっしょにストーブにあたって暖をとるだろう。この猿がどこをどうしてこんな室へ入って来たのかは、私にはどうでもいいことである。

　こんな話もある。荒い猛々しい牛がいた。そのように荒い気性のものには人は辟易する。誰もいやがるものだ。あぶなさが付いているからだ。けれどもその人は牛の面倒を見た。こういうとき動物に対《むか》おうとする飼育者の心境というものは、きっとごく平穏なじみなものと察しる。この荒れ牛をいっちょう上手に取り鎮めてやらにゃならんなどという誇りや反撥ではあるまい。特別に荒いというけれど、どういうやつなのかなといった、淡々したものだろう。

とにかく、その人は持て余しものの牛を引受けて、毎朝、おい、どうだい機嫌は？と云って顔をあわせた。とうとう短い綱一本のたぐり加減で、自在に動かすことができるようになった。力も強く、からだも頑丈で、気性も剛気で、云うなれば位高きすぐれた牛なのだ。気に入らないことには妥協できないやつなのだ。ところが事情があって、その人は転勤することになって、牛を離れた。牛は折角、はじめて自分を知ってくれる、よき係を得て心楽しくなっていたろうに。何年かして、その人はその牛舎をおとずれた。牛の係の人たちは口々に、荒いと云う。牛はその人の手を離れて、ふたたび以前の荒れ牛にかえったらしく察しられた。行って見ると、なんとむざんな姿か。りっぱな角はがんじがらめに綱を巻きつけられ、鼻環には五本の綱がかけられ、身動きならぬまでの縛られようで立っていた。

「おぼえてましたよ、あたしをね。あいつはおぼえてた」と今でもまだうるみ声でその人は云う。牛がそのとき涙をこぼした、と云えば人は奇異に思うだろう。牛が泣くか泣かないか、私は知らないが、涙は出ても出なくても、己れを知ってくれた唯一人の人に会ったとき、涙のさしたと同じ眼で牛はその人を見つめたとおもう。

「ながく動物につきあってきましたよ。あの牛も想い出のひとつだ」と、むし暑い夏の夜その人は涼しげに語るのだが、ほんとに聴いていて汗がひいた。――その人は私にそう話していても、自分がその牛を扱いこなした手腕については、さほどのことに云っていないのである。ただひたすらに、牛の不幸を理解して云うのみだった。「かわいそうに、あいつはあんまりきついやつだったから、ふしあわせなんだ」と。飼われるものの、これも一つの姿である。

デューク

江國香織

江《え》國《くに》香《か》織《おり》

一九六四―

東京都生まれ。作家。一九八七年に『草之丞の話』で「小さな童話大賞」を受賞。以降、『きらきらひかる』で紫式部文学賞、『号泣する準備はできていた』で直木賞、『犬とハモニカ』で川端康成文学賞を受賞するなど受賞歴多数。他に『東京タワー』『間宮兄弟』『雪だるまの雪子ちゃん』、辻仁成とのコラボレーション『冷静と情熱のあいだ』『左岸』など。翻訳家、詩人としても活躍。

歩きながら、私は涙がとまらなかった。二十一にもなった女が、びょおびょお泣きながら歩いているのだから、他の人たちがいぶかしげに私を見たのも、無理のないことだった。それでも、私は泣きやむことができなかった。

デュークが死んだ。

私のデュークが死んでしまった。

私は悲しみでいっぱいだった。

デュークは、グレーの目をしたクリーム色のムク毛の犬で、プーリー種という牧羊犬だった。わが家にやってきた時には、まだ生まれたばかりの赤んぼうで、廊下を走ると手足がすべってぺたんとひらき、すーっとお腹《なか》ですべってしまった。それがかわいくて、名前を呼んでは何度も廊下を走らせた。（そのかっこうがモップに似ていると言って、みんなで笑った。）たまご料理と、アイスクリームと、梨《なし》が大好物だった。

五月生まれのせいか、デュークは初夏がよく似合った。新緑のころに散歩につれていくと、匂《にお》やかな風に、毛をそよがせて目をほそめる。すぐにすねるたちで、すねた横顔はジェームス・ディーンに似ていた。音楽が好きで、私がピアノをひくと、いつもうずくまって聴いていた。そうして、デュークはとても、キスがうまかった。

死因は老衰で、私がアルバイトから帰ると、まだかすかにあたたかかった。ひざに頭をのせてなでているうちに、いつのまにか固くなって、つめたくなってしまった。デュークが死んだ。

次の日も、私はアルバイトに行かなければならなかった。玄関で、みょうに明るい声で〝行ってきます〟を言い、表にでてドアをしめたとたんに涙があふれたのだった。泣けて、泣けて、泣きながら駅まで歩き、泣きながら改札口で定期を見せて、泣きながらホームに立って、泣きながら電車に乗った。電車はいつものとおり混《こ》んでいて、かばんをかかえた女学生や、似たようなコートを着たおつとめ人たちが、ひっきりなしにしゃくりあげている私を遠慮会釈《えんりょえしゃく》なくじろじろ見つめた。

「どうぞ」

無愛想にぼそっと言って、男の子が席をゆずってくれた。十九歳くらいだろうか、白いポロシャツに紺のセーターを着た、ハンサムな少年だった。

「ありがとう」

蚊のなくような涙声でようやく一言お礼を言って、私は座席にこしかけた。少年は私の前に立ち、私の泣き顔をじっと見ている。深い目の色だった。私は少年の視線にいすくめられて、なんだか動けないような気がした。そして、いつのまにか泣きやんでいた。

私のおりた駅で少年もおり、私の乗りかえた電車に少年も乗り、終点の渋谷までずっといっしょだった。どうしたの、とも、だいじょうぶ、とも聞かなかったけれど、少年はずっと私のそばにいて、満員電車の雑踏から、さりげなく私をかばってくれていた。少しずつ、私は気持ちがおちついてきた。

「コーヒーごちそうさせて」

電車からおりると、私は少年に言った。

十二月の街は、あわただしく人が往《い》き来《き》し、からっ風がふいていた。クリスマスまでまだ二週間もあるのに、あちこちにツリーや天使がかざられ、ビルには歳末大売り出しのたれまくがかかっていた。喫茶店に入ると、少年はメニューをちらっと見て、

「朝ごはん、まだなんだ。オムレツもたのんでいい」

ときいた。私が、どうぞ、とこたえると、うれしそうににこっと笑った。

公衆電話からアルバイト先に電話をして、風邪をひいたので休ませていただきます、と言ったのを聞いていたとみえて、私がテーブルにもどると、

「じゃあ、きょうは一日ひまなんだ」

少年はぶっきらぼうに言った。

喫茶店をでると、私たちは坂をのぼった。坂の上にいいところがある、と少年が言ったのだ。

「ここ」

彼が指さしたのは、プールだった。

「じょうだんじゃないわ。この寒いのに」

「温水だから平気だよ」

「水着持ってないもの」

「買えばいい」

自慢ではないけれど、私は泳げない。

「いやよ、プールなんて」

「泳げないの」

少年がさもおかしそうな目をしたので、私はしゃくになり、だまったまま財布から

三百円だして、入場券を買ってしまった。

十二月の、しかも朝っぱらからプールに入るような酔狂《すいきょう》は、私たちのほか誰もいなかった。おかげで、そのひろびろとしたプールを二人で独占してしまえた。少年はきびきびと準備体操をすませて、しなやかに水にとびこんだ。彼は、魚のようにじょうずに泳いだ。プールの人工的な青も、カルキの匂いも、反響する水音も、私にはとてもなつかしかった。プールなど、いったい何年ぶりだろう。ゆっくり水に入ると、からだがゆらゆらして見える。

とつぜんぐんっと前にひっぱられ、ほとんどころぶようにうつぶせになって、私は前に進んでいた。まるで、誰かが私の頭を糸でひっぱってでもいるように、私はどんどん泳いでいた。すっと、糸をひく力が弱まった。あわてて立ちあがって顔をふくと、もうプールのまんなかだった。三メートルほど先に少年が立っていて、私の顔を見てにっこり笑った。私は、泳ぐって、気持ちのいいことだったんだな、と思った。

少年も私も、ひとことも言わずに泳ぎまわり、少年が、

「あがろうか」

と言った時には、壁の時計はお昼をさしていた。

プールをでると、私たちはアイスクリームを買って、食べながら歩いた。泳いだあ

との疲れもここちよく、アイスクリームのあまさは、舌にうれしかった。このあたりは、少し歩くと閑静な住宅地で、駅のまわりの喧騒《けんそう》がうそのようだった。私の横を歩いている少年は背が高く、端正な顔立ちで、私は思わずドキドキしてしまった。晴れたま昼の、冬の匂いがした。

地下鉄に乗って、私たちは銀座にでた。今度は私が、〃いいところ〃を教えてあげる番だった。裏通りを十五分も歩くと、小さな美術館がある。めだたないけれどこぢんまりとした、いい美術館だった。私たちはそこで、まず中世イタリアの宗教画を見た。それから、古いインドの細密画を見た。一枚一枚、たんねんに見た。

「これ、好きだなぁ」

少年がそう言ったのは、くすんだ緑色の、象と木ばかりをモチーフにした細密画だった。

「古代インドはいつも初夏だったような気がする」

「ロマンチストなのね」

私が言うと、少年はてれたように笑った。

美術館をでて、私たちは落語を聴きにいった。たまたま演芸場の前を通って、少年が落語を好きだと言ったからなのだが、いざ中に入ると、私はだんだんゆううつになってしまった。

デュークも、落語が好きだったのだ。夜中に目がさめて下におりた時、消したはずのテレビがついていて、デュークがちょこんとすわって落語を見ていた。父も、母も、妹も信じなかったけれど、ほんとうに見ていたのだ。

デュークが死んで、悲しくて、悲しくて、息もできないほどだったのに、知らない男の子とお茶をのんで、プールに行って、散歩をして、美術館をみて、落語を聴いて、私はいったい何をしているのだろう。

だしものは、〝大工しらべ〟だった。少年は時々、おもしろそうにくすくす笑ったけれど、私はけっきょく一度も笑えなかった。それどころか、だんだん心が重くなり、落語が終わって、大通りまで歩いたころには、もうすっかり、悲しみがもどってきていた。

デュークはもういない。

デュークがいなくなってしまった。

大通りにはクリスマスソングが流れ、うす青い夕暮れに、ネオンがぽつぽつつきはじめていた。

「今年ももう終わるなぁ」

少年が言った。

「そうね」

「来年はまた新しい年だね」

「そうね」

「今までずっと、僕は楽しかったよ」

「そう。私もよ」

下をむいたまま私が言うと、少年は私のあごをそっともちあげた。

「今までずっと、だよ」

なつかしい、深い目が私を見つめた。そして、少年は私にキスをした。

私があんなにおどろいたのは、彼がキスをしたからではなく、彼のキスがあまりにもデュークのキスに似ていたからだった。ぼうぜんとして声もだせずにいる私に、少年が言った。

「僕もとても、愛していたよ」

淋《さび》しそうに笑った顔が、ジェームス・ディーンによく似ていた。

「それだけ言いにきたんだ。じゃあね。元気で」

そう言うと、青信号の点滅している横断歩道にすばやくとびだし、少年は駆けていってしまった。

私はそこに立ちつくし、いつまでもクリスマスソングを聴いていた。銀座に、ゆっくりと夜がはじまっていた。

第二部

その木戸を通って

山本周五郎

山本周五郎《やまもとしゅうごろう》

一九〇三―一九六七

山梨県生まれ。作家。一九二六年に発表した『須磨寺附近』が出世作。封建武士や市井の庶民の哀切を描く歴史小説を得意とし、四三年『日本婦道記』が直木賞に選ばれるも辞退。五九年に『樅ノ木は残った』が毎日出版文化賞、六一年に『青べか物語』が文藝春秋読者賞に選ばれるもいずれも辞退している。他の代表作に『山彦乙女』『赤ひげ診療譚』『正雪記』など多数。

一

平松正四郎が事務をとっていると、老職部屋の若い付番《つきばん》が来て、平松さん田原さまがお呼びですと云った。正四郎は知らぬ顔で帳簿をしらべてい、若侍は側へ寄って同じことを繰り返した。

「おれのことか、なんだ」と正四郎が振向いた、「平松なんて云うから、――ああそうか」と彼は気がついて苦笑した、「平松はおれだったか、わかった、すぐまいりますと云ってくれ」

正四郎は一と区切ついたところで筆を置き、田原権右衛門《ごんえもん》の部屋へいった。田原は中老の筆頭で、松山という書役になにか口述していたが、はいって来た正四郎を見ると口述を中止し、書役を去らせて、正四郎に坐れという手まねをした。正四郎は坐った。

「おまえはいつか、江戸のほうにあとくされはないと云ったな」と田原が訊《き》いた。

「はい、そう申しました」

「加島家と縁談の始まったときだ、覚えているか」

「はい、覚えています」

「私はおまえの行状を知っているから念を押して慥《たし》かめた、もしや江戸のほうに縁の切れてない女などがいはしないか、いるなら正直にいると云うがいいと、そうだろう」

正四郎は頷《うなず》いた。彼の顔にはほんのかすかではあるが、不安そうな、おちつかない色があらわれたけれども、それはすぐに消えて、こんどは力づよく頷き、そして確信ありげに云った、「仰《おっ》しゃるとおりです、それに相違ございません」

田原権右衛門は口を片方へねじ下げたので、皺《しわ》の多いその顔が、そちらへ歪《ゆが》み、まるでべっかんこでもするようにみえた。

「では訊くが、いまおまえの家にいる娘は、どういう関係の者だ」

「私の家にですか」正四郎は唾をのんだ、「私の家には娘などおりませんが」

「いるから訊くんだ」

「それはなにかの間違いです」彼の語調はそこでちょっとよろめいた、「御承知のように、御勘定仕切の監査のため、私は三日まえからこの城中に詰め切っています、ですから、留守になにがあったかは知りませんが、三日まえに家を出るまでは」

「おまえの家に娘がいるのだ」田原はひそめた声できめつけた、「しかもそれを、加島どのの御息女が見て来られたのだ」

正四郎は口をあいた、「――ともえどのがですか」

「ともえどのは昨日、おまえが非番だと思って訪ねてゆかれた」そこで田原はまた口を片方へねじ下げた、「手作りの牡丹《ぼたん》を持参され、おまえが城中へ詰めていると聞かれたので、家扶《かふ》の吉塚《よしづか》に壺を出させ、おまえの居間へ活けて帰られた、そのとき見知らぬ娘がいるので、どういう者かと問い糺《ただ》したところ、吉塚助十郎はたいそう当惑し、すぐには返辞ができなかった、やがてしどろもどろに、主人を訪ねてまいったのだが、どこから来たとも云わず名もなのらない、もちろん自分も見たことのない顔である、と申したそうだ」

正四郎の喉《のど》でこくっという音がし、眼には狼狽《ろうばい》の色があらわれた。

「それはなにかの間違いです」と彼は心もとなげに云った、「そんな女は私にも心当りはありませんし、下城したら早速」

田原権右衛門は遮って云った、「加島家から厳重な抗議が来ている、もしそれがおまえとくされ縁のある女なら、縁談はとりやめになるからそう思え」

「そんなことはありません、間違いにきまっていますから、お役があきしだい下城して、なに者がどうしてそんなことをしたか、よくしらべたうえすぐお知らせにあがります」

「用はそれだけだ」と田原が云った。

勘定仕切の監査は明くる日までかかった。そのあいだまる一日半という時間の経過が、正四郎にとってはもどかしいほど長く、またあまりに短く感じられた。早く事実を慥かめたい気持と、事実に当面するときを延ばしたい気持とが、表と裏から彼を責めたてたのである。

――たしかにおれは模範的人間じゃあない。

謙遜《けんそん》して云うことがゆるされるなら、道楽者と呼ばれる類に属するかもしれない、と正四郎は思った。しかしおれは芯《しん》からの道楽者ではない。あやまちを犯したあとでは、もう二度とこんなことはやるまいと、自分に誓うくらいの良心は持っていた。他人は信じないかもしれないが、女と切れるときも、無情だったり卑怯《ひきょう》だったりしたことはなかった。別れるときにはするだけのことをして、きれいさっぱり別れたものだ。

——本当にそうか、そうでなかった例は一度もないか、本当にか。

正四郎は考えこみ、それから、確信があるとは思えないような眼つきで、「ない」と心の中で呟《つぶや》いた。とすれば、訪ねて来て家にいるという女はなんだ。あの女はなに者だ、どういうわけのある女だ、おまえのなんだ。そう問い詰める田原権右衛門の声が、耳の中でがんがん響きわたるように思えた。

「平松さん」と勘定方の若侍が来て云った、「こちらの帳簿はもう済んだのでしょうか」

「ひら、——ああそうか、うん」と云って、正四郎は眼がさめたように首を振った、「それはまだ済まない、もう少し待ってくれ」

野上というその勘定方の若侍は、声をひそめて云った、「なにか御心配なことでもあるのですか」

正四郎は笑ってみせた。

「それならいいですが」と野上は云った、「下城したら石垣《いしがき》町の梅ノ井でお待ち申していると、村田どのからの伝言でございます」

勘定仕切が終ると、慰労の宴をするのが毎年のしきたりであった。正四郎が監査役になってからあしかけ三年、去年も石垣町の梅ノ井で酒宴があり、彼は江戸仕込みの蘊蓄《うんちく》のほどをみせて喝采《かっさい》を博した。今年は勘定奉行が交代して、村田六兵衛という老人になった。偏屈で有名な人物だと聞いていたし、今日はそれどころではないので、正四郎はきっぱりと断わった。

「だめですって」と野上は訊き返した、「どうしてですか」

「どうしてとはなんだ」正四郎は思わず高い声になった、「理由を云わなければいけないのか」

野上平馬は口をあき、なにやら云い訳めいたことを呟きながら、いそいで去った。

監査役の元締《もとじまり》は次席家老沢田孝之進で、監査に当るのは十人、平松正四郎はその支配であった。すっかり終ったのが午後五時、沢田老職に報告を済ませると、正四郎はまっすぐに堰端《せきばた》の家へ帰った。

二

田原権右衛門の云ったとおり、家にはその娘がいた。正四郎は娘に会うまえに、まず家扶の吉塚助十郎から仔細《しさい》を聞いた。

「一昨々日の午《ひる》まえでございました」と吉塚は話しだした、「玄関の内村がまいりまして、旦那さまに会いたいと、若い婦人が訪ねてみえたと申しますので、私はどきりと致しました」

三人の家士や小者、召使たちはこの城下の者だが、吉塚助十郎とその妻のむらは江戸から伴《つ》れて来た。正四郎の父は岩井勘解由《かげゆ》といって、信濃守景之《しなののかみかげゆき》の側用人《そばようにん》であるが、吉塚は先代から岩井家に仕えてい、正四郎が国許《くにもと》へ来るに当り、父が選んで付けてよこした。したがって、江戸における正四郎の行状をよく知っているから、女が訪ねて来たと聞いて驚いたのも、むりではなかったかもしれない。

「挨拶に出てみますとまったく見覚えのない方で、主人はお役目のため両三日城中から戻らぬ、と私は申しました」と吉塚は続けた、「ことづけがあったら申伝えましょう、いずれのどなたさまですかと訊きましたが、黙って立っているだけで返辞をなさいません」

娘の髪かたちやみなりは武家ふうであるが、見ると着物は泥だらけで、ところどころかぎ裂きができているし、髪の毛も乱れ、顔や手足にもかわいた泥が付いてい、履物は藁草履《わらぞうり》であった。

「なにかわけがあって来たのか、住居はどこかと繰り返し訊きましたが、ただ平松正四郎さまにお会いしたいと云うばかりで、そのうちにふらふらとそこへ倒れてしまいました」

「玄関でか」

「玄関でございます」と吉塚が云った。

やむを得ないので座敷へ抱きあげ、妻のむらに介抱をさせた。飢と疲労で倒れたらしい、気がつくのを待って、風呂へ入れてやり、むらの着物を着せ、それから食事はと訊くと、黙って頷いたようすが、いじらしいほどひもじさを示していた。食事をさせたあとで少し横にならせよう、疲れが直ったら仔細がわかるだろうから。むらがそう云うので、吉塚はその娘を妻女に任せた。

「娘はむらの云うことをすなおに聞き、食事のあとで横になると、二刻あまりもよく眠りました」と吉塚が続けて云った、「――眼がさめたので洗面をさせ、鏡台の前へ坐らせたが、自分ではなにもしようともしません、そこで妻が髪を直してやりながらいろいろ訊いたそうです」

だが娘は「正四郎に会う」ということ以外、なにも記憶していなかった。自分の家がどこにあるかも、自分の名さえもわからない。もちろん正四郎に会う目的もわかっていない、ということであった。

「おかしな話だ、くさいぞこれは」と正四郎は云った、「どこかにくさいところがある、なにかこれには裏があるぞ」

　吉塚助十郎はなにも云わなかった。

「その、――」と正四郎が訊いた、「加島のともえどのが来たとき、その娘を見たということだが、どこにいたんだ」

「お庭を歩いていたようです」と吉塚が答えた、「申上げたようなわけで、追い出すということもできません、貴方《あなた》がお帰りになればなにかわかるかと存じましたので」

　正四郎は手をあげて遮った、「それはいい、そんなことは構わないが、――こいつはうっかりするととんだことになるぞ」

「とにかく」と吉塚が云った、「お会いになってみてはいかがですか」

「よし会おう」ちょっと考えてから正四郎は頷いた、「客間へとおしておいてくれ」

　家扶が娘を案内したと云いに来てから、約四半刻《とき》して正四郎は客間へいった。そのまえに彼は次の間から、襖《ふすま》を少しあけて覗《のぞ》いて見、まったく見覚えのない顔だということを慥かめた。

　――誰かのいたずらか、罠《わな》だ。

　彼はそう思い、そんな手に乗るおれかと、些《いささ》かきおいこんで客間へはいっていった。

娘は十七か八くらいにみえた。ふっくりとした顔だちで、顎《あご》が二重にくびれ、眼も口も、小さく、鼻がほんの少ししゃくれている。軀《からだ》も小柄のようであるし、肩もまるく小さかった。むらの物を借りたのであろう、地味な鼠色小紋の着物に、黒っぽい帯をしめ、頭には蒔絵《まきえ》の櫛《くし》と、平打ちの銀の釵《かんざし》をさしていた。正四郎がこれだけのことを観察するあいだ、娘は眼を伏せたままじっと坐っていた。

「私が平松正四郎です」彼は切り口上で云った、「どういうご用ですか」

娘は眼をあげて彼を見た。彼はその眼を強く見返した。娘の小さな眼がぼうとなり、小さな唇がわなないたとみると、膝《ひざ》の上で両手を握りしめながら、やわらかにうなだれた。

「私は貴女《あなた》を知らない」と正四郎は云った、「貴女はこの私を知っていますか」

娘はうなだれたまま、ゆっくりと、かすかにかぶりを振った。

「私が貴女を知らず、貴女も私を知らないのに」彼は容赦なく云った、「どうしてここへ訪ねて来られたのですか」

三

娘はうなだれたまま、それが自分でもわからないのだ、と囁《ささや》くような声で答えた。正四郎は娘をみつめていた。芝居をしてもだめだ、こんな子供騙《だま》しにひっかかるような正さまじゃあねえ、お門ちがいだと、心の中であざ笑いながら。たぶん泣きだすだろうと思ったが、娘は泣かなかった。

「どういうことなのでしょうか」と娘はゆったりとした口ぶりで云った、「平松正四郎さまというお名のほか、わたくしなにも覚えておりませんの、自分がどこから来たかも、なんという名であるかも、どうしてここへまいったかも、まるでものに憑《つ》かれたか、夢でもみているような気持でございます」

「では私にもどうしようもないですね」正四郎は冷淡に云った、「——人を訪ねる約束がありますから、これで失礼します」

そして彼は立ちあがった。

家扶の吉塚は、どうだったか、と訊いた。正四郎はわからないと答えた。なにか曰《いわ》くがあるに違いないが、どんなからくりなのか見当がつかない。いずれにしてもかかわらないほうがいいから、すぐこの家を出ていってもらえ、おれは田原へいって来る、と正四郎は云った。そして、そのまま家をでかけ、竹坂の田原家を訪ねて権右衛門に会った。

「申上げたとおりです」正四郎は昂然《こうぜん》と云った、「私の知らない娘ですし、娘のほうでも私を知りません、まったく関係のない人間でございます」

「それならいいが」と云いかけて、田原は訝《いぶか》しそうに彼を見た、「――娘のほうでもおまえを知らないって」

「はい、当人がそう申しました」

「おかしいじゃないか、知らない娘が知らないおまえになんの用があって来たんだ」

「それもわからないというわけです」

正四郎は事情を語った。話の筋がとおらないので、田原権右衛門はなかなか納得しなかった。そこで正四郎は、誰かのいたずらか罠ではないかと思うと云った。――彼は岩井勘解由の三男に生れ、二十五歳まで部屋住であった。それが廃家になっていた平松を再興することになり、彼がその当主に選ばれた。平松は藩の名門で、旧禄《きゅうろく》は九百石あまり、家格は老職に属していた。再興された家禄はその半分の四百五十石、家格は参座《さんざ》といって老職に次ぎ、老職に空席ができればそこへ直る位置にあった。

「そのうえ御城代の御息女と縁組ができたのですから、私に好意を持つ者ばかりはないでしょう」と彼は云った、「ことによると私が江戸にいたころの噂《うわさ》を知っていて、いたずら半分に縁組だけでも破談にさせようと」

「ばかなことを」と田原は遮った、「仮にも侍たる者が、そんな卑しいまねをする筈はない、そんなことを想像するおまえ自身を恥じなければならん」

国許は国許同志であいみ互いか、と正四郎は心の中で思った。

「はい、では私自身を恥じます」と彼は云った、「それと、娘はすぐに出てゆかせるように命じましたから、どうぞお含みおき下さい」

「覚えておこう」と田原は頷いた。

田原権右衛門は昔から、父の勘解由と親しくつきあっている。そのため彼が江戸から来ると、父の依頼で監督者のような立場になった。城代家老の加島大学が、娘を遣《や》ろうと云いだしたのも、権右衛門の奔走らしいし、ともえという加島の娘も、彼はたいそう気にいっており、たとえば彼女が足軽の娘であっても、ぜひ妻に貰いたいと思うくらいで、正四郎は大いに田原老職に恩義を感じていたのであるが、こんどの出来事でその熱が少しさめた。城中で呼びつけたときの態度も冷たかったし、今日はまた面と向って、「自分を恥じろ」とまで云った。彼としては、あいそ笑いをしているところへ水でもぶちかけられたようなぐあいで、少なからずむっとせざるを得なかったのである。

「国許の人間は聖人君子ばかり、とでも云いたげな口ぶりじゃないか」外へ出ると正四郎はいまいましげに呟いた、「誰かのいやがらせでなくってどうしてこんなことが起こるんだ、江戸ならもうちっと気のきいた手を打つぜ、へっ、田舎者はすることまで間拍子が合やあしねえや」

正四郎は唾を吐き、すると、空腹なことに気がついた。よし、梅ノ井へいってやろう、と彼は思った。慰労の宴はちょうど活気づいたじぶんだろう、でかけていって暴《あば》れ飲みをしてやるか、そう思って彼は石垣町のほうへいそいだ。——正四郎はよく飲み、よくうたい、よく踊った。一座の中に敵でもいるような挑戦的な気分で、騒ぐだけ騒いだうえ酔い潰《つぶ》れてしまい、勘定方の者二人に、家まで担がれるようにして帰ったそうであるが、自分では殆んど覚えがなかった。

翌朝、眼がさめてみると、雨が降っていた。三日間は慰労のため非番なので、誰も起こしに来ないのをいいことに、もう一と眠りと思ったが、酔いざめの水を飲んでいるうちに、ひょいと顔をあげ、そのまま、なにを見るともなく眸子《ひとみ》を凝らしていた。そうか、とやがて彼は呟いた。そうだ、そうすればよかった、そうすればからくりがわかったんだ。そして彼は勢いよく起きあがり、寝衣《ねまき》のまま家扶の部屋へいった。

吉塚助十郎は茶を飲んでいた。

「あの娘はどうした」と正四郎はいきなり訊いた、「追い出してしまったか」

吉塚は湯呑を置いて、「それが、その」と口ごもって云った、「着物のかぎ裂きなどを繕っておりましたので、まだその」

「よし、それでよし」と彼は云った、「そのほうがよかったんだ、ちょっと考えたことがあるから、追い出すのは夕方にしてくれ、どいつの仕業かおれがつきとめてやる」

不審そうな顔をする吉塚助十郎に、彼はなにごとか囁き、寝間へ戻って横になった。正四郎は午ちょっとまえに起き、食事をしてまた寝間へはいった。五日間の疲れもあったし、これから自分のすることについて、充分に検討しておきたかったからである。――問題は簡単なのでいつか眠ってしまい、吉塚に起こされたのは三時過ぎであった。雨はさかんに降っており、助十郎は浮かない顔をしていた。娘は本当にゆく先がないらしい、どうも追い出すのは気が咎《とが》める、と云う。もし許してくれるなら、自分たち夫婦で暫く面倒をみてやりたい、などとも云った。

「だめだ、そこが向うの覘《ねら》いなんだ」と彼は首を振った、「そんなことをすれば田原に疑われて、加島さんとの縁組がこわれてしまう、いいからおれの云うとおりにしろ」

吉塚は、「たのもしからぬお人だ」とでも云いたげに正四郎を見、それから、蓑《みの》も笠《かさ》も揃《そろ》えてあると云った。

それからまもなく、正四郎は蓑を着、筍笠《たけのこがさ》をかぶり、尻端折《しりつぱしより》のから脛《ずね》に草鞋《わらじ》ばきで、家から一丁ほどはなれた、道の辻《つじ》に立っていた。三月下旬だから寒くはない。脇差だけ一本、蓑から出ないように鐺下《こじりさが》りに差し、横眼で自分の家のほうを見張っていると、やがて門の外へ娘が出て来た。

「いい雨だ」と彼は呟いた、「この降りのなかでは芝居もそう長くは続かないだろう、さあ始めてくれ」

吉塚夫妻の世話だろう、娘は雨合羽《あまがつぱ》を着、脚絆《きやはん》に草鞋ばきで、背中へ斜めに小さな包を結びつけ、唐傘《からかさ》をさしていた。門から出たところで、ちょっと左右を眺め、すぐにこっちへ歩いて来た。正四郎は辻へはいってやりすごし、そうして、十間ばかりあいだをおいてあとを跟《つ》けた。

娘は大手筋を左へ曲り、そのまま城下町をぬけて、畦道《あぜみち》を本街道のほうへ歩いていった。いそぐようすもなく、立停りもしなかった。左右を見るとか、振返るということもない。同じ足どりで、なにか眼に見えないものにでも導かれるように、まっすぐに歩いて行くのである。井倉川の橋を渡り、島田新田も過ぎ、あたりは黄昏《たそが》れ始めた。

「おい、どうするつもりだ」正四郎は口の中で云った、「まだ芝居を続ける気か、それともなかまがそっちにいるのか」

朝からの強い雨で、往来の人も殆んどない。ときたま馬を曳《ひ》いた農夫などと会うが、娘はそれも眼に入らぬというふうで、ますます昏《くら》くなる雨の道を歩き続けるのであった。正四郎は首をかしげた。おれが跟けていることを勘づいたのかな、いや、そうは思えない。それなら少なくともそぶりでわかる、とすると、なにもわからないと云うのが本当なのか。彼は高頬《たかほお》の、笠の紐《ひも》の当っているところへ、指を入れて掻《か》いた。

「まあ待て」と彼は自分に云った、「もう少しようすをみよう」

四

城下町から約一里半、まもなく本街道へ出ようとするところで、娘は道の脇にある観音堂へはいっていった。痩《や》せた松が五六本と、石碑のようなものが三つ建っているだけで、堂守りもいないという小さなものであるが、それでも縁側へあがれば雨をよけることはできた。——正四郎は通りすぎながら、娘が屋根の下へはいり、傘をすぼめるのを見、二丁ばかりいってから引返して来ると、娘に気づかれないように、その堂の横から裏へまわって、これも屋根の下へ身をひそめた。

「よく降りゃあがるな」彼は身ぶるいをしながら呟いた、「いつになったらあがるんだ、こいつはひでえことになりやがったぞ」

さっきは有難い雨だと思ったが、事が少しも進展せず、日昏《ひぐ》れとともに気温もさがり始め、しかもこう降りどおしに降られてみると、芯まで水浸しになったようで、いきごんでいた気持もどうやら挫《くじ》けかかって来た。娘はなにをしているのか、――彼は足音をぬすみながら、ごくゆっくりと前のほうへまわっていった。そしてかぶっている笠をぬぎ、堂の角からそっと覗いて見た。娘は縁側に腰をかけ、両肱《ひじ》を膝《ひざ》に突き、顔を手で掩《おお》っていた。よく見ると、軀が小刻みにふるえてる、かすかに「おかあさま」と云うのが聞えた。泣いているのだろう、その声は鼻に詰って、いかにも弱よわしく、そして絶望的なひびきを持っていた。

――これも芝居なのか。

ここまで芝居を続けるということが考えられるか。自分にこう問いかけながら、正四郎は胃のあたりにするどい痛みがはしるのを感じた。

「おかあさま」と咽《むせ》びあげる娘の声が聞えた、「――おかあさま」

正四郎は笠をかぶり、紐をしめた。そのとき道のほうで男の声がし、濃くなった黄昏の雨の中で、二人の男がこっちを見て立停った。正四郎はすばやくうしろへさがり、二人の男は道からこっちへ近よって来た。

――なかまか。

娘のなかまかと思い、ようすをうかがっていると、男たちの娘に話しかける声が聞えた。どちらも酔っているらしい、言葉つきから察すると、馬子《まご》か駕籠《かご》舁《か》きのように思えた。

「ねえちゃんどうしたね」と一人が云った、「こんなところにいまじぶんなにをしているんだ、旅装束でこんなところにぼんやりしていて、伴れでも待ってるのかい」

「え、――なんだって」ともう一人が云った、「もっと大きな声で云わなくちゃわかりゃしねえ、どうしたってんだ」

それからまをおいて、「おめえ家出をして来たのか」とか、「娘一人じゃあ危ねえ」とか、「おれたちがいい宿へ案内してやろう」などと云うのが聞えた。娘の言葉はなにも聞えなかったが、どうやら二人に説き伏せられたもようなので、正四郎はそっちへ出ていった。男たちは頭から雨合羽をかぶってい、一人が娘の手を取り、他の一人が傘をひろげていた。

「おい待て、それはおれの伴れだぞ」と彼は呼びかけた、「きさまたちなに者だ」

男たちはとびあがりそうになった。

「吃驚《びっくり》するじゃねえか、おどかすな」と傘を持った男が吃《ども》りながら云った、「そう云うてめえこそ誰だ」

「その娘の伴れだ」

「ふざけるな」と娘の手を取っている男がどなり返した、「伴れならどうして放っぽりだしにしておくんだ、いまごろのこのこ出て来やがって、てめえこの娘をかどわかそうとでもいうつもりだろう」

「そうだ、そんなこんたんにちげえねえ」と傘を持った男が云った、「娘さん、おめえこの男を知っていなさるのか」

娘は脇のほうを向いたままで、そっとかぶりを振った。

「私だぞ」と正四郎が呼びかけた、「平松正四郎だ、忘れたのか」

「いいかげんにしろ、娘さんは知らねえって云ってるじゃねえか」と傘を持った男が遮った、「おれたちは本宿の駕籠徳の者で、おれは源次こっちは六三、街道筋ではちっとばかり名を知られた人間だ、へんなまねをしやがるとただあおかねえぞ」

「そうか、駕籠徳の者か」と云って正四郎は笠をぬいだ、「それならこの顔を覚えているだろう、おれは城下の堰端にいる平松正四郎だ」

二人の男は沈黙した。夕闇のほの明りではあるが、正四郎の顔ぐらいは判別がつく。

六三という男がまず、握っていた娘の手を放しながら「旦那だ」と呟いた。

「おい源次、いけねえ」と六三が慌てた声で、手を振りながら云った、「堰端の平松さまだ、こりゃあとんでもねえまちげえだぜ」

「おめえ知ってるのか」

「うちのごひいきの旦那だ」六三はまた手を振り、正四郎に向っておじぎをした、「まことにどうも申し訳ありません、おみなりが変っているんで気がつきませんでした、わかればあんなきざなことは申上げなかったんで、へえ、やい源次、てめえも早くあやまらねえか」

「いや、わかればいいんだ」と正四郎は頷いた、「街道筋で名を知られたあにいたちにあやまらせる事は罪だからな」

「ひらに、どうかひらに」六三は頭へ手をやりながらおじぎをした、「このとおりですからどうか勘弁してやっておくんなさい」

「しかし、どうして」と源次がまだ不審そうに云った、「どうしてこの、旦那のお伴れは旦那を知らねえと云ったんですかね」

「それはおれにもわからない」と正四郎が云った、「この娘にはちょっとこみいった仔細があって、一と口で話すことはできないが、おれがかどわかしでないことだけは証明できると思う」

そして彼は娘のほうへ近よった。

「どうして私を知らないと云うんだ」と彼は娘に云った、「私が平松正四郎だということを忘れたのか」

娘はうなだれたまま答えなかった。

「本当に私を知らないのか――」

「わたくしは」と娘は低い声で云った、「――わたくしがいては、平松さまの御迷惑になると、うかがいましたので」

とぎれとぎれの、低く細い声であった。吉塚が話したのであろう、彼女がいては加島家との縁組に故障ができる、そう云って因果をふくめたに違いない。正四郎は顔を仰向けて深い呼吸をした。

「その話はあとのことだ」と彼は感情を抑えた口ぶりで云った、「いっしょに家へ帰ってくれ、私が頼む、帰っておくれ」

娘は答えなかった。

「旦那の仰しゃるようにしたらいいでしょう」と六三が娘に云った、「こんな雨でもあるし、うろうろしているととんでもねえことになりますぜ」

五

それから七日経って、正四郎は田原権右衛門の自宅へ呼びつけられた。田原家のある竹坂というのは町名で、実際には坂というほどの勾配《こうばい》はないのだが、そのゆるやかな坂道は赭土《あかつち》なので、ちょっと雨が降ってもひどいぬかるみになる。そのときもまえの雨ですっかりこね返されてい、田原家へ着くまでには汗まみれになっていたし、背中まで泥がはねていた。

田原権右衛門の話は、予期したとおりあの娘のことであった。正四郎は事情をよく語り、家扶夫妻も望むので、二人に預けて世話をさせていると答えた。黙って、ふきげんに聞いていた田原は、廊下越しに庭のほうを眺めながら、無表情に云った。

「それがおまえの申し訳か」

「私は」と彼は云った、「事実を申上げているのです」

「噂はすっかり弘《ひろ》まっている、本宿のほうでも評判になっているそうだが、加島家へはどう挨拶するつもりだ」

「これはわたくしごとで、加島家とはなんの関係もありません、したがって、べつに挨拶をするとか弁明をする、などという筋合はないと思うのです」と彼は云った、「あの娘は自分の家も知らず、ゆく先も、自分の名さえも覚えていません」

「それはもう聞いた」

「雨に降りこめられた夕闇の辻堂の中で」と彼は口早に続けた、「その夜の泊りもわからず、途方にくれて泣きながら、おかあさまと呼んでいる姿をごらんになったら、貴方にも見ぬふりはできないことでしょう」

「加島家から苦情が来ている」田原はまた庭のほうを見た、「その娘がまったく縁もゆかりもないのなら、そんな者のために大切な縁談をこわすことはない、もういちど私が口をきくから、娘はすぐ家から出てゆかせるがいい」

正四郎は額をあげて云った、「私には、あの娘を追い出すことはできません」

「そんなことを云い切っていいのか」

「私にはできません、理由はわかりませんが、とにかく私一人を頼みにして来た、ほかに頼る者がいないのですから」

田原権右衛門は暫くして云った、「——では、加島家のほうは破談にしよう」

「やむを得ません」と彼は云った、「これだけの事情をわかって頂けないとすれば、私としてもお心のままにと申上げるほかはありません」

「わかった、用事はこれだけだ」

正四郎は田原家を辞した。

彼は自分が正当だと信じているわけではない。世間一般からみれば、婚約者のある者が身許の知れない娘を、家に置くというのは非難されることかもしれないと思う。しかしこの場合は事情が違うのである。その事情の特殊な点を理解しようとせず、ただ世評や面目だけにこだわるとすれば、かれらのほうこそ非難されるべきではないか、と正四郎は思った。

「城代の娘を貰ったってなんだ」と彼はいきごんで呟いた、「女房の縁で出世をする、などと云われるくらいがおちじゃないか、こっちでまっぴらだ」

鮮やかな印象に残っているともえの、美しく賢《さか》しげな姿を掻き消そうとでもするように、正四郎は顔をしかめながら強く首を振るのであった。

吉塚の妻女のむらは、娘にふさという仮の名を付けた。江戸で嫁にやった自分の娘の名であるが、たいそう気性もよく、嫁にいったさきでもずっと仕合せになっているから、娘にあやかるようにと思って付けた、ということであった。――吉塚夫妻には喜兵衛という子があり、結婚して孫も一人できたが、これは江戸小姓役を勤めており、こちらでは夫婦だけのくらしなので、娘の世話をすることはたのしみのようであった。

ことに妻女のむらは娘を哀れがり、身のまわりの面倒をみてやりながら、どうかして彼女の記憶をよびさまそうと、辛抱づよくいろいろとこころみたらしい。幾人かの医者にも診察させてみたり、篠山《しのやま》というところの、権現滝にも打たせたりしたそうであるが、なにをやってみても効果はあらわれなかった。

「俗に神隠しとか、天狗《てんぐ》に掠《さら》われる、などということを申します」と或るとき吉塚が云った、「つい数年まえの話ですが、江戸の者が一夜で加賀の金沢へいった、自分ではなにも知らず、気がついてみると金沢城下で、日を慥かめたところ昨夜の今朝だった、ということです」

「うん」と彼は頷いた、「真偽はわからないが、その話は聞いたことがある」

「ほかにも大阪の者が知らぬまに長崎へいっているとか、いま座敷にいたと思った者が、そのまま行方知れずになって、何十年も戻らなかった、などという話がずいぶんございます、あの娘もそういう災難にあったのではないかと思いますが」

「そんなことが現実にあろうとは思えないけれども、——言葉の訛《なま》りなどで見当はつかないだろうか」

「言葉は江戸のようですが」と吉塚は首をかしげた、「しかし武家では、多少なりともその領地の訛りがうつりますし、それが江戸言葉と混り合いますから、どこの訛りという判断はむずかしかろうと存じます」

「では時期の来るのを待つだけだな」

「あるいは」と吉塚は主人の気持をさぐるように云った、「このままなにも思いださずに終るかもしれません」

正四郎はなにも云わなかった。

秋になるまで、正四郎はともえと三度、道の上で出会った。彼は思い切ったつもりでいながら、心の底には充分みれんがあったので、目礼をするときには、自分で顔の赤くなるのがわかった。ともえは三度とも盛装で、ひときわ美しく、小者と侍女を伴れていたが、彼の目礼をまったく無視し、路傍の人を見るほどの眼つきもせずに歩み去った。彼は恥ずかしさと屈辱のために、もっと赤くなり、汗をかいた。

「これでいいだろう」三度めのときに、彼は自分で頷いた、「うん、もうこれでいい、これできれいさっぱりだ」

そのころから、彼の身のまわりのことはふさが受持つようになった。正四郎にとっても、母親のようなむらより、若いふさのほうがよかったし、ふさはまた極めて早く、彼の気ごころや好みを理解していった。あとで考えると、吉塚夫妻がそのように躾けたらしいが、彼に仕えるふさの態度は、殆んど献身的といってもいいもので、彼はまたそんなにもおれが頼りなのかと思い、いじらしいという感情が、しだいに強くなるばかりであった。

「ふさどのはよほどお育ちがよいようでございますな」と吉塚が云った、「気性もしっかりしておられるし、挙措《きよそ》動作も優雅で、手蹟《しゆせき》のみごとなことはちょっと類のないくらいです」

六

吉塚夫妻だけでなく家の者たちみんなが、いつからかふさに敬称を付けるようになった、ということに、そのとき初めて正四郎は気がついた。

「あれで身許さえはっきりしていれば」と吉塚はさらに続けた、「どんな大身《たいしん》へ輿入《こしい》れをされても、決して恥ずかしくないでしょう、まことに惜しいようなお人柄です」

家扶《かふ》がなにを云いたがっているか、正四郎にはもう察しがついていた。

「つまり」と彼は云った、「おれにふさを貰えということか」

「それはいかがでございますかな」吉塚は考えぶかそうに云った、「御当家は名門ですし、ふさどのは身許のわからない方ですから、貴方がそのおつもりでも、おそらく老臣がたがお許しにはなるまいと思います」

「老臣がた——」彼の眼が光った、それは紛れもなく敵意と反抗をあらわしていた、「ふん」と彼は冷笑した、「名門といったところで、平松は廃家になっていたものだし、おれはその養子にすぎないじゃないか、嫁選びに干渉されるほどの家柄でもないだろう」

　こうして正四郎の気持は、田原権右衛門やともえに対する反抗から、動きだしたようであった。もちろんふさが好きでなかったら、そうむきにはならなかったであろう。彼女がいつ過去のことを思いだすかわからないし、そのとき事情がどう変るかも予測はつかない。そんな不安定な立場の者を娶《めと》るというのは冒険である。だが正四郎はいさましく、しかも田原権右衛門にぶつかっていった。

——吃驚《びっくり》して腰でもぬかすな。

　こう思って正面から斬り込んだ。娘にふさという名を付けたこと、自分はふさを妻に直すつもりであること、ついてはふさを田原家の養女にしてもらいたいこと、などを挑戦的な口ぶりで申述べた。あたまからどなりつけられ、拒絶されるものと覚悟をしていたのであるが、田原はどなりもせず、腰をぬかすほど驚きもしなかった。話し終るまで黙って聞いていたし、話が終ってからも暫く黙っていた。その顔には困惑の色がみえたけれども、怒ったようすは少しもなかった。

「ちょっとむずかしいな」やがて田原は静かに云った、「加島家のほうが破談になってまだまがないし、この十二月には殿の御帰国で勘解由どのも供をして来られるから、そのとき相談のうえということにしてはどうか」

　正四郎はちょっとわくわくした。

「それでも結構ですが」と彼は云った、「——貴方の御意見はどうでしょうか」

「おれの意見」と云って田原は屹《きっ》と彼をにらんだ、「おれの意見によっては思案を変えるとでもいうのか」

　正四郎は言葉に詰った。田原権右衛門の態度が予想を裏切って、殆んど好意を示すようにみえたため、うれしくなってつい失言してしまった。だらしのないやつだ、まるで追従《ついしょう》じゃないか、と彼は自分に舌打ちをした。

「口がすべりました」彼はいさぎよく低頭して云った、「仰しゃるとおり父が来るまで待ちます、いま申上げたことはお忘れ下さい」

　彼は明るい気分で田原家を出た。

　十二月十日に藩主が帰国し、側用人である父の勘解由もその供をして来た。そうして田原と父と話しあった結果、ふさを娶るということは正式に認められ、年が明けて二月八日に祝言がおこなわれた。ふさは田原家の養女となり、仲人は中老の沢橋八郎兵衛であった。——祝言から二日めのことであるが、勘解由は正四郎を呼んで、おてまえほど親にさからうやつはない、と怒った。よく聞いてみると、加島家との縁談は父の奔走によるもので、田原は取次をしたにすぎない、ということであった。

「加島家と親族になることは、おまえの将来にどれほど役立つかわからない」と父は云った、「おまえはたぶん、妻の縁故で出世するなどとは恥辱だとでも思ったのだろうが、そんな青くさい考えでは、平松という名門の家を再興させることはむずかしいぞ」

正四郎は黙っていた。問題がこうなったのは自分の責任ではない、自分はともえを貰いたかったのだ、そう云おうとしたが、いまさら弁解したところでどうなるものでもなし、いまではふさを愛してい、現に結婚したという事実があるので、黙って小言を聞くよりしようがないと思った。

「ふさとの結婚も、田原が熱心にすすめたから承知したのだ」と勘解由は云った、「そこをよく考えて、これからのち家中《かちゅう》のもの笑いにならぬよう、しっかりやらなければいけないぞ」

正四郎は黙って辞儀をした。

ふさとの生活は順調にいった。勘解由は城中に寝泊りしていたが、十日に一度くらいの割で訪ねて来、ごく稀《まれ》に泊ってゆくというふうであったが、十日に一度が七日に一度となり、夏のころには五日め三日めと、だんだん訪ねて来る度数が多くなったし、泊ってゆく例も多くなるばかりだった。——口には出さないが、よほどふさが気にいったようすで、来るとふさを側からはなさず、夕餉《ゆうげ》のあとで酒を飲みだしたりすると、酌をさせながらいい機嫌に話し興じて、寝るのも忘れるというようなことさえしばしばあった。

「父上、もう四つ半（十一時）を過ぎましたよ」とがまんを切らして正四郎が云う、

「朝が早いんですからこのくらいにしておいて下さい」

「おれに遠慮するな」と勘解由は手を振る、「おまえは構わず寝てしまえ、おれはもう少し飲むからふさは借りて置くぞ」

ふさは特にもてなしがうまいというわけではない。背丈のやや高い軀つきも、剃《そ》りあとの霞《かす》んでいるような眉や、ふっくりとくびれた顎のめだつ顔つきも、おっとりとしめやかで、立ち居や口のききかたは、むしろ間伸びがしているといってもよかった。吉塚助十郎が「優雅だ」と云ったのはそういうところをさしたのであろう。見馴れるにつれて、その間伸びのした動作や口ぶりが、こちらの気持までゆったりとおちつか

せ、なごやかにさせるようであった。初めに吉塚夫妻、次に家士や小者たち、そして勘解由までが彼女に惹《ひ》かれたのも、そういう点に魅力を感じたからに相違ない。父がふさを相手に、飲みながら話し飽かないようすは、みるからにたのしそうで、正四郎は思いがけない孝行をしているような、誇りかな気分を味わうのであった。

十月下旬、信濃守景之は参覲《さんきん》で出府し、勘解由もその供をして去ったが、出立のまえの日に訪ねて来て、ふさに「世話になった」とかなり多額な餞別《せんべつ》を与え、また正四郎を呼んで、ふさを大事にしろと云った。

「おまえなどには勿体《もったい》ないような嫁だぞ」と勘解由は云った、「――こんど来るときには孫の顔を見せてくれ」

七

勘解由にはもう孫が一人あった。江戸にいる長男、幸二郎の子で鶴之助《つるのすけ》といい、もう三歳になったのである。したがって、「こんど来たときは孫の顔を見せてくれ」という言葉はふさに対する愛情の深さを示すものだ、と正四郎は思った。

十一月に加島家のともえが結婚した。相手は納戸《なんど》奉行《ぶぎょう》の長男で、渡辺幾久馬《きくま》といった。彼は結婚するとまもなく、江戸詰の中小姓にあげられ、夫妻そろって城下を去った。それから初めて、田原権右衛門が正四郎とふさを自宅へ招き、自分も平松家へ訪ねて来るようになった。

「破談にした責任があるからな」と田原は苦笑しながら云った、「ともえどのが嫁《とつ》ぐまでは、往来を遠慮するほうがいいと思ったのだ」

それは田原へ二人が招かれたときのことであるが、さも肩の荷をおろしたというような権右衛門のようすを見て、正四郎はいつか父の云ったことを思いだし、腑《ふ》におちないので訊いてみた。

「父は貴方がふさをすすめて下すったように云っていましたが、本当ですか」

「それがどうかしたか」

「私は——」と彼はちょっとまごついた、「私は貴方が怒っていらっしゃるとばかり思っていました」

権右衛門はあいまいに笑った、「ふさのような娘をもし追い出していたら、そのときこそおれは本当に怒っただろう」

「しかし貴方はまだ、ふさを御存じなかった筈ですがね」

「まあいい、飲め」と田原は云った。

どうも納得のいかないところがあるので、帰宅してから吉塚助十郎に訊いてみた。そしてわかったことは、正四郎が登城している留守に、田原が訪ねて来てふさに会い、初対面ですっかり気にいったのだという。そのときの口ぶりでは、ともえとの縁組には初めから反対で、城代家老の女婿《むすめむこ》になるなどとはつまらぬやつだ、ともらしたそうであった。正四郎はそれを聞いて唸《うな》った。

「それでは、あのとき怒ったのは体裁をつくるためだったのか」と彼は云った、「――いやなじじいだな」

いやなじじいなどとは云ったが、ここでもふさが人に好かれるということを慥《たし》かめて、彼は少なからず気をよくし、田原が訪ねて来るとできる限り歓待した。

年があけるとすぐ、吉塚の妻がふさの懐妊したことを告げた。彼はしめたと思った。これでまた父によろこんでもらえるぞ、――そう思っていたとき、それまでの幸福な生活に、初めて不吉な影がさした。正月下旬の或る夜半、寝所の襖《ふすま》があいたので眼をさますと、寝衣《ねまき》姿でふさがはいって来た。妻のほうからおとずれるという例はなかったので、「どうかしたか」と彼は呼びかけた。ふさはその声が聞えなかったらしく、黙って戸納《とだな》のところへゆき、その前で立停った。

「ふさ」と彼はまた云った、「どうかしたのか」

ふさはじっと立っていて、それから口の中でそっと呟いた。

「お寝間から、こちらへ出て、ここが廊下になっていて」ふさは片手をゆらりと振り、なにかを思いだそうとして首をかしげた、「——廊下のここに、杉戸があって、それから」

正四郎はぞっとした。冷たい手でふいに背筋を撫《な》でられでもしたように、肌が粟立《あわだ》つのをはっきりと感じ、われ知らず立ちあがって妻のほうへいった。ふさは過去のことを思いだしたのだ、と彼は直感した。その「過去」はふさを彼から奪い取るかもしれない、それを思いださせてはならない。彼はそう思って妻の肩へ手を置き、そっと囁くように云った。

「ふさ、眼をさませ」と彼は云った、「おまえ夢をみているんだ」

ふさはゆっくりと振返った。その顔はいつものふさのようではなかった。壁の表面のように平たく、無表情で、その眼はまるで見知らぬ他人を見るような、よそよそしい色を帯びていた。正四郎はまたぞっと総毛立った。

「ふさ」彼は妻の肩を摑《つか》んでゆすった、「眼をさませ、ふさ、おれだぞ」

するとふさの顔がゆるみ、全身の緊張のゆるむのがわかった。彼女はしなやかに良人《おっと》の胸へ凭《もた》れかかり、いかにも安堵《あんど》したように溜息《ためいき》をもらした。

「わたくしどうしたのでしょう」

「こんなに冷えてしまった」彼は妻の背を撫でながら云った、「風邪をひくといけない、ここでいっしょに寝ておいで」

「わたくしなにか致しまして」

「なんでもないよ」彼は自分の夜具の中へ妻と横になり、じっと抱き緊めながら云った、「なにもしやあしない、夢をみていただけだ」

ふさは良人の腕の中で頷《うなず》き、まもなく静かな寝息をたてて眠った。

——躯の変調のためだ。

妊娠したために、躯の調子が狂ったのであろう。正四郎はそう思ったが、その夜の出来事は忘れられなかった。ふさは紛れもなく過去のことを思いだしたのだ。寝間をこっちへ出て、廊下のここに杉戸があって、——そう呟《つぶや》きながら首をかしげていた姿は、まえに住んでいた家の間取を思いだしたのに相違ない。そして、あの面《おも》変りのした顔と、他人を見るような冷やかな眼、——あのとき妻は過去の中にいたのだ。そんなことはないと、いくら否定してみても、自分の直感した事実は動かしようがなかった。

「いつかまた同じようなことが起こる」と彼は呟く、「こんどはもっとはっきりと、過去のすべてを思いだすかもしれない」

家にいても、登城していても、当分はそのことが頭から去らず、夜半に眼をさまして、そっと妻の寝所を覗いたことも幾たびかあった。そんなことが三十日ほど続くと、やがて彼も肚《はら》をきめた。

「いいじゃないか」と彼は自分に云った、「思いだした過去がどうであろうと、こっちはもう結婚してしまったし、身ごもってさえいるんだ、条件がどんなに悪くとも、この生活を毀《こわ》すことができるものか」

正四郎は力んだ気持で、どんな相手があらわれようと決してあとへはひかぬぞ、と思った。

その後はなにごともなかった。ふさの軀は順調で、ちょっと夏痩せはしたが、秋になるとすっかり健康を恢復《かいふく》し、十月中旬に女の児を産んだ。赤児も丈夫だし、母躰にも異状はなかった。ふさは恥ずかしそうに、女の子ではお父さまががっかりなさるでしょう、と云った。正四郎は首を振って、江戸には男の孫があるから、女の子のほうが却《かえ》ってよろこぶだろう、と云った。――父の来るまで出産のことは知らせずにおくつもりだったが、信濃守景之が寺社奉行に任ぜられたため、父の来られないことがわかったので、半月ほどおくれたが、手紙で出産のことを知らせた。

八

子供には正四郎の母の名をもらってゆかと付けた。

「いいお名だこと」ふさはうれしそうに、産褥《さんじょく》で赤児に頬ずりをした、「――ゆかさん、可愛いきれいなゆかさん、お丈夫に育ってちょうだいね」

正四郎は枕許に坐って、涙ぐんだような眼つきで、そのようすを眺めていた。

穏やかに日は経っていった。ふさの肥立《ひだ》ちは好調で、乳も余るほど出たし、その翌年の三月、ゆかは麻疹《はしか》にかかったが、それも無事に済んだ。江戸の父からは「ゆかのようすを知らせろ」とうるさいほど云って来、母はふさに宛てて、子の育てかたを繰り返し書いてよこした。田原権右衛門もよく訪ねて来、これはまだ孫に恵まれないためだろう、危なっかしい手つきで抱いて、庭の中を飽きずに歩きまわったりした。

八月十五日の夜、正四郎は妻とゆかとの三人で月見をした。庭の芝生へ毛氈《もうせん》を敷き、月見の飾り物を前に酒肴《しゅこう》の膳《ぜん》を置いた。雪洞《ぼんぼり》をその左右に、蚊遣《かや》りを焚《た》かせ、正四郎もふさも浴衣にくつろいで坐った。かた言を云い始めたゆかは、屋外の食事が珍しいので、母と父の膝を往き来しながら上機嫌にはしゃぎ飾り物の団子《だんご》をたべるのだと、だだをこねて泣いたりした。これは明日焼いてたべるものだ、と正四郎がなだめると、ゆかはつんとして、「たあたまはあたらとちりろだ」などと云った。

「あたらとちりろとはなんだ」と彼は妻に訊いた。

「さあ、なんでしょうか」ふさはやわらかに微笑した、「田原さまがなにかお教えになったのでしょう、わたくし存じませんわ」

年寄は面白がって子供にかた言を云わせたがる、困ったものだと思ったが、彼は口には出さなかった。

平松家の庭はかなり広い、正面が松林のある丘で、その上に登ると城がよく見える。百坪ばかりの芝生には、ところどころ刈込んだ玉檜《ひのき》の植込があり、そこから右は梅林で、梅林の先は板塀になっていた。——月は松林の左の端から出た。空には雲が多いので、昇るとまもなく雲に隠れたが、青白く染まった雲が、黒い松林を鮮やかに映しだすさまも、一つの眺めであった。月が昇るとまもなく、ゆかがうとうとし始めたので、ふさは寝かしに伴れていった。

正四郎は独りで飲んでいたが、やがて、芝生で鳴く虫の声が止ったので、振返ってみるとふさが戻って来た。右手に銚子《ちょうし》を持って、いつものゆったりとした足どりで近よって来たが、ついそこまで来ると、ふと足を停めた。そのとき雲から月がぬけだして、ふさの顔が明るく浮きあがって見え、正四郎は持っている盃《さかずき》をとり落しそうになった。

——あの晩の顔だ。

ふさの顔は面変りをして硬ばり、大きくみひらかれた眼はなにかを捜し求めるように、庭の一点を凝視していた。正四郎は黙って、妻のようすを見まもった。耳の中で血がどっどっと脈搏《う》ち、口をあかなければ呼吸ができなかった。ふさは歩きだした。梅林のほうへ向って、一歩ずつ拾うように、——正四郎も立ちあがり、はだしのまま妻のうしろから跟いていった。二十歩ばかりゆくとふさはまた立停った。

「これが笹の道で」とふさは呟いた、「そしてこの向うに、木戸があって——」

正四郎がそっと囁《ささや》いた、「さあ、それからさきを思いだすんだ、さあ、その木戸の外はどうなっている」

ふさは身動きもせず、口をつぐんだままじっと立っていた。

「ふさ——」彼はそっと妻の肩に手をかけ、低い囁き声で云った、「よく考えてごらん、それは自分の家なのか、おまえの家の庭なのか、木戸を出るとどこへゆけるんだ」

ふさはゆらっとよろめき、持っていた銚子を落した。正四郎は両手で妻を支えた。

するとふさは吃驚したように良人を見て、軀をまっすぐにした。

「わたくしどうかしたのでしょうか」

いつもの顔、いつもの眼に返っていた。

「いまおまえは昔のことを思いだそうとしていたんだ」と彼は云った、「私が云うから眼をつむってごらん」

「いいえ」ふさはかぶりを振った、「わたくしこのままで仕合せですの、昔のことなど思いだしたくはございません」

「しかし思いだすときが来るんだ」と彼はやさしく云った、「おまえは覚えていないだろうが、まえにもいちどこんなことがあった、きっとまたいつか同じようなことがあるだろう、それならいっそ早いほうがいいじゃないか、さあ、眼をつむってごらん」

ふさは眼をつむった。

「いまおまえは、――」と彼は声をひそめて、ごくゆっくりと囁いた、「笹の道を歩いて来た、庭を歩いて来たのだろう、ここが笹の道だ、そして向うに木戸がある」

ふさは眼をつむったまま、ひっそりと息をころしていた。

「笹の道をとおって、木戸へ来た」と彼は静かに続けた、「その木戸を出るんだ、さあ、木戸の外はどうなっているか」

正四郎は呼吸を詰めて待った。ふさは黙って立っていたが、やがてかぶりを振った。

「なにもわかりません」眼をあきながらふさは云った、「いま仰しゃったことは、わたくしが云ったのでしょうか」

「おまえが云ったのだ」

ふさはまたかぶりを振った、「わたくしにはなにも思いだせません、そんなことを云ったことさえ覚えがございません」

「気分が悪くはないか」

「いいえ」

「それならいい」と彼は妻の肩を撫でた、「もう少し二人で月を見よう、そこに銚子が落ちているよ」半ば失望し、半ばほっとしながら、正四郎は毛氈のほうへ戻った。

正四郎はまた暫くのあいだ、ひそかに妻を監視することで神経を疲らせたが、かくべつ変ったこともなく、その年は暮れた。

九

明くる年の三月、――例年の勘定仕切が始まり、正四郎は監査のため、終りの五日は城中に詰めきった。その三日めのことであるが、午《うま》の刻ちょっとまえに、家扶の吉塚が面会に来た。城中に詰めているときは、私用の出入りは禁じられていたが、「急用」ということで取次がれたらしい。ゆかが病気にでもなったのかと思いながらいってみると、吉塚助十郎は西ノ口の外に蒼《あお》い顔をして立っていた。

――ふさだな。

正四郎はそう思った。家扶の硬ばった蒼白い顔が、妻になにごとか起こったことを示しているように感じられたのである。吉塚は眼を伏せながら、そのとおりだと云った。

「どうしたのだ、病気か」

「お姿がみえないのです」と吉塚は云った、「昨日の夕方のことですが、ゆかさまと庭にいらしって、そのままどこかへ出てゆかれたらしく、お捜し申したのですがいまだに行方がわからないのです」

いよいよ来たな、と彼は思った。予期していたことが現実になった、という感じがまっ先に頭にうかんだ。

「待っていてくれ」と彼は云った。

正四郎は老職部屋へゆき、田原権右衛門に会った。田原も非常に驚いたのだろう。すぐにはものが云えないというようすだったが、やがて、「おれが手配をしよう」と云い、正四郎の下城はゆるさなかった。――彼は吉塚にその旨を告げて役部屋へ戻り、自分の事務に専念した。監査の事務は単調であるが、検察と帳簿の照合が主になっているため、他のことで頭を使うようなゆとりはなかったし、彼自身、妻のことを考えるのが恐ろしかったので、できる限り仕事に熱中するように努めた。

――妻がみつかれば知らせがある。

そう思っていたが、田原からなにも云って来ないまま、監査が終った。いつもの例で、石垣町の慰労の宴に招かれたが、正四郎は断わってまっすぐに家へ帰った。

ふさの行方はまだわからなかった。心配していたゆかは元気で、母がいなくなったこともさして気にせず、召使や吉塚のむらを相手に、よく遊び温和《おとな》しく寝たということであった。――話を聞いてみると、その夕方ふさは庭でゆかと遊んでいたが、ゆかの泣き声が聞えたので、吉塚のむらが出ていってみると、ゆかが一人で泣いていた。

お母さまはと訊くと、梅林のほうを指さして、「あっち」と云う。それで梅林のほうを見てまわったがいない。家の中を捜し、屋敷まわりを捜しているうちに日が昏《く》れ、それでも姿がみえないので、吉塚は本街道、家士たちは山街道と、手分けをしてつぶさにしらべた。——山街道のほうは領境に番所があり、そこで訊いたが、ふさらしい女性の通ったのを見た者はなかった。本街道のほうは下宿《しもじゅく》と上宿、本宿まで、馬、駕《か》籠《ご》の問屋はもちろん、旅館をぜんぶ当ってみた。しかしその道は人馬の往来がはげしいので、はっきりしたことはわからなかった。

吉塚は役人に頼み、街道の上下十里に手配をしてもらったが、ついにふさの姿はみつからなかったという。田原権右衛門はさらに遠くまで手を打ったらしいが、ふさは金を持っていないし、女の足でこれだけすばやい手配の先を越せる筈はないので、三日も経ったいまでは、まずみつかる望みはないだろう、と吉塚は語った。

「じつは一つだけ、申上げなかったことがございます」と語り終ったあとで吉塚が云った、「奥さまが初めてここへみえたときのことですが」

正四郎は家扶の顔を見た。

「あれは貴方を訪ねて来られたのではなかったのです」と吉塚は続けた、「事実は、私が外出して戻りますと、門前にぼんやり立っておられ、ここはどなたのお屋敷かと訊かれました、私は平松正四郎さまであると答え、どなたをたずねているのかと訊き返しました、すると奥さまは暫く考えておられましたが、いま聞いた名が頭に残ったのでしょう、平松正四郎さまをたずねている、と仰しゃったのでございます」

すべての記憶を失っているとき、初めて聞いた名が深く印象に残り、その名が自分のたずねる人のものだ、というふうに思いこんだのであろう。正四郎は顔をそむけた。

「もういい、わかった」と彼は云った。

では本当にたずねる人を思いだして、そちらへいったのであろうか。彼はそう思ったが、すぐに首を振った。――あしかけ四年も夫婦でい、三歳になる子まであるのに、なにを思いだしたからといって突然、書置も残さずに出奔するということはない。そんな無情なことがふさにできる筈はない、彼は心の中で云った。

「ゆかはどこにいる」

「私の住居におられると思います」

「さがってくれ」と彼は云った。

吉塚が去ると、正四郎は立ちあがった。立ちは立ったけれども、そのまま放心したように、腕組みをして眼をつむった。

「来たときのように、いってしまったのだな、ふさ」と彼は囁いた、「――いまどこにいるんだ、どこでなにをしているんだ」

雨の降りしきる昏れがた、観音堂の縁側に腰をかけて、途方にくれていたふさの姿が、おぼろげに眼の裏へうかんできた。彼の顔がするどく歪《ゆが》み、喉へ嗚咽《おえつ》がこみあげた。彼はむせび泣いた。縁側へ出て行き、庭下駄をはいて歩きだしながらも、むせび泣いていた。

正四郎は芝生の端のところで立停り、懐紙で顔を拭くと、梅林のほうを見まもった。――笹の道の、そこに木戸があって、……

ゆかは母がそっちへいったという。ふさはその木戸を通っていったのだろう、彼は現実にはないその木戸と、そこに立っている妻の姿が見えるように思えた。しかしふさは帰って来る、と彼は思った。こんどは良人があり、ゆかという子供がある、それを思いださないということはあるまい。いつかは必ず思いだして帰るだろう、――この木戸を通って。正四郎は片手をそっとさしのべた。

「みんながおまえを待っている、帰ってくれ、ふさ」彼はそこにいない妻に向って囁いた、「帰るまで待っているよ」

うしろのほうで、わらべ唄をうたうゆかの明るい声が聞えた。

からっぽ

田中小実昌

田中小実昌《たなかこみまさ》

一九二五—二〇〇〇

東京都生まれ。牧師の父を持つ。敗戦後、中国より復員。東京大学中退後、的屋、ストリップ劇場の従業員など様々な職を転々としながら下積みの大衆芸人やストリップ嬢を題材としてエッセイを書く。また、チャンドラーなどの推理小説の翻訳でも高い評価を得た。一九七九年「浪曲師朝日丸の話」「ミミのこと」で直木賞、短篇集『ポロポロ』で谷崎潤一郎賞を受賞。その他の代表作に『自動巻時計の一日』『乙女島のおとめ』『アメン父』など。

いつまでながめていても、フライド・チキンのこんがり揚《あ》がった色もかわらないし、サラダにはいったイタリアン・オリーヴの黒いつやもきえてなくなるわけではない。

頭からバターをたらしているハット・ロールも、どんなににらみつけても、その化《ば》けの皮がはげるけはいもなさそうだ。

まっ白な紙皿にもられたこれらのごちそうは、あたりまえのことのように、すこぶる無邪気《イノセント》にわたしのまえにおかれている。

大きなグラスにはいったミルクは、いつかその正体をあらわしてむらさき色の毒薬にかわるだろうか？

わたしがどんなにするどい眼力をもっていても、いっしんふらんのおまじないをしても、これらは紙皿にもられ、机の上にあるあいだはチャーミングなごちそうの姿のままでいるだろう。

——かんたんなことよ。わたしは行動をすればいいんだわ。たちあがって、紙皿をつかみ、ちり箱のなかにほうりこんでしまう。

その瞬間、このごちそうは、みにくい、おそろしい正体をさらけだす。サラダは蛆《うじ》の塊に、イタリアン・オリーヴはそれにたかった蠅にかわり、フライド・チキンは芋虫になって、ちり箱のなかのタイプ用のカーボン紙のあいだにすべりおちる。ああ、こわい！

わたしはまたお伽話をしている。わたしがお伽話を読むのがすきなのはいいけれど、こんなときに、なんのためにお伽話なんかはじめるのだろう。

わたしはこのごちそうについて、ちゃんとかんがえ、かんがえた結果にしたがって、それこそ行動すべきだ。

わたしはこのフライド・チキンとサラダとハット・ロールがたべたいけれど——、いや、たべたくない、たべるわけにはいかない。

しかし、トイレットのことさえなければ、たべたってかまわないんだから……。

とにかく、わたしは基地の日本人食堂にいかなくてはならない。昼食なんかはどうでもいいが、トイレをこのままがまんしているわけにはいかない。ここにはわたしのトイレはないのだ。

だから、もしこの紙皿の上のごちそうをたべると、食堂にいけなくなり、つまりトイレにいくチャンスがなくなってしまう。

オフィスの壁にかかった電気時計の長針が、ピョン、とはねて1の字におぃつく。十二時五分。基地《ベース》の日本人食堂にいくトラックは、お正午《ひる》にこの弾薬部をでるということだった。

もうトラックはでてしまったのではないだろうか。

またはじまった。そんな心配はなんにもならない心配。

わたしがかんがえなくちゃいけないのは、わたしの目の前にある紙皿のなかのごちそうを、どうじたいするかということなのだ。

——お昼はもういただきましたから。

だめ、だめ、わたしは朝からずっとこのオフィスにいるんだもの。

——お腹をこわしてる、って英語でどういえばいいのかな。それでは、食堂にもいけなくなる。

——たいへんなごちそうで、ご好意は感謝しますけど、わたし、ほんとに、けっこうなんです。どうか、その理由はおききにならないでください。

おや、おや、こんどはわたしはお芝居をはじめている。こんなにせっぱづまった、だいじなときなのに――。

だけど、あたしはそんなにせっぱづまっているのだろうか。

この五日間、しらないところをあるきまわったためか、毎晩のように足にけいれんがおこる。泣いても、わめいてもけいれんの痛みがへるわけではなく、夜中にみっともないとはしりながら、けいれんのたびにわたしはさけびだしてしまう。

もし、ほんとにわたしが、今、こまっているのなら、けいれんのときとおなじように――。

いや、それとこれと、どうしておなじにかんがえることができるだろう。

だけど、こんなにせっぱづまったという言葉は、どうもお芝居くさい。お芝居だときめつけたその言葉が、お芝居のセリフとは……。

しかし、それこそこんなことをいくら言ってみてもはじまらない。わたしはこのごちそうを、このごちそうを……。

ふと、わたしの視線がある一点からうごけないでいるのに気がついた。

右の目！　右の目があいている！

前の机のトロなんとかスキイ曹長（マスター・サージャン）の右の目を、わたしは見ているのだ。

机の上に片肘《ひじ》をつき、三重四重にくびれた顎をささえ、フライド・チキンの脚をたいぎそうにかんでいる曹長の右の目は脂肪の堆積のなかにしずんではいるが、はっきりあいていて、左の目とおなじようにうすいグレイのとりとめのない色をしているではないか。

いや、その左の目がみえないのだ。

左の目がなくなって、存在しなかった右の目が、ふしんそうにわたしをみつめている。錯覚でも、思いちがいでもない。

わたしはトロなんとかスキイ曹長の左の目をしっている。大げさにいうならば、わたしは彼の左の目ですくわれたのだ。その存在をわすれたり、見まちがったりするわけがない。

今朝、このオフィスにつれてこられたとき、曹長の身体《からだ》にぶらさがっているたいへんな量の肉の塊と、大波のような肉がかさなりあった顔の道具のあいだにおちこんでいる、ちいさな、しかもたったひとつの目をみて、見世物の因果物になまにぶつかったように、首のうしろがかたくなったのだった。

しかも、タイプライターのおいてある机は曹長の机の真向いになっている。タイピストとしてやとわれたわたしは、当然、その机につくことになった。

椅子に腰をおろしてしばらくのあいだ、わたしは、タイプをいじっていたが、それにもあきて、しぜんと視線が上にあがり、しかたがなく、視界を彼の机の上にある名札《ネーム・プレート》に集中させてみた。

TROUJANOWSKY、トロ・オウ・ジャ・ノウ（ナウ?）・スキイ、トロウ、トロウジャ……、とわたしは口の中でくりかえすのだがどうしても発音がまとまらない。

そのうちにわたしの目は、机についたトロなんとかスキイ曹長の肘を見はじめていた。

こわいものみたさという心理ではない。あたしの視線いっぱいに彼のからだがはいっているのだから、目をあけているかぎり、見ないわけにはいかないのだ。

腰にふれる椅子のレザーがうごいているようなかんじ。今朝から、いや五日前、神田橋の職業安定所にいったときから、ずっとわたしのからだとココロにつきまとっている、このとりとめのないかんじ。

なにもおきてはいないのに、いやなにもおきてはならないのに、ただパッシヴにそれをまっているような気持。

神田橋の職安から立川職安、基地《ベース》の人事課、そして飛行場のはてにあるこのバンブダンプ（弾薬部）のオフィスまでわたしをおいこんできたものは、希望とか意志とか欲とかいうポジティヴなものではなく、いちどはまりこんだ軌道《トラック》からはずれたらたいへんだという、パッシヴなおそれ、不安がわたしのからだをうごかしてたのではないだろうか。

曹長の姿以外のものに視線の対象をうつせないまま、わたしはまた親指をハンカチでこすっている。

こすって、まっ赤になった指のうらには、あきらかに、まだ、スタンプ・インキの黒いしみがのこっていた。

ここにもべつな不安があった。

今朝、基地の人事課で、タイピストとして採用された通知をうけたあと、パス・セクションにまわって身上調書を三通も書かされた。

生れていままでの住所、職業を全部書きこめとか、家族、親類に政治団体にぞくしている者はないか、とかずいぶん面倒なものだったが、そのいちばん最後に、「上記の事項には誤りがないことを誓います。もし偽りがあった場合には処罰されてもかまいません」と印刷してあって、サインするようになっていた。

わたしはW大文学部の英文科の学生だが、進駐軍では学生は採用しないというので、三年中退と履歴を偽ってかいていたのだ。

トゲのある鉄柵にかこまれ、門にはピストルをぶらさげたM・Pがたっているこのいいしらない国での処罰とはいったいどんなものだろう。

だが、サインしないで、このままかえってしまうのは、よけいおそろしいことのようにわたしはおもった。

パス・セクションの係りの人は、わたしがかいた身上調書を丹念にしらべ、誤字などを訂正してから、まちがいありませんね、と念をおした。

はあ、とわたしがうなずくと――イエスと言ったつもりはなかった、係りの人はスタンプ・インキの蓋をあけ、わたしのほうにつきだした。

そして、わたしの右手の親指をつまむと、スタンプ・インキにおしあてた。

親指をローラーのようにスタンプ・インキの上でころがそうとするのだが、わたしの指はかたくなってしまってうごかない。

彼は二、三度こころみて、指をはなすと、小鼻のよこに皺《しわ》をよせながらわたしを見た。

おかしな女だな、というようなへんな好奇心のあらわれた目の色だった。彼はなにもいわなかった。ただ男の力で指にスタンプ・インキをぬりつけ、身上調書のわたしのサインの下におしあてた。

　そのインキのしみがいくらこすってもきえないのだ。軽石でこすればきえるだろうか？

　そう、口の中でくりかえして、わたしは身ぶるいした。わたしは軽石ほどきらいなものはない。銭湯でひとが軽石をつかっているのを見るだけでも、文字通りふるえがくる。

　しかし、皮膚がやぶれ、血がながれても、このしみはとらなくてはならない。このしみだけはどうしても——。

　ハンカチでこすっている指先にわたしの不安があつまる。

　そしてわたしは、ただ目の前にあるものとしてトロなんとかスキイ曹長のからだの表面をみていた。

　このことからヒントをえたのか、そのうち、わたしは奇妙な練習をはじめた。

　呼吸をとめ、息が苦しくなるとともに視線をだんだんあげていって、もうこれ以上がまんできない、という瞬間、あの不気味な左の片目をみつめる。

　息ができない苦しさのあとで、空になったココロで、その片目をみようというのだ。

なん度もくりかえしているうちに、わたしは視界を曹長の片目に固定することができるようになり、そしてだんだんと視線を瞳のなかに集中させていった。

これは予期しない大成功だった。わたしによって見られたものの全部がその瞳のなかにはいってしまうならば、もう、それは瞳でも左の片目でも、トロなんとかスキイ曹長の肉体の一部でもなくなってしまう。

そんなへんな理屈よりも、この五日間、昼も夜も、それこそ夢のなかまで、たえずわたしにつきまとっていた得体のしれない不安を、やっとわたしは曹長の左の片目に定着させることができた、とおもった。

そして、わたしは、甘ったれた気持で、わたしの心をこの正体をあらわした不安のなかにしずめていった。


その左の目だ。おもいちがいをしたり、見まちがったりするわけがない。たしかに左の目は……。

いや、これは左の目じゃないのかしら?

お箸をもつほうの手は、右の手——。あ、左の目が、左の目があいている。

しかし、さっきはたしかに左の目がなくて、右の目があいていたはずだ。

そして、そのまえは右の目がなくて、左の目があった。たよりのないわたしの記憶や視覚ではなく、生きて存在しているつまり事実としてのわたしがしっている事実だ。しかし、まったくちがった事実が、そんなにいろいろあるものだろうか？

わたしはいっしょうけんめいかんがえようとするのだが、その努力はどうしても力にならず、わたしの頭に作用しない。

いや、もしかしたら、わたしの頭がなくなってしまったのではないだろうか。わたしはあわてて頭をふった。こたえがない。頭の存在をしめす反応がない。それどころか、わたしの身体も心もそっくりなくなっているではないか。

しかし、わたしはおどろいたり、おそろしがったり、かなしんだりはしなかった。いや、したくても、できなかったのだ。わたし自身がないのに、わたしの恐怖や悲しみがあるはずがない。

これはいったいなんということだろう。わめいたり、泣いたりすれば、わたしの心をよびかえすことができるかもしれない。

しかしその声が、涙がないのだ。わたしの姿をさがそうにもわたしの目がない。わたしのからだを手さぐりするその手もなくなっている。こんなやりきれないことがあるだろうか。

それにしても、いつからわたしはブランクになったのだろう?

そうだ、わたしはなくなっても、わたしの歴史はある。

わたし自身とその記録とはぜんぜん別のものだが、関係はあるはずだ。

わたしの記録写真をひっくりかえしていけば、わたしのブランク化の秘密をしることができるかもしれない。


麦畑のむこうにみえる米空軍M基地の正門。

白ペンキぬりのM・P小屋の壁にかかれたSTOPという字と同じくらいの大きさのお人形のようなわたし。だめ、だめ、これではまるで観光絵葉書じゃないの。

三つ折の身上調書。

「上記の事項に誤りがないことを誓います。もし偽りがあった場合には処罰されてもかまいません」という活字にスタンプ・インキのついたわたしの手がダブる。

ああ、これもだめだ。

存在するものがダブるはずがない。ダブるのは非存在だけだ。

カタカタと大げさな音（あとで爆弾をつるウインチのゆれる音だとわかったが

——）をたてはしってきたトラックが、カバの鼻息のようにすさまじくエンジンをふかすと、わたしのほうに頭をまわしてとまった。

わたしはパス・セクションの前にたって、勤めることにきまったこの弾薬部からのむかえのくるまをまっていたのだった。

しかし、トラックや（正面からながめた恰好がまたカバにそっくりだった）、人事課の建物や、白ペンキをぬった庭石の形ばかりあざやかにみえて、かんじんなわたしの姿は、やはりはっきりしない。

トラックの高い助手席にわたしをひっぱりあげた運転手の、かたい、木片のような体温のない掌。

こんな手にさわったのは、それこそ生れてはじめてだったので、わたしは、なんだか感動したような気分になった、という記憶はあるのだが、記憶だけではしようがない。

わたしがほしいのは、わたしの記憶じゃなくてわたしなんだから。

トラックはパス・セクションからだいぶはしって、やっと飛行場の入口にたどりついた。

ここにも、また、門があって、運転手はトラックからおりて、両手をあげ降参したような恰好で、日本人ガードの捜検をうけた。

わたしもおりようとすると、ふとったM・Pがノウ、ノウとあいそよくとめた。だから、わたしもとっておきのフレッシュですなおな微笑をうかべて、タイピストとして基地補給廠《しょう》弾薬部にやとわれたという英文の書類をしめした。

そのわたしの顔ははっきりみえる、とおもったのだが、ざんねんながらそれは少女小説のさし絵の顔だった。

危険、立入禁止、五十フィート以内禁煙、速力注意、というような赤や黄色の立札がやたらにならんでいるコンクリートの舗装路にそってトゲのある鉄柵がはてしなくつづき、そのむこうには農家の藁《わら》ぶきの屋根がみえる。

機体にうしろむきについたがらんどうの穴から、ゴウゴウと音をたてて熱気をはきだしているジェット機。そのために、周囲の空気は飴のようにまがり、光っていた。

あ、そうだ、わたしは運転手の手首から電気のプラグがぶらさがっているのを見て、ずいぶんおどろいたっけ。

わたしは、とっさにあのかたい手の感触をおもいだして、フランケンシュタインのような金属の化物の手を想像したらしい。

それが、運転手の着ている電熱飛行服の袖口についているプラグだとわかるまでのあいだ、わたしは息もできないでいた。

あの恐怖さえよみがえれば、それでかたくなったわたしの身体もとりもどせるのだが――。

とんでもなく広い飛行場（滑走路のむこうのはしはみえなかった）をこえたはてにバンブダンプ（弾薬部）はあった。

屋根にキャンバスをかぶせた、窓もなにもない、まったくおなじサイズのカマボコ兵舎が八棟、横にならんでいるだけの施設だった。このオフィスはその左はしだ。

小山のように肉をつみかさねたトロなんとかスキイ曹長。鉛筆の芯のようにまっ黒なジーン・カルヴィン軍曹（軍服の腕にものものしく五本線をつけたこの宗教改革者は、わたしがはじめてタイプした書類を、ヴェリ・ナイスと黒人特有のしゃがれた声でほめてくれた）、顔の横はばより縦はば（鼻の高さ）のほうが長そうな、ジョン・A・モリル大尉、そしてわたし。

四人のニンゲンと、四つの机と、二つの書類戸棚と電気時計のあるオフィス。

わたしは、トロなんとかスキイ曹長の左の片目にすくわれたあと、朝からずっとはりつめていた気がゆるんだのか、急にトイレにいきたくなった。

だけど、この弾薬部には、アメリカの兵隊のほかに日本人の人夫や運転手が四百人ばかりはたらいているが、女はひとりもいないということだった。

しらない男の人にトイレットのことなどきけないし、こまったな、こまったな、と
わたしは口のなかでくりかえしながら、オフィスをでて、日本人労務者の事務所にな
っている隣のカマボコ兵舎にあるいていった。

こまったときに、わたしはどうしてほんとにこまらないで、こまった、こまったな
どと口のなかで言うのだろう。

そして男のひとにトイレのことなどきけないし、とおもいながら、その男のひとに
たずねるためにあるきだすのだろう。

五日前、神田橋の職業安定所で、立川地区ならもしかするとタイピストの職がある
かもしれないからいってみませんか、といわれたとき、わたしはぜんぜんいく気はな
いのに、はあ、とこたえていた。

そして、係りの人が立川職安の地図をかいて説明してくれるのに、いちいちうなず
きながら、わたしは、胸のうちでは、いやだ、いやだとさけんでいた。

ひとがせっかくすすめてくれるものをことわりにくい、というようなスジのとおっ
た気持ではなかった。

もしかすると、わたしがなくなった原因は、わたしのかんがえと気持とすることが、

いつもてんでんばらばらにうごいていたために、わたしが分解してしまったのかもしれない。

日本人労務者の事務所のドアをあけると、おもいがけなくたくさんの男のひとたちがいて、いっせいにわたしのほうを見て、へんにシンとなってしまったので（あとでかんがえたのだが、どうもわたしのうわさをしていたらしい。男ばかりの弾薬部にわたしがあらわれたということは、話題のとぼしいこの職場では、いいおしゃべりの材料だったのだろう）、ドアに手をかけたまま、わたしの足はとまってしまい、ひきかえすこともできないでいると、入口ちかくの机にいたレコードの盤のように頭をひからせた、まだ子供っぽい顔の書記《クラーク》が、「なに、野口さん？」とむかしからの友だちのようにわたしの名をよびながら、たってきた。

このひとは、用もなさそうなのに、朝からなんどもオフィスに顔をだし、そのたびにわたしのインフォメーションをとっていった。

お名前は？　住所は？　学校は？

まだ学生？　そう言われて、わたしは顔から血がひいたのをおぼえている。

いくら履歴をごまかしても、一目みれば、わたしが学生だということがわかるのだろうか。

わたしがあわてて、W大は中退でよしたんです、というと、どうしてやめたの、おしいなあ、とひとのことなのに口をとがらせた。

そんな彼だから、つい気やすく言葉がでたのか、「トイレどこ?」とわたしはそっとたずねた。

ところが彼は、「それは……」と言いかけて、ふりかえると、「ねえ、ボス」と部屋のいちばん奥の机にいる男によびかけた。

わたしはびっくりして、いっしょうけんめい目くばせした。彼は、え? というような顔をしたが、ボス、とまだよんでいる。

わたしはまっ赤になってうつむいた。それを見ていながら、いったいどういう神経なのだろう、彼は大声でしゃべりだしていた。

「野口さんのトイレ、どうします?」

ボスとよばれた男が、「うん」とうなずくのがきこえた。

「そりゃかんがえなかったなあ」と言いながらその男もたって、わたしのほうにあるいてきた。

上下つなぎの作業服を着ていたが、ふとっているのでベルトの端がちょっぴりしかかかっていない。

このベルトははずれる。このベルトがはずれたら？　このベルトがはずれたら？　とそんな無意味な言葉を、わたしは頭の中で音にして、そのヴォリュームを大きくしようと努力した。

「ここの便所は四方があいていて、外からまる見えでねえ。弱ったな」とボスが言うと、「番兵でもたてたらよかんべ」とだれかがヤジった。

「おれが番兵になる」

「交替でやんべえよ」

故障していたトーキイの機械がなおって、映画のスクリーンが急に音のある世界になったように、これらの音が、わあん、とひびいてきた。

だが、そんな言葉をきいているわたしの心はぜんぜんタッチできない。恥ずかしいとか、くやしいとかいうショックが、まったく再現できないのだ。

「ねえ、きみ……」とボスがはなしかけてきた。「そのうちどうにかするが、今日のところは、基地《ベース》の人事課の前にある日本人食堂までいってくれないか。今、トラックをだすからね」

ボスはじぶんの机にかえると、電話の受話器をとりあげた。

「あの、トラックで、人事課の前まで？」

そのわたしの声（おそらく悲鳴にちかいものだっただろう）に触発されたように、わっ、という笑い声が部屋をゆすった。

しかし、それっきり記憶のスクリーンはまたサイレントになり、人々の姿もぼやけ、ただ字幕だけになってしまった。

――たったトイレにいくために、あのぎょうぎょうしい音をたてるカバのようなトラックで、広い飛行場をよこぎり、滑走路をこえ、格納庫の前をとおり、飛行場の門でＭ・Ｐに書類をみせ、そして人事課の前までいくのか。

わたしのいるところは、いったいどこだろう？　東京都の地図をひろげれば、ここだ、と指さすことのできる一点かもしれない。米空軍Ｍ基地補給廠にぞくする弾薬部というところでもあるらしい。

しかし、わたしの世界にはないところ。右も左もわからず、這《は》いだそうにも、手がかりも足がかりもないところに、わたしはおちこんでしまった。

だが、このときは、わたし自身がなくなってしまったのだとはおもいつかなかったようだ。

わたしは、すべてを空虚な周囲のせいにして、わたしの手や足のほうがなくなったのだとは、おそろしくてかんがえられなかったのだろう。

トラックはことわって、オフィスにかえってくると、わたしの机の上に大きなコーヒー茶碗がおいてあって、片目の曹長が、プリーズ、と大きなからだに似あわない細い声ですすめた。

お砂糖をたっぷりいれた熱いコーヒーが、全身にスリリングな温みをつたえ、わたしは今までおちこんでいたエア・ポケットからぬけだすことができたとおもった。

と同時に、トイレのことが心配になってきた。トイレットにいくためにトラックをだしてください、とはいえない。

まるで、カネや太鼓にはやされながらおみこしにのっていくようなものだもの。

しかし、がまんしてるにも限度があるし――。わたしは、コーヒーの水分の量をかんがえだした。

そのとき、れいの頭の髪をひからした書記《クラーク》がまたオフィスにはいってきて、わたしのうしろの書類戸棚をあけてなにかをさがしだした。

わたしはさっきのことでおこっていたのだが、彼はなんともおもっていないらしく、調子よく、わたしにはなしかけた。

「野口さん、お弁当もってきた？」

そういえば、昼食のことなどわたしはぜんぜんかんがえてもいなかった。わたしが

首をふると、

「お正午《ひる》にね、日本人食堂にいくトラックがでるんだよ。ぼくは、お昼は食堂でたべることにしてるんだ。いっしょにいかない？」

「日本人食堂にいくトラックがあるの？」

昼食のことなどどうでもよかったが、日本人食堂にいけば、トイレがある！

わたしがあんまりうれしそうな顔をしたもんだから、ジーン・カルヴィン軍曹が書記《クラーク》のほうをウインクして、コイビト？　とからかった。

モリル大尉が大きな書類カバンをもって、ジープで出かけていった。昼食にかえったのだろう。わたしは、壁にかかった電気時計の針がはねるように動くのをみていた。十二時になったら日本人食堂にいく。十二時になったら――。

ところが、いつのまにかバターのたっぷりついたハット・ロールと、若鶏の揚《あ》げたのと、ポテト・サラダがもられた白い紙皿が机の上におかれていたのだ。

これで、わたしの記録はおしまい。だから、この最後の記録写真は、今、現実のこのシーンと同一のはずだ。

白い紙皿の上にならんだハット・ロール、フライド・チキン、ポテト・サラダ、それからすこし距離をおいてトロなんとかスキイ曹長の救命具をかさねたようなお腹《なか》、胸、ダブついた顎、鶏の脚をかんでいる口、そのひとつひとつの位置にくるいはない。もし、この記録写真が現実のシーンとぴったりかさなるならば、そこだけブランクのわたしの姿がうきあがり、動きだし、現実のものになるのかもしれない。

あ、トロなんとか曹長の左の目があいている。

いや、左の目ならいいのだ。もともと、左の目だけしかなかったんだから……。しかし、さっきまでは、右の目だけがあいていて……。

ごっちゃにもりあげたシチュー肉のように、肉がかさなった曹長の顔のなかには、どこをさがしても、ほんの今まで、雪が降ってくる前の空のような色で、わたしをみつめていた右の目がない。

あら、これは左の目かしら?　左ならば、わたしの右手の側に……。せっかくピンどめにしたいろんな事実、電気時計の長針と短針、紙皿のごちそう、タイプライターのキイまでが、曹長の目につられてただよいはじめ、質と量とをうしなっていった。

明け方、また、足にけいれんがおきた。

いやなのは、目がさめたときには、まだけいれんははじまってはいなくて、今に足がひきつる、どうしよう、とおもってるうちに、どうにもできなくて、理不尽な痛みがやってくることだ。

がまんできずに声をたて、とほうもない長い時間のあとで、けいれんがおさまったあと、涙でぬれている頬にてのひらをあてて、わたしは腹がたった。

間借りしている部屋をでて駅にむかったときも、けいれんのあとが痛く、わたしはビッコをひいてあるいたが、ずっと、わたしはおこっていて、なんだか自分をとりもどせたような気がした。

昨日《きのう》、わたしは、あのオフィスで、ひとに腹をたてることも、自分におこることもできなかった。

とりとめのない不安とかブランクとか、そんなバカなことを言ってるときではない。わたしは、すっかりまちがって、あんなところにいったのだ。

だれでもアルバイトはやってるんだし、わたしは、ほかより条件のいい進駐軍のタイピストになろうとおもった。

じつにシンプルなことだ。しかし、あそこは、わたしのいるところではない。いるところではないところにはこばれ、おかれたものだから、わたしは、自分の存在があやふやになり……。

また、わたしは、よけいなおしゃべりをしている。気にいらない職場ならば、やめてしまえばいい。気にいらないなんてぜいたくなことではなく、あんなところでは働けない。

トイレもなくて……。トイレにいくためには、爆弾を吊りあげるウインチがついた大きなトラックで、がちゃがちゃ、ウインチの音をさせながら、あるけば、たっぷり遠足分はある飛行場をまわらなきゃいけないなんて、とんでもない。

中央線の電車のなかで、吊革にぶらさがり、わたしは、とんでもない、とんでもない、と窓の外の景色をにらみつけた。

しかし、立川で青梅《おうめ》線にのりかえてからは、わたしは、力をいれて、吊革をにぎりしめ、胸のなかでもだまりこんでしまった。

けいれんがおきるときのように、どうにかしなければいけないのに、どうにもできないでいるような……。

冗談じゃない。わたしは自分のてのひらに爪をたてた。

白いベルトをしたM・Pのお腹《なか》。かわいそうに白くペンキを塗られた庭石。

ここでは、舗道のコンクリートまで白い。その舗道のはしを、日本人の労務者が背なかをかがめてあるいていく。

このひとたちは、なぜ、時代劇にでてくる昔のお百姓さんのように、背中をまげてあるくのか？

もしかしたら、わたしも背中をまげてあるいてるのではないかしら？

それは、ここが巨人国で、巨人国にくれば、ニホン人は小人《こびと》になり、だから、小人のように背中がまがるのか。

わたしは、けいれんがおきたあとが痛くないのに気がついた。時間がたって、なおってきたのか、それとも、また、頭のほうからうつろになって、痛みを感じなくなったのか。

基地補給部《ベースサプライ》の前には、背中をかがめたひとたちが、たくさん立っていた。たいてい、ポケットに手をつっこんでいる。それで、よけい背中がまがってるように見えるんだろう。

だけど、どうして、みんな、ポケットに手をつっこむのか？

よけいなことよ。わたしは自分を叱りつけて、だまって背中をかがめてるひとたちのあいだをぬけていった。

基地補給部《ベースサプライ》の人事課にいき、柿田さんとかいった人事課のオジさんに、あそこで働くつもりがないことをはなすのだ。

しかし、それで、基地のなかのほかの職場のタイピストにまわされたらどうしよう。もうこんなところは、けっこう。ところが、背中をかがめたひとたちのあいだをとおりぬけ、Personal Office（人事課）という字のほかに、やはり白くペンキを塗った木の札がさがってる入口にはいろうとしたとき、自動車が前にとまった。

なんだかとおせんぼをしたみたい、とわたしはおもいながら、自動車のうしろをまわりかけたとき、声がした。

「野口さん……」

わたしの名前だ。そして、自動車のドアがひらいた。

「カモンナ・イン」

こんどは英語で、大きな肉の塊をハンドルの上と下にはさんで、トロなんとか曹長がこちらをふりむいた。

はじめに声をかけたのは、あのおせっかいな書記《クラーク》の坂本くんだ。

レコード盤のように髪ひからせた坂本くんの頭から膝まで、トロなんとか曹長の肉のかたまりのフレームのなかにすっぽりはいっている。

ドアがしまり、自動車ははしりだし、わたしは自動車にのっていた。

坂本くんに手をつかまれ、自動車のなかにいれられたのだが、そのとき、抵抗できなかったわけではあるまい。

いや、抵抗なんてことを、今まで、わたしはしたことがあるかどうかあやふやだけど、「もうやめるので、補給部《サプライ》の人事課にだけよっていきます」とわたしは言えたはずだ。

だけど、わたしは、坂本くんに手をつかまれ、そのまま、自動車にのってしまった。

また、ふっと、坂本くんにとられた手をふりはらう力がなくなり、それは、からだの力というより、頭の力がなくなって、電圧がさがり電灯がぼんやり暗くなるように、意志も思考もぼんやりとしてしまったのだが、昨日《きのう》とちがって、それで、わたし自身をひっくるめ、なにもかもブランクになってしまうのではなく、ぼんやりしながら、わたしはひとつのものをみつめていた。

いや、じつは、ひとつのものではなく二つのもので、こちらをふりむいたトロなんとか曹長の顔に、目が二つあったのだ。

左の目も、右の目も、両方の目がある。

考えてみれば、トロなんとか曹長の、左の目だけがあったり、かとおもうと、右の目だけあったりしたのは、両方の目ともあったからではないか。

曹長は、あんまりふとりすぎて、両方の目ともあいてるのがたいぎなのか、片目をつむる癖があり、それが、なにしろやたらに脂肪がかさなった顔なので、つむった目が、つむったようには見えず、脂肪《あぶら》のなかに埋没し、片目が消えてしまったんだろう。

鶏はどうして片足でたってるの？

両足ともあげるところんでしまうから。

わたしは、う、うと息をふきかえしたような声でわらいだし、あんまりわたしがわらうので、書記《クラーク》の坂本くんはキョトンとしていたが、そのうち、「ああ、そうか」と言って自分もわらいはじめ、こんどは、わたしがキョトンとした。

「あれ、これがおかしかったんじゃないのかい？」

坂本くんはクルマの柱（ってもへんだが）をゆびさし、そこに目をやると、キノコがはえていた。

「ニホンの気候がじとついてるから、クルマにキノコなんかはえて……。キノコがはえたクルマなんて恥ずかしいよ」

トロなんとか曹長は、顎から首にたれさがった肉をゆさぶって、ぶつぶつつぶやき、わたしは、またわらった。

ニホンでは、まだあまり見かけない自動車で、ステーション・ワゴンというんだぞうだ。

道は、飛行場のはしを金網フェンスにそって、うねうねとつづいている。飛行場のほうのむこうのはしは見えないが、フェンスの外は畑で、畔に背をかがめた女のひとの姿も見えた。

それよりも、トロなんとかスキイ曹長のキノコがはえたステーション・ワゴンの窓からはいってきていた、すこし湿った、いくらかしょっぱいようなにおいの正体がわかり、わたしは、わらいだすよりも、もっと落着いてうなずいた。

こやしのにおいじゃないの。

それに、なんて穴ぼこのおおい道だろう。穴ぼこには茶っぽくにごった水がたまり、穴ぼこにタイヤをつっこむごとに、トロなんとか曹長は、ガッデメなんとか、わたしのならったことがない英語で悪口を言う。

その悪口があんまりマメで、わたしは、この大波小波のように厚い肉をからだじゅうにぶらさげた、とほうもない図体の曹長さんが、子供のようにおもえてきた。

たいへんつまんないたとえだが、昨日《きのう》のことは、夜道で見た、風にゆれるススキみたいなものではないだろうか。

ただ、わたしが怖《こわ》がりで、それに、怖がり趣味におぼれたのではないか。たぶん、わたしが、コーネル・ウールリッチのミステリが好きなように……。

クルマはやけっぱちのようにスピードをだし、だけど、いくらクルマが速力をだしても、もっと遠くに道がのび、またまた、うつろなものが、わたしをとりまきはじめたが、道のむこうに、暗緑色のアーチが見え、それがあっという間にちかづいて、ならんだカマボコ兵舎のかたちになり、曹長のクルマは、いちばんてまえのカマボコ兵舎の前でとまった。

グッド・モーニング。グッド・モーニング。

鉛筆の芯のようにまっ黒なジーン・カルヴィン軍曹が席からたちあがった。皮膚の色の黒さはかわらないが、それが笑顔のためかひかっている。

いちばん奥の机はからで、顔の横幅より縦幅のほうが高そうな（だから、お魚をたてて、正面から見たような）顔のジョン・A・モリル大尉はいない。

そのかわり、入口にちかい机に、きん色の髪の若い兵隊がいて、タイプをうっていた。

ブロンドとか金髪とかいっても、そういうよび名だとおもってたけど、この若い兵隊の髪は、ほんとに、純金色にかがやいて、わたしは、ちょっと息がつまった。

昨日は、この若い兵隊はいなかった。しかし、机はあったはずだ。それなのに、昨日、わたしは、机は、わたしのをいれて四つきりだとおもっていた。カマボコ兵舎をはんぶんに仕切った、そんなに大きくはないオフィスで、机が四つか五つかもわからないなんて、昨日のわたしは、やはりどうかしてたんだろう。若い兵隊はウイリアムという名で、この弾薬部《バンブダンプ》のタイピストだが、あと二十五日で本国にかえり除隊になる、と言った。わたしは、その後任らしい。いや、わたしは、考えをかえて、ここで働くことにしたわけではない。トロなんとか曹長の両方ともあいてる目を見てるうちに、キノコのはえたクルマにのせられてしまっただけだ。


あたりがくらくなった。実際に、人かげで、カマボコ兵舎の入口からさしこんでくる外の光がさえぎられてることもあるだろう。

しかし、このくらさは、においのあるくらさだ。

これが、男のにおいだろうか。理屈から言うと、おたがい、ニンゲンというおなじもののうちにはいるから、男と女とにわかれるってことになる。

しかし、これは、すくなくとも、わたしにとっては、まったく異質のもののにおいだ。

それは、わたしが男をしらないからだろうか。

男をしらない、なんて粗雑な言葉だ。なにかをしる、という対象に、男なんてものを、はたしてもってくることができるのだろうか。

それに、どこかの男と寝たからといって、男をしったというような言いかたができるのか？

寝たあとで言ってごらん、とわらわれるかな。

仕切りのむこうのカマボコ兵舎の表はんぶんに、兵隊たちがたっている。

みんな上下つなぎのオリーヴがかった色の服をきて、肩から銃をぶらさげ、自分の名前をよばれると、よう、やあ、というような声をだす。ロール・コールというんだそうで、あとで英和辞典をひいたら、点呼とかいてあった。

顔や手の黒いひとがたくさんいるから、くらいのではない。また、上下つなぎの服の色がダークなせいでもあるまい。

銃のくらさなのか。あかるい戦争なんてデカダンすぎる。（ニホンでは聖戦と言ったけど）

このにおいは、兵隊のにおいかもしれない。戦争中、軍服を着た父にだかれて、父が将校なのが、わたしは自慢だったが（父は、そのとき予備役の中尉だった）、兵隊さんのにおいはいやだった。

あのとき、わたしはもう十二、三になっていて、父が出征する前は、いつも弟といっしょに抱かれてたから、そんなつもりで父の膝にのると、顔が、父の顔とほとんどおなじ高さまできて、わたしは恥ずかしかった。

父が兵隊さんのにおいがして、それがいやだったのは、父が男のにおいもしたのではないか。ということは、わたし自身、女のにおいがしかかっていたためかもしれない。父は死んで、中尉から大尉になった。

しかし、銃のくらさか、なんて言ってるくせに、なぜ、わたしは進駐軍のタイピストになる気をおこしたんだろう。この弾薬部《バンプダンプ》の爆弾はB29に積まれて、人々の頭の上にばらまかれるのではないか。

それが、自分の頭の上だったら、どうだろう。ただのたとえ話ではない。ほんの五年前まで、おなじB29の爆弾が、わたしたちの上におちてきていた。父もその爆弾で死んだ。

こんなふうに、いつも、考えることとやることがちぐはぐだから、わたし自身がぼんやりうすれてきてしまうのだろうか。

べつのものが、同時に、おなじわたしとしてあるということは、ひとつのものが、同時に、べつの場所にはあり得ないように、じつは、わたしという存在がないのではないか。

兵隊たちは出ていき、仕切りのむこうはからになった。

トラックの音がして、それが何台も何台もつづき、カマボコ兵舎がゆれ、わたしは、なるべく仕切りのむこうを見ないようにしていた。

兵隊たちがいなくなって、からっぽの空間にくらさだけが抽出されてのこったみたいだ。くらい感じというようなものでなく、こわくてぶつかれない壁が、げんにあるみたいに——。

男をしらないというのは、どう考えても粗雑な言葉だけど、それは、男が（男のペニスが）こわいということかもしれない。

しかし、神をしらないというのは、逆に神がこわくないということではないのか。

男と神と……ああ神さま、なぜ、女は女で、そうして、わたしは、ここに、こうしているんでしょう。

「どうして？」

みんなが、いっぺんにこちらをふりむき、わたしは言葉がつまってしまった。いちばんうしろのカマボコの兵舎にある日本人のオフィスに、やめる、とわたしは言いにいったのだ。

それがみんな、あきれたとか、批難するような顔でなく、書記《クラーク》の坂本くんなんか、キョトンとし、ほんとに目をまるくしている。

「……わたし、ここにきたのは、なにかとんでもないまちがいで……」

「人事課でまちがえて、きみを、ここに?」

奥のデスクから、ボスとよばれる日本人のボスがたってきた。

このひとは、頭の髪が鳥の巣か綿菓子みたいにうずをまいていて、まだ歳は若いのだろうに、ふわふわ毛がうすい。

「いいえ、だれかがまちがったっていうんじゃなく、でも、わたし……」

どうしてここにいるんでしょう?　と神さまならともかく、このひとたちに言ってもしようがない。

「兵隊にいじわるされたわけではないんだろ?」

坂本くんがきき、わたしは首をふった。

「とんでもない。みんなとっても親切にしてくれて……」

「うん、ここは地の果てみたいなところで、兵隊も日本人も、らんぼうなのがそろってるけど、らんぼうなやつらは気がいいからさ」

ボスのつきでたお腹《なか》にかかっていたベルトが、今はずれるか、今はずれるかとおもってたら、やっぱり、ぷつんとはずれ、わたしは、ついふきだしかけ、かなしくなった。

いや、ふきだしたり、かなしんだりしてるときではない。

「だって、トイレも……」

ところが、「ああ、トイレ……」とみんながそろって声をだし、もし、あかるさや暗さをバクダンにできるなら、あかるさのバクダンが破裂したみたいで、わたしは、足の裏が床からうきあがった。

「昨日から、大いそぎで、あんたのトイレをつくってるんだ」

G・Iのオリーヴ色の帽子の庇《ひさし》をぺこんと上におりまげた男が（まあ、顔に皺がたくさんあって、おじいさんじゃないの）言った。

「いそいでるやつが、ここで、なにをしてんだよ」

ボスがベルトをはめなおしながら、大きな声をだした。

「だからさ、金のシャチホコをつけるかどうか、相談しにきたのに……」

「わかった、わかった。なんでもやってくれ」

金のシャチホコって、なんのことだろう。

「大工が四人に、人夫《レーバー》たちにも手伝ってもらって、昨日から、おたくのトイレをつくってるから、そろそろできるころなんだ。それまで、しんぼうして……」

「ボス、こればっかりはしんぼうできませんよ」

坂本くんがよけいな口をだし、G・Iの帽子をかぶった皺のおじいさんが首をふってわらった。

わたしは、どうすればいいのだ？　それでもやめます、という言葉が口からでないのは、やめないで、ここにいるのだろうか？

「そうだな」ボスはうなずいた。「トイレにいきたくなったら、遠慮せずにおいでよ。トラックをだすからね」

「トラック……」わたしはうつむいた。「あのトラック、こわい」

みんなふきだし、ボスのベルトがまたはずれ……。わたしは、精一杯のことを言ったのだ。和解したわけではなかったのに……。

「坂本のはなしだと、きみ、W大の英文科を中退したんだって？」

ボスがたずね、わたしは、ソッとうなずいた。進駐軍では、タイピストに学生は採用しないという。だから、わたしは、ほんとは学生でアルバイトなのに、中退だと履歴書にも身上調書にもウソをかいた。

ところが、身上調書のいちばん最後には、「上記の事項に偽りがあった場合には処罰されてもかまいません」と英文と日本文で印刷してあって、わたしはそれにサインをし、スタンプ・インキの上に指をおしつけられ、指紋をとられた。

ボスは、なぜだかため息をついた。「おれもW大の仏文でね。途中で兵隊にいったりして……まだ学校に籍があるんだよ」

この、頭の髪が、鳥の巣のようなかたちにへこんで薄くなってる、お腹のでたボスが、わたしとおなじW大の学生！

わたしは、今朝、トロなんとか曹長の右の目も左の目も、両方ともあいてるのを発見したときのように、からだがふるえ、笑い声が弾《はじ》けでた。

十時のコーヒー休憩《ブレイク》。厚い陶器のマッグに、まっ黒な宗教改革者のジーン・カルヴィン軍曹がコーヒーをついでくれた。この黒い宗教改革者は金歯をはめている。

お昼休みになる前に、オフィスにいるひとたちのランチをとりに、金髪のウイリアムがジープで下士官食堂《サージャン・メス》にいくという。

わたしは、基地補給部《ベースサプライ》の人事課まで、ジープにのっけていってくれないか、とウイリアムにたのんだ。

人事課のうしろには日本人のトイレがある。それに、人事課のあの柿田さんというひとの顔を見れば、わたしはとつぜん勇気がでて、みんな親切で、お昼のランチまでごちそうしてくれ（日本人のタイピストの女のコにG・Iとおなじ食事をくれるところなんか、たくさんの部　門《セクシヨン》があり、何千人という日本人がはたらいてる基地《ベース》じゅうさがしてもない、と書記《クラーク》の坂本くんは言った。もちろん、坂本くんたちも自分で弁当をもってきている）、午後には、わたし専用のトイレもできるそうだけど、やはり、わたしやめます、と言えるかもしれない。

くどいようだが、どんなにみんなが親切にしてくれても、それとはまるでカンケイなく、わたしがここにいるのは、なにかとんでもないまちがいなのだ。

それも、考えちがいとか、まちがったことをしたとか、まちがいの可能性のあることではなく、まちがいなんてことにかかわりのない存在にからんだまちがいではないだろうか。

わらっちまったのは（そして、アテがはずれ、また心配になったが）ジープではるばる飛行場のはしをまわり、補給部《サプライ》の日本人トイレにはいったのに、どうしてもでないのだ。

純金色の髪のウイリアムは、補給部《サプライ》の建物の前でわたしをおろしたあと、下士官《サージャント》食堂《メス》にランチをとりにいき、もどってきて、わたしをピック・アップしてくれたが、それまで、ずっと、トイレに腰をかけ、トイレのふちで、お尻《しり》に赤いベルトができたぐらいなのに、なんにもでなかった。

三時のコーヒー休憩。ジョン・A・モリル大尉がやってきて、自分のうちの牧場でつくったというチーズを切って、みんなにくばった。それが、わたしのにぎりこぶしよりも大きなチーズの塊で……。

ウイリアムは、おなじ色の毛がはえた指に金の結婚指輪をはめていた。ワイフがいるのか、ときくと、ヤアとニコニコし、ウイリアムは机の上にたててある奥さんの写真をもってきた。

メガネをかけて、なんだかリスみたいな顔をしている。リスという英語を、頭のなかでさがしながら、わたしは苦笑した。あなたのワイフはリスに似ている、なんて言ったら、失礼かしら。

ウイリアムは、「ぼくのワイフはスクール・ティーチャーだ」と自慢した。

このオフィスでは、いちばん歳の若いウイリアムだけが奥さんがいて、トロなんとか曹長も、金歯の宗教改革者のジーン・カルヴィン軍曹もお魚の顔のモリル大尉も、みんな独身だそうだ。

ジーン・カルヴィン軍曹は、結婚してない理由をToo many Wars（戦争ばっかり）と言った。第二次大戦では、ヨーロッパにいて大尉にまでなったそうだ。

それで、うちの父もキャプテンだった、とわたしは言い、今、おとうさんはなにをしてるのか、とカルヴィン軍曹がたずねるので、死んだ、とこたえると、ちょっと間をおいて、戦争で、と軍曹はききかえし、そのときkilledという言葉をつかった。

戦死なんて、ひとごとみたいな言葉より、killed（殺された）というほうが、ウソがないみたいだが、それだけに悲しみや憎しみが、ずっとあとまでのこるかもしれない。

ウイリアムは、タイプの書式なんかをおしえてくれたが、おしえてもらうわたしのほうがまどろっこしくなるくらい、ゆっくり、ゆっくりくりかえし、そのあいだ、ずっと、わたしのからだをうしろから抱きかかえるような恰好をしていた。

電気時計の短針と長針との角度が、扇のようにひらき、また、扇のようにとじてくる。

よくもまあ、こんなに長い時間、ウイリアムはわたしを抱擁（からだはあんまりふれてないけど）したような恰好でいられるものだ。

これは、人種のちがいかもしれない。このひとたちは、抱擁人種。ながいあいだに、皮膚の色さえも白くなった寒い国の抱擁人種。

電話のベルが鳴り、ウイリアムの声が遠くなる。

「野口さん……」

ばたんとひらくひくい仕切りのむこうで、書記《クラーク》の坂本くんが手をふっていた。まんまるな顔を収拾がつかなくなるほどニコニコさせて……。

「できたよ」

オフィスの外につれだすと、坂本くんはわたしの手をにぎった。てのひらに汗をかいている。

いちばんはしのカマボコ兵舎のむこうには、そのかげになって見えなかったが、もうひとつちいさな小屋があった。CARPENTER HOTと入口の扉に大きくななめにペンキでかいてあるから（なぜ、ななめにかいたんだろう？）大工さんの小屋らしい。

坂本くんはその扉の前で足をとめ、わたしの手をはなし、気ヲツケ、をするみたいに胸をそらした。

「ほい、ほい……」

ノックにこたえて、なかから声がし、扉がひらき、わたしは、見てはならないものを見たような気がした。

それは、そのまわりにうかんでいる（立ったり、腰かけたり上下になったり）ニンゲンの顔やからだ、大工小屋、外の景色とは、存在（つまり世界）をべつにしてそこにあった。

あり得ない色彩、あり得ないかたち、あり得ないかがやき……あり得ないものの証拠には、それは、それがおかれている大工小屋なんかより、うんと大きく見えるではないか。

それは、とほうもなく美しく、だから、とほうもなく醜く、スキャンダル的でもある。

（神はスキャンダルだと言ったひとがいた。神が人のなかから生れ、つまり、人間の文化や文明の所産ならば、スキャンダルになるわけがない。人の世の外から、こばんでも、目をつむっていようとしても、存在と時間を割って、ふみこんでくるからスキャンダルなのだろう）

それを、しかし、この世のものにたとえるならば、お城のようでもあるし、その意味では、屋根はうちの近くのおフロ屋さんの屋根にも似ており、いや、それよりも、台になっている木が左右に二本、長くつきでていて、それに肩をあてててもちあげる平安時代の貴人の輿《こし》にも、だから、お祭りのオミコシにも似ている。

それになんという色どりだろう。それは、街頭でスカートをまくってG・Iをよびとめる女たちのくちびるよりも赤く、それを狩るM・Pのベルトよりも白く、恋人がいない女性の生理の日よりも憂鬱《ブルー》で、おまけにきいろにオリーヴ色や、ジーン・カルヴィン軍曹の皮膚みたいに黒い色まで、ありとあらゆる色を、それこそスキャンダラスにぶちまけていた。

「金のシャチホコを、グリーンにすることたあないだろ」

G・Iの帽子の庇をぺこんと上におりまげたおじいさん（上山さんという名前だった）が、だぶだぶの兵隊の服に、あちこちペンキを塗った若い男のコに言った。

この男のコは、チビで、町のあんちゃんみたいで、大きな鼻をしている。彼のことを、みんなアーチストとよんでたが、ペインター（ペンキ屋）ではなくアーチストだという皮肉は、みんなもご本人もわからないようだ。

「金のペンキがないんだから、しかたがないよ」アーチストがこたえている。

「だからって、なにも、金のシャチホコをグリーンに塗ることはない」上山のおじいさんがくりかえす。

「だけんど、白で塗ったんじゃ、年よりの鯉だぜ」

「なにも白ペンキにしろとは言ってないよ。なんとか、グリーンでなくて、色をつけろ。色を……」

するとと、屋根の両はしでピンと反っくりかえってるのは、オミコシに角がはえてるのではなく、金のシャチホコだったのか。

上山のおじいさんは、今はこうして進駐軍の人夫《レーバー》だが、もとは仏像を彫る仏像師(?)だそうだ。このみどり色をした金のシャチホコは、上山のおじいさんが彫ったらしい。

仏像師なんて、物語か映画のなかにしかいないとおもったのに、そんなひとがアメリカの兵隊の帽子の庇をぺこんと上におりまげてかぶっている。

書記《クラーク》の坂本くんが、とつぜん、讃美歌らしいものを歌いだし、歌ってる途中で、もうニコニコしてしまって、しまいまで歌わず、「献堂式の歌だよ」と言い、献堂式の説明をすると、みんな、パチパチ拍手した。

今まで喧嘩《けんか》をしていた上山のおじいさんもアーチストも、こちらをむいて、手をたたいている。

みんながこちらをむいて手をたたいてるのは、わたしが拍手されてるのだろうか。

「いいのができただろ」

無精髭をはやし、草履をはいたオジさんが言った。大工のチーフの木野さんだ。

「きみのトイレだよ」

書記《クラーク》の坂本くんが肩をたたき、わたしは、瞬間、血のめぐりがとまり、たおれそうになった。

柔道で首をしめられおちるのは、脳にいく首の血管の血のながれが、しめられてとまり、意識がなくなるんだそうだが、わたしは、ほんとにおちかかっていた。

このとほうもないもの、見えてはならないものが、わたしのトイレ！

「あそこに、もっていくんだ」

坂本くんは、あけっぱなしたままの扉ごしにゆびさした。

それは、こわくて、すばらしい風景だった。さっき、はじめて、カマボコ兵舎のうしろにまわったとき、わたしは、見物していた砂漠のパノラマが、生きてうごいて、わたしをとりかこんだような気がした。

一本の木も、草らしいものもない、赤っ茶けた土や岩が、ほんとにはてのない起伏をつくっている。

「ほら、あそこ、これをいって、禿山《はげ》の屋根ぞいにすこしくだり、またのぼった丘の上……」坂本くんは指さきで、野球のアンダースローの球のようなカーヴをえがいた。

「すこし遠いけど、あそこだと見とおしがよく、隠れてのぞきにもこられないしね。それに、すごく景色がいいんだ。ここからでも、ちょっと見えるけど、あの丘の下にはちいさな湖があって……」

丘の斜線をたどっていくと、空の青さを鏡でうつしたような湖の表面が見え、さざ波までたっているではないか。

それに、その丘のところだけ、空も土も、黄金《きん》と赤とにかがやいているのは、丘のむこうに夕陽が沈みかけてるからではなく、もしかしたら、奇蹟の丘なんではあるまいか。

奇蹟の丘にこれがおかれたら、この世に存在しないもののひかりを、人がそれを見ると目がつぶれ、死んでしまうようなひかりをまきちらすのではないか。

冗談じゃない。だったら、わたしはかぐや姫なの。

あの丘の頂きには、もう深い穴がほってあって、その上にこれをのっけるんだという。

「あたしゃ、もともと、指物師《さしもの》で、こまやかな仕事が好きだけど、こんなところじゃ、今まで、そんな仕事はなかったんで……ひさしぶりだよ」大工のチーフの木野さんが言った。

「ほんと、芸術的な仕事ってねえもんな」アーチストがあんちゃんの顔のなかの大きな鼻をこすった。「ちょっとなんかやると、すぐ、ジャパニーズはファンシイな（凝《こ》った）ことをする、と曹長《サージヤン》はおこるけど、これはおこらないで、ヴェリ・ビーティフルとほめてくれたしよ」

「ともかく、外にだしてみるか……」

と、みんなでもちあげたが、また下におろした。大工小屋の入口の扉からでそうもないことがすぐわかったのだ。

大工のチーフの木野さんは入口の扉よりもうんと高く、そびえている金のシャチホコをふりあおぎ、わたしは、くっくっと喉がなり、わらいだした。

とほうもないものをつくり、しかし、大工小屋の外にはもちだせない。こんなバカらしいスキャンダルがあるだろうか。

ところが、だれも、こまったな、なんて相談したりはせず、大工さんのひとりがドラム缶をころがしてくると、その上にたち、大きなバールで、ばりばりっと扉の上の柱と板をはがしだし、小屋がゆれ、天井からなにかおちてきて、わたしは、「家がこわれる」とつい声をだしたが、「こんな小屋、こわれたって……」と大工のチーフの木野さんは平気だった。

そして、それを外にはこびだしたが、陽の光の下でみるそれは、よけいスキャンダル的でおごそかでこの世のものとはおもえない。

木野さんは、拝観がゆるされない神殿のような、その扉をひらいた。

「ちょっと、腰かけてみてくれないかな」

しかし、見てるだけでも、見てはいけないようなものを……とおもってるうちに、だれかが（たぶん書記《クラーク》の坂本くんだろう）背中をおし、わたしはなかに足をいれた。

なかには、それこそ神話にでてくる大きな水甕《みずがめ》みたいなものがおいてあり、まわりの壁にピンクやみどりのペンキの花が咲いている。

その大きな木の水甕に、扉のほうにむいて腰をおろせ、と大工のチーフの木野さんは言う。

水甕のようだとおもったのは、水甕みたいに口があったからで、腰かけてみると、それにうまくお尻がのっかり、でも、いったい……と頭のなかがちかちかしてるうちに、足もとがゆれ、扉ごしに見える砂漠のパノラマの起伏とそのバックの空がさがってきた。

あわてて立ちあがり、よろめいて、水甕のふちをつかむ。

水甕の底にくろく見えていたものが、ふわっと遠ざかり、石ころのある赤茶っぽい土になる。底のない甕だったのだ。

「うーん、重いや」

「はやく、肩をいれろ」

「だめだ。人夫《レーバー》をよんでこい」

「あ、きたきた。おーい、みんなこい」

床がかたむき、わたしは、また、ぺたんと底のない水甕にお尻をおとした。

あれはトラックの音だろうか。ばたばた、まわりで足音がする。

床が前後に波をうち、水甕があがってきた。それにのったわたしのからだも、もちあがる。

「祭りだ」

「ミコシかつげ」

「わっしょい」

ペンキのバラがまわる。扉のむこうの砂漠も空もまわる。くるくるまわって、奇蹟の丘とその下の青い湖のきれっぱしもまわる。

たぶん、グリーンの金のシャチホコもまわってるだろう。

「わっしょい」

股の下から声がきこえてきて、わたしは、また、とびあがった。お尻の下に顔がある。それも、ひとつの顔ではなく、二つも三つも、ごっちゃになってわらっている。

わっしょい。扉が、かたんかたん、きしってはひらき、砂漠のパノラマが消えて、トラックの列がゆれる。

オミコシは、カマボコ兵舎にかこまれた、爆弾をはこぶトラックの駐車場にかつぎこまれたらしい。

トラックの上の青とグリーンのかたまりがくずれ、剝《は》ぎおちるようにして、地面にふっており、こちらにはしってきた。

青とグリーンは、上下つなぎの作業服。だれもかれも、青とグリーンの作業服をきて、まるでカエルの大群のようだ。

何百人いるだろう。きいろい顔のカエル。まっ黒なカエルもいる。カエルの群がオミコシのまわりを埋めつくし、カエルの青とグリーンの波の上をオミコシがわたっていく。

オミコシが高い波にのりあげ、下から、白い顔が、これもごっちゃになってのぞいた。

オフィスのカマボコ兵舎の前にならんでいるウイリアムのブロンドの髪と、鉛筆の芯みたいにまっ黒なジーン・カルヴィン軍曹と、アドバルーンのようにふくらんだトロなんとかスキイ曹長の姿が、ちらっと見えたようだが、すぐ消えた。

前のほうに、また、奇蹟の丘がうかびあがってきた。奇蹟の丘の赤いバックがひっちぎれ、黄金色の土がくずれる。

オミコシは、ゆれて、もまれて、奇蹟の丘にむかったらしい。

きいろいカエルがうずをまく。黒いカエルが、白い歯をだしてさけんでいる。

しかし、みんなごっちゃになり、色をうしなってきた。

いや、かたちも失いかけている。

たぶん、わたしは、自分の恐怖をカエルのかたちにつなぎとめていたのだろう。

そのカエルのかたちがなくなっていく。

奇蹟の丘もかたちをなくし、ミンチにかけた肉の色になり、それもうつろにうすれてきた。

なにもかもかたちがくずれ、どろどろにうずをまいてるなかで、皮肉な精神だけがのこってるみたいににぶくひかって見えるのは、トロなんとか曹長の右の目だろうか、左の目だろうか。

くらいうずがスピードをまし、灰色にかわり、しろっぽく反射しだした。

そして、その白さが極限まできて、電球がきれるように、うずのうごきがとまり、だからうずもなくなり、なんにもないブランクになるのか。

わっしょい、わっしょい、という声も、こわれたトーキイ・フィルムのように、くらくなった画面のあとで、しばらくきこえていたがきえた。

わたしは、わたしは……と自分をよぶ声まで、声にならない。

こちらのほうは、さきにトーキイがやられた映画のように、口を大きくあけたわたしの顔のクローズアップがちょっとおそくまでのこり、それから、しろくとけていったのだろうか。

だいたい、自分の顔のクローズアップが映画の画面のように見えるというのがインチキくさいけど……。

第三部

まん丸顔

Moon-Face

ジャック・ロンドン／辻井栄滋訳

ジャック・ロンドン

一八七六―一九一六

アメリカの作家。巡回占星術師の私生児として生まれる。作家として活動する以前は、様々な職業を転々とし、クロンダイク地方のゴールドラッシュにも参加、その経験を生かして初めての短編集『狼の子』を発表。作品は数多く、代表作に『野性の呼び声』『白牙』『海の狼』『試合』『アダム以前』『月光谷』など。

ジョン・クレイヴァーハウスは、まん丸い顔《ムーン・フェイス》の男だった。例の鰓《えら》が張って、あごと額が両頬にくっついて区別がつかなくなり、完全にまん丸くなってしまうというやつだ。鼻ときたら団子鼻、顔の周囲から等距離にあり、まるで天井にくっついたパン生地の丸いかたまりみたいに顔のどまん中にへばりついている。たぶんそのために、私はやつがいやでたまらなかったのだろう。何しろ正直なところ、ずっとやつが目ざわりだったから。それで、この世はやつがいるからうまくいかないと思いこんだのだ。ひょっとしたら私の母が、月《ムーン》のことになると縁起をかつぎ、見てはいけないときに左肩越しに月を見てしまったのかも知れない。

いずれにせよ、私はジョン・クレイヴァーハウスがいやでたまらなかった。別に世間が間違ったり悪い仕打ちと考えるようなことを、私にしでかしたわけでもないのだ。そんなことなどまるでない。それ以上に痛切でいわく言いがたい質《たち》の邪悪さなのだ。

とても言葉ではっきりと明確には分析できないほど、ひどくとらえどころのない雲をつかむようなものなのだった。そうしたことは、一生のある時期に誰でも経験するものだ。はじめてある人間と出会ったとする。出会う寸前までは存在するなんて夢にも思わなかった相手だ。それが、出会った瞬間に、「好かんやつだ」と思ってしまう。なぜ気に入らないのだろう？　いや、そのわけはわからない。わかっているのは、気に入らんということだけ。好かん、ただそれだけのこと。私が、ジョン・クレイヴァーハウスが好かんのも、それと同じことなのだ。

あんな男に、幸せになるどんな権利があるというのか？　それでいて、やつは楽天家だった。いつも上機嫌で、笑っていた。万事何かにつけて太平だった、くそったれめが！　ああ！　あいつのうれしそうな顔を見ると、どれほど癪《しゃく》にさわったことか！ほかの者が笑っても、うるさいとも思わなかった。自分でもよく笑ったものだ——ジョン・クレイヴァーハウスに出会うまでは。

なのに、やつの笑いときたら！　いらいらするわ、頭にはくるわ。この世のほかの何一つとして、いらいらしたり頭にくるものなどないのにだ。あいつの笑いときたら、私にたえずつきまとい、こびりついて離れず、放そうとしない。でっかいガルガンチュア（フランスの物語に登場する恐ろしい食欲を持つ巨人）のような笑いなのだ。寝ても覚めても、たえずつきまとい、まるで巨大な石目ヤスリのようにわが琴線にうるさく揺さぶりをかける。夜が明けると、そのでっかい笑い声は野原を渡ってきて、私の気持ちのよい朝の夢想をぶちこわしてしまう。真昼の暑くてまぶしい陽光のもとでは、草木がしおれ、鳥が森の奥に引っこみ、自然界がすっかりうとうとしているさなかに、あいつの大きな「ハッ！　ハッ！」や「ホー！　ホー！」という笑い声が、空に上がっては太陽に挑む。それから暗黒のま夜中になると、町からもどって来て自分の家へと入る寂しい四つ辻から、あの癪にさわる馬鹿笑いが聞こえてきて、私を眠りから起こし、ひどくもだえさせ、苦しめるのだった。

私は夜分ひそかに出ていき、やつの家畜を野原に追っぱらってみたところ、朝になると、やつは大きな笑い声をあげながら、家畜をまた野原から追っぱらうのだった。「何でもないこった」と、やつが言う。「哀れな物も言えない動物が、もっと地味の肥えてる牧草地に迷いこんだからといって、責められんからな」

やつには、「マーズ」と呼んでいる犬がいた。こいつがまた大きなすごいやつで、鹿猟犬とブラッドハウンド（警察犬）の血が混じっており、どちらにも似ていた。マーズはやつの愛犬で、いつも一緒だった。けれども私は時節を待ち、ある日、機が熟すと、その犬を誘いだし、ビフテキにストリキニーネを含ませて食わせ、殺してしまった。それでも、ジョン・クレイヴァーハウスにはさっぱり効きめがなかった。あの笑いは相も変わらず心から頻々《ひんぴん》と起こり、満月そっくりのその顔も相変わらずであった。

そのうち私は、やつの大きな干し草の山と納屋に火をつけた。それでも翌朝の日曜日には、やつは楽しそうにいそいそと出ていった。

「どこへ行くんだい？」やつが四つ辻を通りすぎるときに、そう訊《き》いてみた。

「鱒《ます》だよ」とやつは言い、その顔は満月のようにほほえんだ。「鱒が大好きなもんでね」

あれほど我慢のならないやつなどいるもんか！　干し草畑と納屋の収穫物がそっくりそのまま、炎上してしまった。保険をかけていないのはたしかだ。なのに、飢饉ときびしい冬を前にして、鱒が「大好き」だからといって、ほんとに、飯《めし》になるだけの鱒を求めて陽気に出かけていくのだ！　たとえわずかでも冴えない顔をするなり、あの馬鹿な顔が悲しそうで深刻で月ほどに丸くなかったなら、あるいは、一度でいいから顔からあのほほえみが消えうせていたなら、きっと私はやつの存在を大めに見られたことだろう。だが、それどころか、やつは災難にあいながらも、いよいよもって上機嫌になるのだった。

私はやつを侮辱した。やつは、ゆっくりとほほえみながら驚いたように私を見た。「わしがあんたとけんかをするって？　どうして？」とやつは、ゆっくりと訊いた。それから笑った。「あんたって、おかしな人だね！　ホー！　ホー！　おかしなことを言うから、わしは死んじまいたい気になるよ！　ヒー！　ヒー！　ヒー！　オー！ホー！　ホー！　ホー！」

　こいつをどうしよう？　もう我慢できない。くそっ、何といやなやつだ！　それから、あの名前――クレイヴァーハウス！　何という名前だ！　馬鹿げてるじゃないか。クレイヴァーハウス！　何てこった、何でまたクレイヴァーハウスなんだ？　何度も私は同じことを自問した。スミスとか、ブラウンとか、ジョウンズとかなら、気にもならなかっただろう――それがクレイヴァーハウスとは！　あとは読者のみなさんにお任せする。この名前を自分でくり返し言ってごらんになるといい――クレイヴァーハウス、と。まあその馬鹿げた響きをよく聴いてごらんなさい――クレイヴァーハウスだって！　こんな名前の男が生きていていいのか？　読者のみなさんに訊けば、「だめだ」と言われるだろう。そして私も「だめだ」と言ったのである。

　そんなことより、やつの抵当のことを思いだした。作物や納屋が焼失させられてしまったのだから、抵当に応じることができやしないだろう。そこで私は、抜け目のない、無口で、けちな金貸しにその抵当権を移させた。私は表に顔を出さずに、この代理人を通して担保物の受けもどし権喪失を強行した。しかも、屋敷から家財道具を移転するのに数日（実際、法律の許容範囲を超えない程度）しかジョン・クレイヴァーハウスには与えられなかった。そのうち私はぶらぶらと歩いていって、やつが事態をどう受けとめているかを見に行った。やつは、二十年以上もそこで暮らしていたからだ。ところがやつときたら、皿のような丸い目をきらめかせながら応対し、その輝きが増して顔に広がり、とうとう満月のようになった。

「ハッ！　ハッ！　ハッ！」と、やつは笑って言うのだ。「あのわしの子供ときたら、何ともけったいな餓鬼《がき》だよ！　こんなことって聞いたことがあるかい？　こうなんだよ。あいつが川べりで遊んでいると、土手の一部が陥没して、水をはねかけられた。それで『ああ、とうちゃん！』と叫んで言ったのさ。『でっかい泥土がはね上がっちまって、おいらにあたったよ』ってね」

やつは、話を中断し、私が一緒になってやつと同じいまいましい上機嫌になるのを待った。

「そんなの、何もおかしくないぜ」と私は、無愛想に言ったが、自分の顔が不機嫌に変わるのを知っていた。

やつは、驚きの目で私を見た。それから、今も特徴を説明した通り、あのいまいましい目が輝きを増して広がっていき、とうとう、その顔が夏の月のように穏やかで愛情に満ちて輝き、それからもってあの笑いだ。「ハー！ ハー！ そりゃあおかしい！ わかんないって、え？ ヒー！ ヒー！ ホー！ ホー！ ホー！ わかんねえって！ ほら、いいか。泥土を知ってるだろ――」

だが私は、くるりと背を向け、やつと別れた。そのときが最後だった。もう我慢がならなかった。直ちにケリをつけないといかん、畜生めが！ と、私は思った。やつをこの世から片づけないといかん。それでも丘を越えていくときに、やつの途方もない笑い声が空に響きわたるのが聞こえた。

ところで、私は物ごとを手ぎわよく処理するのを自慢にしているものだから、ジョン・クレイヴァーハウスを殺そうと決めたときにも、あとでふり返って恥ずかしい思いをしないような手ぎわを見せてやろうと考えていた。へまはいやだし、残忍な手口もいやだ。だからといって自分には、単に素手で殴るというのもどうも気にくわない――へっ！ そんなのは胸くそが悪い！ だから、ジョン・クレイヴァーハウス（あぁ、何ていやな名前だ！）を射殺したり、刺したり、棍棒で殴ったりするというのは、私の気に入らない。手ぎわよく巧みに事を運ぶだけでなく、みじんの容疑も自分にかからないようにやらないといけないのだ。

このような目的に私は知性を傾けた。そして、一週間じっくりと考えをあたためてから、陰謀を企てた。それから本気で取りかかった。生後五カ月になるウォーター・スパニエル犬（やや小型の鴨猟犬）を買って、その犬を訓練することに専念した。もし誰かが私のことをこっそりうかがっていたとしても、この訓練の中身はもっぱら一つのこと——物を捜して持ってくること——だと言っただろう。私がその犬——「ベロウナ」と呼んだ——に教えたのは、水の中へ投げこんだ棒ぎれを拾ってくることだった。それも、ただ拾ってくるだけではなく、口に入れて噛《か》んだりもてあそんだりせずにすぐに持ってくること。要するに、決して止まらずに、大急ぎで棒ぎれを持ってくることであった。私は逃げだして、その犬に棒ぎれを口にくわえさせたまま、私に追いつくまであとを追わせる、といったことをきちんとやった。なかなか利口な犬で、勇んでそのやり取り《ゲーム》に熱中したので、私はまもなく満足するようになった。

その後、はじめて偶然の機会があったときに、私はベロウナをジョン・クレイヴァーハウスに与えた。自分のやっていることは心得ていた。やつのちょっとした弱点や、やつが決まって常習的に犯しているちょっとした内緒の罪業を知っていたからである。

「まさか」私がやつの手に綱の先を渡したとき、やつはそう言った。「まさか、本気じゃないんでしょ」そしてやつは、口を大きく開け、あのいまいましいまん丸い顔一面ににやにやと笑いを浮かべた。「わし――わしは、どういうわけか、何となくあんたがわしのことを気に入ってないと思ってたもんでね」と、やつは説明する。「わしがそんな思いちがいをするなんて、おかしなことだね」そんな思いに、やつは腹をかかえて笑った。

「こいつの名前は何ていうんだい？」とやつは、大笑いの合間を縫うように訊いた。

「ベロウナだ」と私。

「ヒー！　ヒー！」とやつは、クスクス笑って言った。「何ともおかしな名前じゃないか！」

私は歯ぎしりをした。やつの笑いが歯が浮くほどいやだったものだから、喋れないぐらい歯を食いしばって言った。「こいつは、マーズの細君だった犬さ」

やがて、満月の光がやつの顔いっぱいに広がりはじめ、ついにはどっと大笑いとなった。「マーズは、わしの別の犬だった。するとこいつは後家になったというわけだな。オー！　ホー！　ホー！　イー！　ヒー！　ヒー！　ホー！」とやつは、私のあとから大声をあげた。私は身を返すと、あわてて丘を越えて逃げ去るのだった。

その週は過ぎ、土曜の夕刻に私はやつにこう言った。「月曜に出ていくんだろ？」

やつはうなずき、にやにやと笑った。

「それじゃ、君の大好きなあの鱒をどっさりと捕まえる機会も二度となくなっちまうね」

ところがやつは、私の冷笑に気がつかない。「さあ、わからないな」と言ってクスクスと笑う。「明日出かけていって、うんと捕《と》ってみますよ」

こんなふうに念には念を入れ、有頂天になりながら私は自宅へともどった。

翌朝早く、やつがたも網とズック製の袋を持って通りすぎ、そのすぐあとをベロウナが小走りでついて行く姿を見かけた。やつの行く先はわかっていたから、近道である裏の牧草地を通り、下生えを抜けて山頂へと登った。見つからないように心して、二マイル（約三・二キロ）ほど山頂づたいに行くと、丘にできた自然な円形の大きな窪《くぼ》地へとたどり着いた。そこでは小さな川が峡谷から急下降したかと思うと、岩に囲まれた大きく静かな淵となって止まり、ひと息入れる。ここだ！　私は、山の高みに腰をおろした。そこは見晴らしがきく所で、私はパイプに火をつけた。

ほどなく、ジョン・クレイヴァーハウスが川床をとぼとぼと歩いてやって来た。ベロウナはやつの近くをぶらぶらと歩いており、両者とも上機嫌だ。ベロウナの短い元気のよい吠《ほ》え声が、やつの胸の奥から出る低い声と入りまじっていた。淵までたどり着くと、やつはたも網と麻袋を投げおろし、尻のポケットから大きな太いローソクのようなものを抜きとった。が私には、それが一本の「ジャイアント」(ダイナマイトの名前)だとわかった。やつはそうやって鱒を捕るからだ。ダイナマイトで鱒を捕るのだ。その「ジャイアント」を一枚の綿布にしっかりと包んでから、導火線を取りつけた。それから導火線に火をつけると、爆発物を淵に投げこんだ。

即座にベロウナは、そのあとを追って淵に飛びこんだ。私は、うれしくてかん高い叫び声をあげたいぐらいだった。クレイヴァーハウスはベロウナをどなりつけたものの、無駄であった。土のかたまりや石を投げつけてみたが、ベロウナはどんどん泳ぎつづけ、とうとう「ジャイアント」の棒を口にくわえたかと思うと、くるりと向きなおり、岸に向かって進んできたのだ。そのときはじめて、やつは身の危険に気づき、駆けだした。私が見越し計画を立てた通り、ベロウナは岸に着くと、やつのあとを追いかけた。いや、ほんとに、それはすごかった！　前にも述べた通り、淵はいわば円形の大きな窪地になっていた。上《かみ》であろうが下《しも》であろうが、飛び石を伝えば流れを渡ることができた。だから、その飛び石をぐるぐるとあっちへ行ったりこっちへ来たりしながら、クレイヴァーハウスとベロウナが競走しあった。あれほど不格好な男がこうも速く走れるなんて、とても信じられるものではなかった。けれどもやつは走ったのだし、ベロウナも大急ぎでやつのあとを追い、だんだんと追いあげていった。それから、やつが思いきり大股で駆け、ベロウナが追いつきそうになって、やつのすぐ膝もとに飛びかかろうとしたとき、突然閃光が発し、どっと煙が舞いあがり、ものすごい爆発が起こった。そして、ほんの少し前に人と犬がいたところには、大きな穴しか地面に見えなかった。

「違法な魚釣り中の事故死」これが、検死陪審の評決であった。そんなわけで私は、ジョン・クレイヴァーハウスを実に手ぎわも鮮やかにやっつけたのを自慢としているのだ。へまも残忍なところもまるでなかった。やったことはどこから見ても恥ずべきところなど何一つないのだし、きっと読者のみなさんも同感の意を表してくれると思う。やつのいまいましい笑い声がもう丘に響きわたることもなく、やつの太ったまん丸顔が私の眼前に現われて悩まされることももうないのだ。わが日々は今や平和で、夜も熟睡しているという次第だ。

焚き火

To Build a Fire

ジャック・ロンドン／辻井栄滋訳

男がユーコン川づたいの本道からそれて、高い土手を登り、ほとんど人が通ることのない間道が、生い茂ったえぞ松の森林地帯を抜けて東のほうへと続くあたりまで来た頃には、寒くてどんよりとした、それも、ことのほか寒くてどんよりとした朝が明けていた。勾配の急な土手を上まで登りきると、男は時計を見るのにかこつけて、立ち止まってひと息ついた。九時であった。空には雲一つないのに、太陽はおろかその気配も見えない。晴れわたった朝なのだ。それでいながら、ぼんやりとした帳《とばり》があたりの表面をおおっているようで、いわく言いがたい陰気さのために、朝が暗いものになっていた。それは、日が射さないからだった。こんな事実を男が気にすることはなかった。太陽のないことに慣れていたからだ。もう何日も太陽を見ていなかったし、あと数日しないと、あの気持ちを引き立てるような球体が真南の地平線上にちょこっと顔をのぞかせはせず、それも、瞬く間に沈んで見えなくなってしまうことを知っていた。

男は、今まで歩いてきた道をすばやくふり返った。ユーコン川が幅一マイル(1)にわたって横たわり、三フィートの氷の下に隠れている。その氷の上にはさらに、同じ深さの雪が積もっている。一面まっ白であり、川が凍結して詰まり氷のできているところでは、ゆるやかなうねりを見せて起伏している。北も南も、目の届くかぎり、誰にも踏まれずに白いのだが、ただ、一本の黒いひじょうに細い線が、えぞ松におおわれた島のあたりから南へと曲がりくねっている。それに北へも同じように曲がりくねっており、こちらの線は、また別のえぞ松におおわれた島の向こうに消えている。この黒いひじょうに細い線が、実は道《トレイル》――あのユーコン川づたいの本道――であり、南へ五百マイル延びてチルクート峠、ダイエイ、そして海へと至る。そして北へは七十マイルでドースン、さらに北へ一千マイルでヌーラートウ、そして最終的には、もう一千五百マイル先のベーリング海沿岸にあるセント・マイクルに至るというわけだ。

ところが、今述べたことのいっさい――何だか得体の知れない、はるか遠くまで延びているひじょうに細い線のような道、空に太陽がないこと、とてつもない寒さ、それにこうしたことといっさいの異様で不気味なこと――は、男に何の感銘も与えなかった。そうしたことにはもう長らく慣れているから、というのではない。この地の新参者、地元の呼び名でいう「チカークウォォウ」であり、しかも、今度がはじめての冬なのだ。この男の難点は、想像力のないことだった。日常生活一般では敏捷で抜け目がなかったが、それは物事のうわべだけのことであって、意味のあることについてはそうではなかったのだ。零下（華氏でマイナス）五十度といえば、氷点下八十何度ということだ。そうした事実にしても、この男には寒くて不快と感じる、それだけのことだった。気温に左右される生き物としての自分のもろさや、ある限られた暑さ寒さの範囲内でしか生きられない人間のもろさ全般についてまで、考えが及ぶことはなかった。さらにそこから、不死や宇宙における人間の位置について、あれこれと推測してみるということもなかった。零下五十度といえば、凍傷にやられてしまうから、二股手袋《ミトン》と耳おおいと暖かい鹿皮の靴《モカシン》と厚い靴下を着けて、身を守らねばならないということになる。零下五十度は、この男にしてみれば、まさしく零下五十度なのだ。それ以上の意味があろうなどとは、彼の頭にはとても浮かんでこないのであった。

身を返して歩きだすと、男は試しに唾を吐いてみた。鋭いパチッという破裂音がして、彼ははっとする。もう一度吐いてみる。するとまた、雪まで落ちないうちに、唾はパチッという。男は、零下五十度では唾が雪の上に落ちてパチッと鳴るのを知ってはいたが、今のは空中で鳴ったのだ。たしかに、零下五十度よりも寒い——どれぐらい寒いのか、男にはわからない。いや、気温などどうでもよい。自分は、ヘンダースン・クリークの左の支流沿いにある古い採掘請求地に行こうとしているんだし、あそこにはもう仲間が着いているんだ。彼らのほうはインディアン・クリーク地方から分水嶺を越えてやって来たが、この男は、春になってユーコン川の島々から丸太を出せるかどうかを調べてみようと、まわり道をしてきたのだった。六時には、野営地に着けるだろう。たしかに暗くなって少ししてからにはなるだろうが、仲間がそこにいて、焚《た》き火が燃えていて、温かい夕食の支度ができているだろう。昼食のことなら、と思った男は、ジャケットの下から突きでている包みに片手を押しあてた。それはさらにシャツの下にあって、ハンカチにくるんで素肌にあててあった。丸い小型のパンを凍らせないようにするには、それしか手がないのだ。男は、わが意を得たようにそっとほほえみながら、それらのパンが一個一個切り開いてベーコンの脂を浸し、それぞれに揚げたベーコンの大きな切り身がはさんであるのを思いやるのだった。

男は、大きなえぞ松の林の中へ飛びこんでいった。道はかすかについている。この前に橇《そり》が通りすぎてからでも、一フィートの雪が積もっており、男は橇を引かずに身軽な旅をしているのがうれしかった。その通り、ハンカチにくるんだ昼食以外には何も持っていないのだ。それにしても彼は、この寒さには驚いていた。たしかに寒い、と麻痺した鼻とほお骨を二股手袋をはめた手でこすりながら思う。頬ひげが暖かそうに生えた男だが、顔に生えた毛ぐらいでは、高いほお骨や、凍るような大気にぎゅっと突きでたやる気十分な性格を思わせる鼻は守れなかった。

男のすぐあとを、一匹の犬が小走りでついて来ていた。大きなこの土地のエスキモー犬で、生粋の狼犬であり、灰色の毛におおわれており、見た目にも気質上も、兄弟分である野生の狼と何ら違わなかった。この犬は、とてつもない寒さに元気をなくしている。旅をする時などではないことを知っているのだ。本能が犬に教える話は、男が自分の判断で教えられるよりも正確なのだ。実は、単に零下五十度より寒いどころではなく、零下六十度、七十度よりも寒かった。零下七十五度なのだった。氷点は華氏三十二度だから、氷点下百七度（およそ摂氏マイナス六十度）に達していたことになる。犬は、温度計のことなど何も知らない。もしかするとその頭脳には、男の頭脳にあるような極寒状態についての明確な意識などないのだろう。けれども、獣には獣の本能がある。おぼろげながらも恐ろしい不安を覚えたのであり、そのために勢いをそがれ、男のすぐあとをそっと歩き、彼がめったにない動きを見せるたびに、野営地に入ってくれるのではないか、それとも、どこかに隠れ場を見つけて焚き火でもしてくれるのではないか、というふうに熱心に問うてみるのだった。犬は火を知っていたのであり、それで火を求めるか、さもなければ、雪の下に穴を掘って大気から離れてぬくもりたいと思っていた。

犬の吐く息は、凍った水分となり、細かい霜の粉となってその毛にこびりつき、特に下あごと鼻づらとまつ毛は、息が結晶して白くなっている。男の赤いあごひげと口ひげも、同じように霜でおおわれているが、こっちのほうがもっとかたくて、その付着物は氷となり、男が暖かくて湿った息を吐き出すたびに、ますます量が増えていった。そのうえ、男はタバコを嚙《か》んでおり、氷が口輪のように唇をがちっと締めつけていたから、タバコの汁を吐き出すときは、どうしてもあごを伝ってしまう。その結果、琥珀《こはく》色になり琥珀のようにかたくなった透明なあごひげが、あごから次第に伸びていった。男が倒れでもしたら、もろくもガラスみたいに粉々になるだろう。ところが男は、そのぶら下がっている添え物なんかお構いなしだった。この地方では、タバコを嚙む者なら誰だって受けねばならない報いであり、この男も以前二度寒い時に外出したことがあった。たしか、あの時はこれほど寒くはなかったな。が、シックスティ・マイルではアルコール寒暖計が、零下五十度と、あと一回は五十五度を指していたっけ。

男は平坦に広がる木立の中を数マイル歩きつづけ、黒い丸石の広い低地を横切ると、土手を下って、小さな流れの凍った川床へとやって来た。これがヘンダースン・クリークで、彼はあの分岐点から十マイルのところまで来ているのを知った。時計を見てみる。十時だ。時速四マイルで来たわけだから、この調子で行くと十二時半には分岐点に着くだろう。あそこへ着いたら、それを祝って昼めしにしよう、と男は決めた。

男が支流《クリーク》の川床づたいに威勢よく歩きだすと、犬はがっくりと尾を垂らしながら、また男のすぐあとにもどって来た。ずっと前に橇が通っていった跡がはっきりと見えるが、そこには十数インチの雪が積もっている。ここ一カ月というもの、この静まりかえったクリークを登り下りしたものは誰一人としていないのだ。男は、どんどん歩きつづけた。彼はそんなに考えこむ質《たち》ではなく、特にこのときには、分岐点に着いたら昼食をとることと、六時には野営地で仲間と合流するということのほかに何も考えることがなかった。話す相手もいない。仮にいたとしても、氷の口輪が邪魔になって、話をすることなどとてもおぼつかなかっただろう。だから男は単調に、タバコを噛んでは、琥珀のあごひげを伸ばしつづけるのだった。

時たま、ひどく寒い、こんな寒さなど経験したことがない、との思いが頭の中でくり返された。歩きながら、二股手袋の甲の部分でほお骨と鼻をこする。この動作を反射的に行ない、手は時々交代する。ところがいくらこすっても、動きを止めるとたちまち、ほお骨が麻痺し、次の瞬間には鼻の先が麻痺してくるのだ。きっと頬は凍傷にやられちまうだろう、と思う。彼にはそのことがわかっており、急な寒波のときにバッド（この男の知りあい）が着けていたような鼻おおいを自分で工夫しなかったことが、痛いほど悔やまれた。ああいうおおいだったら、両頬にもかかるわけだから、助かるというものだ。しかし、そんなものは、いずれにしたって大したこっちゃない。凍傷にやられた頬が、どうだっていうんだ？　ちっとは痛《いて》えが、それだけさ。のっぴきならないなんてことあるもんか。

男は頭の中では何も考えていなかったが、目配りのほうは鋭く、クリークの変化や曲がり目や屈曲部や流木の積み重なりに気をつけ、つねに足の踏み場には抜け目なく注意を払っていた。一度、屈曲部を曲がったとき、びっくりした馬のように不意に飛びのき、これまで歩いてきたところから曲がって進路をそらすと、道を何歩か退いた。彼の知っているクリークは、底までずっと凍っていた――この北極地方の冬に、どこのクリークも水を含んでいようはずがないのだ――が、山腹からゴボゴボと湧きだし、雪の下やクリークの氷の上を流れる泉があることも承知していた。どんなにきびしい寒波のときも、こうした泉が凍ることは決してないことや、その危険性についても同じようにわかっていた。それらの泉は、罠なのだ。雪の下に、三インチないしは三フィートもあるかも知れない水たまりを隠している。時には半インチのうす氷が水たまりをおおっていて、今度は雪がその上をおおっていることもあった。また時には、水とうす氷が交互に層をなしており、踏み破ってしまうと、しばらくは層を破りつづけて、腰まで濡らしてしまうことだってあるのだ。

だから男は、あわてふためき飛びのいたのである。彼は、足もとがゆるむのを感じ、雪に隠れたうす氷がパチパチッと音を立てるのを聞いた。こんな気温のもとで足を濡らしたりすれば、面倒な事態になり危険なことになる。何はともあれ、旅が遅れてしまうということだ。足を止めて焚き火をおこし、火に守られて足を露出しながら、靴下とモカシンを乾かさねばならないからだ。男は立ち止まって、クリークの川床と土手とを調べてみて、水の流れが右側から来ていると判断した。鼻と頰をこすりながら、しばらく思案していたが、やがて左側に迂回すると、きわめて慎重に歩を進め、一歩一歩足場を確かめていった。いったん危険を脱すると、あらたにタバコを嚙み、自分のペースの時速四マイルの足どりで威勢よく歩いていった。

それから二時間のうちに、男はいくつかの似たような罠にでくわした。たいてい、隠れた水たまりの上の雪というのは、見かけがくぼんで砂糖状に固まっていて、危険だとわかる。それでももう一度、もう少しで危ないところを逃れた。そして一度は、危険に感づいて、犬を無理やり先に行かせた。犬はそれを嫌った。しりごみをしていたが、男に前へ押しやられると、白くて誰にも踏まれていない表面を急いで横切った。突然踏み破って、もがきながら横へ進み、もっとしっかりした足場へと逃げだした。犬は、前肢を濡らしており、ついた水は、ほとんどたちどころに氷に変わっていった。犬は、すかさず脚から氷をなめて取ろうとした。それから雪の中にすわりこむと、指のあいだにできた氷をかじり取りはじめた。これは、本能のなせる業《わざ》であった。氷をそのままにしておけば、足がやられてしまうということだ。犬には、そんなことはわからなかった。ただ、本性の深い奥底から頭をもたげてくる何だか得体の知れない衝動に従っているだけなのだ。けれども男のほうは、こうしたことについてちゃんとした判断を備えていたので、わかっていた。それで、右手の二股手袋をぬぐと、氷片をはぎ取るのを手伝ってやった。一分と指を外気にさらしていないのに、たちまち麻痺が襲ってきたのにはびっくりした。たしかに寒い。男はあわてて手袋をはめ、その手を猛烈に胸に叩きつけるのだった。

十二時には、一日で一番明るくなった。それでも太陽は、冬の旅をはるか南のほうでやっていたから、地平線を離れることがない。大地のふくらみが地平線とヘンダースン・クリークとのあいだにあって、正午の晴れわたった空のもとでも、このクリークを歩いていく男の影がまるで落ちないのだ。十二時半、一分と狂わずきっかりに、男はクリークの分岐点に着いた。彼は、自分の歩いてきた速度に満足だった。この調子で行けば、間違いなく六時までに仲間と合流できるだろう。ジャケットとシャツのボタンをはずすと、昼食を引っぱり出した。この動作をするのに十五秒とかかっていない。なのに、その短時間のうちにも、外気にさらされた指は麻痺にとらわれた。男は二股手袋をはめないで、指を十数回脚に猛烈に打ちつけた。それから、雪におおわれた丸太に腰をおろして、食べはじめた。指を脚に打ちつけたあとに起こった刺すような痛みが、アッという間に消えたものだから、男は驚いた。パンをひとかじりする間もなかったのだ。彼はくり返し指を打ちつけ、二股手袋にもどし、もう一方の手を露出して食べようとした。ひと口食べようとするのだが、氷の口輪が邪魔になる。焚き火をして解かすのを忘れていたのだ。自分の愚かさ加減をクスクスと笑ったが、笑っているうちにも、麻痺が外気にさらされた指に忍びこんでくるのに気づいた。おまけに、腰をおろした際に最初に足の指を襲った刺すような痛みが、もうなくなりかけていることにも気づいた。足の指は暖かいのだろうか、麻痺しているのだろうか、と思う。モカシンの中で動かしてみて、麻痺している、と判断するのだった。

男はせき立てられるように二股手袋をはめて、立ちあがった。いささかびくついていた。あの刺すような痛みが足にもどってくるまで、ドシドシと足踏みをやってみた。たしかに寒い、と思う。サルファー・クリークから来たあの男は、この地方では時々何とも寒くなることがあると言ったが、その通りだ。ところが俺ときたら、あの時にやつを笑ってしまった！　あんまり自信を持ちすぎちゃいけない、ということだな。それはたしかだ、何とも寒いんだから。彼はあっちへこっちへと大股に歩きながら、足を踏み鳴らし両腕を打っていると、やがて暖かさがもどってきてホッとする。それからマッチを取りだし、火をおこし始めた。前年の春に増水して大量の枯れ枝がたまっている下生えから、薪を集めた。ささやかな炎から苦心してやっていると、ほどなくゴーゴーと音を立てて火が燃えたので、その上で顔の氷を解かし、火に守られながらパンを食べた。このしばらくのあいだだけは、あたりの寒さも裏をかかれた格好だ。犬は焚き火に満足し、暖をとれるぐらい近くで、かといって毛が焦げない程度の距離をおいて、寝そべるのだった。

男は昼食をすますと、パイプにタバコを詰めて、一服やりながら気持ちのよい時を過ごした。やがて手袋をはめ、帽子の耳おおいを耳のあたりにあてると、左側の支流のほうへとクリークの道を歩いていった。犬はがっかりし、焚き火のほうを恋しそうにふり返った。この男は、寒さというものを知らなかった。ひょっとすると、彼の祖先のどの世代もみな、寒さ——ほんとうの寒さ——氷点下百七度という寒さを知らなかったのだろう。ところが、犬は知っていた。その祖先はみな知っており、この犬もその知識を受け継いできたのだ。だから、こんなものすごい寒さのなかを出歩くのはよくないことを知っていた。雪の穴で心地よく横になって、この寒さのよって来たる宇宙から地表を遮断するように雲の仕切りが引かれるのを待つ時なのだ。また一方、この犬と男のあいだには、これといって親密なところもなかった。前者は後者の奴隷であり、犬が受けたことのある愛撫といえば、むちか、むちを打つぞと言って脅すどしなかった。だから犬は、自分の心配を男に伝えようとなどしなかった。焚き火のほうを恋しそうにふり返ったのは、男の安全に関心があるのではなく、自分のためだったのだ。それでも男は、口笛を吹き、むちを鳴らして犬に話しかけると、犬は男のすぐあとにぐるりと回りこんで、ついて行った。

男はタバコを噛み、あらたに琥珀色のあごひげを作りはじめた。さらに、湿った息を吐くと、たちまち口ひげやまゆ毛やまつ毛が白く粉をふいた。ヘンダースン・クリークの左側の支流にはそんなに多くの泉はないらしく、半時間というもの男には、泉がある気配など一向に見えなかった。ところが、その時である。そんな気配もないところで、柔らかくて亀裂もない雪ならその下はかたいはずのところで、男は踏み破ってしまったのだ。深くはない。それでもかたい凍結雪面にもがいて出るまでに、膝下半分ほどを濡らしていた。

男は腹が立ち、不運を声に出して呪《のろ》った。六時には仲間たちに合流したいと思っていたのに、これでは一時間は遅れるだろう。焚き火をして、履き物を乾かさなくてはいけないからだ。こんなに低温では急を要する——男にもそれぐらいのことはわかっていた。それで土手のほうへそれて、その土手を登った。一番上まで登ったところの、何本かの小さなえぞ松の木の幹のまわりの下生えに、増水時にたまった乾燥した薪がごちゃごちゃとあった——主に棒切れやら小枝だが、枯れた大枝や細い乾いた去年の草もあった。男は、雪の上に大きな枝を何本か投げ落とした。こうすれば土台の代わりになり、燃えだした炎が雪を解かして消えてしまわずにすむわけだ。炎は、ポケットから取りだしたブナの樹皮の小さなかけらにマッチをすって取った。このほうが、紙よりずっとたやすく燃えるのだ。それを土台の上に置き、その燃えかけの火に乾いた草きれと一番小さな枯れ枝をいくつか継ぎ足した。

わが身の危険を痛切に自覚しながら、男はゆっくりと慎重に焚きつけにかかった。雪の中にしじわじわと炎が強くなるにつれ、男は継ぎ足す小枝を大きくしていった。雪の中にしゃがみながら、下生えに絡みあった小枝を引っぱりだしては、そのまま継ぎ足していった。ミスが許されないのは承知していた。零下七十五度のときに、焚き火は最初のところで失敗してはならない――ことに、足が濡れている場合には。足が乾いていれば、失敗しても、半マイルも道を走れば、血液の循環を元にもどせる。だが、足が濡れて凍りかかっているとなると、零下七十五度では、血液の循環は取りもどせない。いくら速く走っても、濡れた足はなおさらかたく凍ってしまうというものだ。

こうしたことを何もかも、男は承知していた。サルファー・クリークの古顔が前年の秋にそうしたことを教えてくれたのだが、男は今になってその忠告をありがたく思っていた。すでに、足の感覚がすっかりなくなってしまっている。焚き火をするには、手袋をぬがざるを得ないが、指がたちまち麻痺してしまう。時速四マイルの速度《ペース》で歩いていたときは、心臓が血液を体の表面や手足の隅々まで送りだしていた。ところが、立ち止まったとたんに、鼓動が弱まってしまう。宇宙の寒さが遮蔽物のない地表を急襲し、男も、その遮蔽物のない先っちょにいるのだから、その一撃をまともにくらうわけだ。体の血液も、その一撃を前にしてはたじろいでしまう。血液だって犬と同様生きており、犬同様にものすごい寒さから身を隠しすっかり身を包みたいのだ。時速四マイルで歩いているかぎりは、その血液もいやおうなしに体の表面に送りだされる。が、今やそれも弱まって、体の奥深くに沈んでしまった。手足にまず血の気の失せるのを感じる。濡れた足はますます速く凍り、外気にさらされた指にもまだ凍傷はできはじめていなかったものの、いっそう速く麻痺していった。鼻と頰はすでに凍傷がでてきかかっており、血の気がなくなるにつれ、全身の皮膚が冷えこんでいった。

でも、大丈夫だ。足の指と鼻と頰とが、凍傷にやられるぐらいだろう。火が勢いよく燃えだしたんだから。男は、指ぐらいの太さの小枝を足していった。もうちょっとすれば、手首ぐらいの太さの枝を足せるだろうし、そうなれば濡れた履き物がぬげる。それを乾かしているうちに、素足を暖めておける。もちろん、最初は、雪で足をこするんだ。焚き火は、うまい具合に燃えた。もう大丈夫だ。男は、サルファー・クリークの古顔の忠告を思いだして、にんまりとした。あの古顔は、クロンダイク地方では零下五十度以下になると一人旅は禁物だ、と大まじめに言いわたしおった。だけど、俺はちゃんとここにいるぜ。事故にも遭ったし、一人だけど、うまく切りぬけたさ。あの古顔連中ときたら、いささかめめしいやつも中にはいるもんだな、と男は思う。冷静を保ちさえすればいいのだし、そうすりゃ大丈夫さ。男なら誰だって、一人旅ぐらいできるってもんだ。それにしても、頰と鼻が凍っていく速さには驚くべきものがあった。それに男は、自分の指がこんなにも速く生命をなくしていくなんて思ってもみなかったのだ。もう指は、たしかに生命をなくしている。指を一緒に動かして小枝をつかもうとするがままならず、自分の体や自分から遠いところにあるように思われたからだ。小枝に触れても、ちゃんとつかんでいるのかどうかをよく見て確かめなければならなかった。彼と指先とを結ぶ神経が、相当参ってしまっているのだった。

そうは言っても、それぐらいのことはどれも大したことではない。焚き火がパチパチと音を立てて、炎が揺れるたびに、生命を請けあってくれているのだ。男は、モカシンのひもをほどき始めた。靴は、一面氷をかぶっている。厚手のドイツ製の靴下は、膝下半分ぐらいまで鉄のすねあてみたいになっている。そしてモカシンのひもは、大火にでも遭ったように、すっかりねじ曲がりもつれあった鋼鉄の棒みたいだ。ちょっとのあいだ、男は麻痺した指でぐいと引いてみたが、その愚かさ加減に気づいて、鞘ナイフを抜いた。

ところが、ひもを切らないうちに、事が起こったのである。それは、この男の責任というか、彼の誤りであった。えぞ松の木の下で焚き火をしたりしてはいけなかったのだ。樹木のないところでやるべきだったのだ。けれども、雑木林から小枝を引っぱりだして、そのまま火の上にくべるほうが楽であった。ところで男が焚き火をしていた真上の大枝には、かなりの重さの雪が載っていた。もう何週間も風が吹いていなかったから、どの枝にも雪がいっぱい積もっていたというわけだ。男が小枝を引っぱるたびに、わずかな振動がその木に伝わっていた――彼にしてみれば、気がつかないほどの振動なのだが、災難を引き起こすには十分な振動であった。木々の高いところにある一本の大枝が、積もった雪をひっくり返す。すると、それが下の大枝に落ちて、その枝をひっくり返す。そんなことが続くと、広がって木全体に影響を及ぼしていく。雪崩《なだれ》のように大きくなり、何の前触れもなしに男と焚き火を襲ってきて、火が消されてしまったのだ！　それまで火が燃えていたところには、ひと重なりの雪が真新しく散らかっていた。

男は衝撃を受けた。まるで自分が、死刑の宣告を受けたかのようだった。ちょっとのあいだ、彼はすわって、焚き火のあったところを見つめた。それから、ぐんと冷静になった。たぶん、サルファー・クリークの古顔が言ってた通りなのだろう。もし同行者がいてくれさえしたら、今だって何の危険もなかっただろう。同行者がいたら、焚き火をやってくれただろうからな。いやはや、もういっぺん火をおこさんといかんし、今度こそ失敗は許されんぞ。たとえうまくいったとしても、おそらく足の指を何本か失うだろう。足はきっともうひどく凍っているだろうし、また火がおこるまで多少の時間もかかるだろう。

こんなことを男は考えていたが、だからと言って、じっとすわって考えていたわけではない。そうした思いが頭をよぎっているあいだもずっと、手を休めてはいなかった。焚き火の新しい土台を、今度は樹木のないところに作った。そこなら、油断のならない木が火を消してしまうこともないからだ。次いで、増水時の漂流物の中から、乾いた草とちっぽけな小枝とを集めた。それらを引っぱりだすのに指を使うことはできなかったが、手のひら全体で集めることはできた。こんなふうにして集めたものだから、多くの腐った小枝や多少の緑の苔といった好ましくないものまで混じっていたが、それぐらいが関の山だった。男は、几帳面に仕事にあたった。あとで火が次第に勢いを増したときに使う、もっと大きな枝をひとかかえ集めてくることまでしたのだった。そのあいだずっと犬は、ある恋しげで物足りなそうな様子を目に浮かべながら、すわって男を見守っていた。男を火の供給者と見なしているのに、その火がなかなか現われないからだった。

用意万端整うと、男はポケットに手を入れて、もう一枚のブナの皮切れを取ろうとした。皮切れがそこにあるのはわかっており、指ではそれを感じとれないけれど、手さぐりをすると、カサカサと音を立てるのが聞こえる。いくらやってみても、それがつかめない。そうこうしているあいだもずっと自覚しているのは、刻一刻と足のほうが凍っていくとの思いだった。そんなふうに考えると、あわてふためいてしまいそうになるが、その思いと闘って平静さを保つ。二股手袋を歯を使ってはめ、両腕を前後に振りまわして、両手を力いっぱいわき腹に叩きつける。この動作を、すわってやっていたが、やがて立ちあがってやりだす。このあいだずっと、犬は雪の中にすわり、狼みたいにふさふさした尾を暖かそうに前足の上に巻き、とがった狼みたいな耳を一心に前方に立てながら、男をじっと見ていた。男のほうは、腕と手を叩きつけたり振りまわしたりしながら、生まれながらのおおいを着けてぬくぬくと安全でいられるその動物を見ると、羨望の念が大波のように押し寄せてくるのを覚えるのだった。

しばらくすると、叩きつけた指にはじめて感覚が遠くのほうからもどってくるのに気づいた。かすかなうずきがじわじわと強くなっていき、やがて責めさいなむようなずきずきする痛みに変わっていったが、これこそは男が満足感をもって歓迎するものだった。右手から手袋をぬぐと、ブナの皮を取りだす。外気に触れた指は、またもやすかさず麻痺しはじめる。次いで硫黄《いおう》マッチの束を取りだす。だが、とてつもない寒さによって、すでに指から生気が奪われてしまっている。マッチを一本束から離そうとしているうちに、束ごと雪の中に落としてしまう。それを雪の中から拾いだそうとするが、失敗に終わる。麻痺した指では、触れも、つかめもしない。男は、きわめて慎重だった。凍っていく足や鼻や頰についての思いを頭から追いだして、もっぱらマッチに打ちこんだ。触覚の代わりに視覚を利用して、じっと見つめる。そして指が束の両側にあるのがわかると、指を閉じる――つまり、気持ちのうえで閉じようとする。神経が弱りきって、指が言うことをきかないのだ。右手に手袋をはめ、それを膝に激しく叩きつける。それから、手袋をはめた両手で、マッチの束をたくさんの雪とともに膝の部分にすくい上げた。なのに、前よりも決してうまくいったわけではなかった。

何度かやってみて、やっとのことで手袋をはめた手の先でマッチの束をはさむことができた。こんなふうにして、その束を口もとまで持っていく。躍起になって口を開けると、氷がバリバリと砕ける。下あごを引きしめ、邪魔にならないように上唇をまくり上げ、マッチを一本離すために上の歯で束をこする。うまい具合に一本取りだせたが、それを膝の上に落とす。前よりも決してうまくいったのではない。その一本を拾いあげられないのだ。そのうち、一つの手を考えだした。歯で拾いあげて、脚のところで擦《す》ったのだ。二十回も擦ると、やがてうまい具合に火がついた。炎が上がると、男はそのマッチを歯でブナの皮に押しつける。ところが、燃える硫黄が鼻孔から肺に入りこみ、発作的に咳が出てしまう。マッチは雪の中へ落ちて、消えてしまった。

サルファー・クリークのあの古顔の言った通りだ、と男が思ったのは、続いて襲われながらも何とか抑えこんだ絶望の瞬間であった。零下五十度以下になったら、旅は相棒と一緒にしなくちゃいけないんだ、と。両手を叩いてみるが、感覚をかき立てられない。いきなり両手を露出して、歯を使って手袋をはずす。マッチの束をまるごと両手首近くのあいだにはさむ。腕の筋肉のほうは凍っていないから、両手首をしっかりマッチの束に押しあてることができた。それから、束を脚に沿って擦る。七十本の硫黄マッチが、一度にパッと燃えあがった！　炎を吹き消す風もない。男は、頭を横に向けて息の詰まりそうな煙を避け、燃えているマッチの束をブナの皮に押しつけた。そんなふうにしていると、手に感覚がもどってくるのがわかる。自分の肉が焼けているのだ。そのにおいも嗅ぐことができる。皮膚のずっと下で肉の焼けているのが感じとれる。その感覚は高じていって、激痛となる。それでもなお痛みをこらえながら、自分の焼けている手が邪魔になって炎の大半を消してしまうために、すぐには燃えようとしないブナの皮に、マッチの炎を不器用に押しつけるのだった。

とうとう、それ以上こらえきれなくなって、両手をぱっと離した。燃えているマッチは、ジューッという音を立てて雪の中へ落ちた。が、ブナの皮は燃えている。その炎の上に、乾いた草と一番細い小枝とを載せはじめる。男には、選びとるということができなかった。何しろ両手首にはさんで持ちあげねばならないからだ。腐った木切れや緑の苔が小枝にくっついており、男はそれらを歯でできるだけうまくかじり取った。彼は、炎を不器用ながらも注意ぶかく大事に扱った。それは即生命《いのち》であって、消してはならないのだ。体の表面から血の気が引いていって、身ぶるいが始まり、いっそう不器用になる。大きな緑色の苔が、小さな火の上にまともに落ちた。指でかき出そうとするが、体が震えて遠くへかき出しすぎて、小さな火の心を砕いてしまい、燃えている草や細い小枝が離ればなれに散らばってしまった。もう一度かき集めようとするが、緊張して骨折ったにもかかわらず、体の震えに負けてしまい、小枝はどうしようもなく散らばってしまった。一本一本が煙をパッと吹きだしたかと思うと、消えてしまった。火の供給者は、しくじってしまったのだ。男が呆然としてあたりを見まわすと、たまたまあの犬に目がとまる。焚き火の残骸の向かい側の雪の中にすわって、せわしなく背を曲げる動きをしながら、前足を交互にわずかに持ちあげては、体の重心をあちこちに移して、火欲しさに待っているのだった。

犬を見て、無謀な考えが男の頭に浮かんだ。猛吹雪に襲われたとき、雄牛を殺して死体の中へもぐりこみ、助かった男の話を思いだしたのだ。俺もこの犬を殺して、麻痺状態が消えるまでそのぬくもりのある死体に両手を突っこんでおくんだ。そうすれば、また火をおこせる。男は犬に話しかけ、自分のほうへ呼び寄せようとした。が、その声には、犬をびくつかせるような聞きなれない恐怖の語気が含まれていた。これまでそんなふうに男に話しかけられた覚えがない。どこかおかしい。犬の疑いぶかい本性が、危険を感じとったのだ——どんな危険なのかはわからないにしても、脳の中のどこかで、なぜか、男に対する不安が頭をもたげてきたのである。男の声に耳を垂れ、せわしなく背を曲げる動きと前足を交互に持ちあげる動作とが、いっそう顕著になった。それでも、男のところへは行こうとしない。男は四つんばいになり、犬のほうへ這《は》っていった。この見なれない姿勢にまたもや疑いをかき立てられ、犬は気どった足どりで横へ逃げてしまった。

男はしばらく雪の中で起きなおり、冷静になることに努めた。それから、歯を使って手袋をはめ、立ちあがった。最初にちょっと下を見て、自分がほんとうに立っているのを確かめる。足の感覚がなくなって、大地に立っていると感じられなくなっていたからだ。男が直立姿勢をとっているというだけで、犬の心に広がっていた疑念が晴れだした。そして、男がむちの音を声に出して有無を言わせぬ調子で言うと、犬はいつもの忠順なところを見せて、寄ってきた。犬が手の届くところまでやって来ると、男は自分を抑えきれなくなる。両腕をぱっと犬に伸ばしてみたところ、手が物をつかめないし、指も曲がらないし感覚もないのがわかって、心から驚いてしまう。指が凍っていて、さらにその度合がひどくなりつつあるのを、しばし忘れてしまっていたのだ。こうしたことは何もかも矢継ぎ早に起こった。そして犬が逃げられないうちに、男は犬の体を両腕でかかえていた。雪の中に腰をおろし、そんなふうに犬を押さえていたが、犬のほうはうなったり、鼻を鳴らしたり、もがいたりしていた。

だが、犬の体を抱きかかえてそこにすわっている、それぐらいしかできなかった。男は、犬を殺すことができない、と観念した。そうする術《すべ》がないのだ。どうにもできない手では、鞘ナイフを抜くことも握ることも、犬の喉を締めることもできはしない。男が犬を放すと、犬は狂ったように飛びのき、尾を脚のあいだにはさんで、なおもうなっている。そして四十フィート離れたところで立ち止まると、耳をぴんと前方に立てながら、けげんそうに男を眺めている。男は下を向いて、両手の所在を突きとめようとした。手は、腕の先にぶら下がっている。自分の手がどこにあるのかを確かめるために目を使わねばならないなんて、男には奇妙に思えた。彼は両腕をあちこちと振りまわしはじめ、手袋をはめた手をわき腹に叩きつける。こんな動作を五分間、それも激しくやっていると、心臓が血液を表面にまで押しだして、体の震えを止めた。それでも、両手の感覚がまるでもどって来ない。両手は腕の先で重石のようにぶら下がっている感じがしたが、その感じを突きとめようとしても、できなかった。

鈍くて重苦しい、ある死に対する恐怖が、男を襲ってきた。この恐怖がたちまち痛烈なものとなったのは、もはや単に手や足の指を凍らせるとか手足を失うとかいった問題ではなく、生死の問題であって、それも見込み薄だ、と観念したときであった。そのために男はあわてふためき、身を返すと、例のかすかな道づたいに川床を駆けあがった。犬も後ろからついて行き、遅れずに一緒に走った。男はがむしゃらに、何心なく、それまで覚えたこともないような恐怖に駆られて走った。雪の中を骨折りもがきながら進んでいくと、ゆっくりといろんなものが見えはじめる――クリークの土手、できて長らく経った流木の集積物、葉のないポプラ、そして空が。走ると、気分がよくなった。身ぶるいもしない。もしかして、このまま走りつづけたら、凍った足も解けるかもしれない。それに、どのみち、うんと遠くまで走れば、野営地と仲間のところに着けるだろう。たぶん、手足の指と顔を多少はやられるだろう。でも、向こうへ着けば、仲間が面倒をみてくれて、それ以外のところは助かるだろう。それと同時に、彼の心にはまた別の考えが浮かんだ。俺には、野営地と仲間のところまではとても行き着けやしない。距離がありすぎる。凍傷にあまりにも先を越されちまったよ。俺は、まもなく硬直して死んじまうんだ。男は、こんな思いを表には出さず、じっくり考えようともしない。時々そうした思いがしゃしゃり出て、聞けと迫る。が、男は押しかえして、ほかのことを考えようと努めるのだった。

大地を蹴っても体重を支えても感じられないほど凍った足で、とにもかくにも走れる、というのが男には奇妙だった。地表すれすれに飛んでいて、大地とは何のつながりもないように思われる。どこかで、いつだったか、翼のあるマーキュリ（ローマ神話に登場する神々の使いの神で、雄弁・商業・盗賊・科学の神）を見たことがあったが、マーキュリも大地すれすれに飛んでいる時には同じように感じるのだろうか、と思う。

野営地と仲間のところに着くまで走るという男の考えには、欠陥が一つあった。すなわち、彼には持久力がないということだ。何度かつまずき、しまいにはひょろつき、がっくりときて、倒れた。立ちあがろうとするが、できない。すわって休まないといかん、という気になる。今度は、もっぱら歩いて、そのまま歩きつづけるんだ。すわって呼吸を回復すると、えらく暖かくて気持ちよくなっているのに気づく。体も震えてはいないし、胸や胴体が暖かくほてってきたようにさえ思われる。にもかかわらず、鼻や頬を触ると、まるで感覚がないのだ。走っても解けやしないだろう。手足だって同《おんな》じだろう。すると、体の凍った部分が広がってきているにちがいない、との思いが浮かんできた。こうした思いを抑えよう、忘れよう、何かほかのことを考えようとする。男は、そうした思いを引き起こしている居たたまれぬ気持ちを自覚しており、その正気を失った状態を恐れていた。ところが、その思いは出しゃばって譲ることがななかかわず、男はまた道に沿ってむちゃくちゃに走る。一度速度を落として歩いたが、凍傷がどんどん広がっていると思うと、また走りだすのだった。

そしてそのあいだもずっと、犬は男と一緒に走り、すぐあとをついて来る。男がもう一度倒れると、犬は前足の上に尾を巻いて、男の前にすわり、ひどくじれったそうにいちずに彼と向きあう。犬が暖かくて安全なことに男は腹が立ち、自分をなだめるかのように犬が耳を垂らすまで悪態をつくのだった。今度は、身ぶるいがさっきより早くやってきた。男は、きびしい寒さとの闘いに負けようとしていた。きびしい寒さが、四方から体の中へ忍びこんできている。そう思うと追い立てられるが、わずかに百フィートも走ると、よろよろとして頭からまっさかさまに倒れる。それが、男の最後のうろたえ《パニック》であった。呼吸と落ち着きを回復すると、起きなおって、品位を持って死と向かいあおうとの思いをいだいた。けれども、そうした思いは、そうした言葉で思い浮かんだのではない。どんな思いかというと、自分は馬鹿なまねをして物笑いになるようなことをしてきた、首を切り落とされた鶏みたいに走りまわってな——というのが、男の頭に浮かんだ直喩だった。まあ、どっちみち凍死するに決まっているんだから、それなら、しかるべく死を受けいれたっていいだろう。こうしてあらたに心の平和を見いだすとともに、最初のかすかな眠けが訪れてきた。いい考えだよ、眠りながら死ぬというのは、と男は思う。まるで麻酔薬にかかってるみたいだ。凍死というのは、人が考えるほど悪いもんじゃないな。はるかにひどい死に方だってあるんだから。

男は、仲間たちが翌日自分の死体を発見するところを想像してみた。突然気がついてみると、彼はみんなと一緒におり、道をやって来ては自分を捜している。しかも、みんなと一緒にいながらも、道の曲がり目をまわると、自分が雪の中に横たわっているのである。男は、もはや自分ではなくなっていた。だって、この時でさえ、彼は自分から抜け出て、仲間たちとともに立って、雪の中の自分を見ていたわけだから。たしかに寒い、と思う。合衆国へ帰ったら、ほんとの寒さがどういうものか、みんなに話してやれる。そんなことを思っているうちに、いつの間にかサルファー・クリークの古顔の幻影に移っていった。男は、その古顔が暖かくて気持ちよさそうにパイプをふかしているのをまざまざと見ることができた。

「あんたの言う通りだった、じいさん、その通りだったぜ」と男は、サルファー・クリークの古顔に向かってつぶやいた。

やがて男は、それまで味わったことのない気持ちのよい得心のいく眠りと思えるものにうとうとと陥っていった。犬は、男と向かいあってすわり、待っていた。短い一日が、長くてゆっくりとしたたそがれとなって、終わりに近づいた。焚き火のたかれる気配はまるでなく、おまけに、その犬の経験では、人間が雪の中にそんなふうにすわって、それでいて火をおこさないなんて、これまで一度もなかったことであった。うす暗がりが近づくにつれ、犬は火に寄せる強く切なる思いに抗しきれず、前足を大きく交互に持ちあげながら、そっと鼻を鳴らし、それから、男に叱られるのを見越して両耳を垂れた。ところが、男は黙ったままだ。しばらくして、犬は大きく鼻を鳴らした。さらにしばらくして、こっそりと男に歩み寄ると、死のにおいを嗅ぎとった。そのために犬は、毛を逆立て、あとずさりした。それからもうしばらくは、ぐずぐずしながら、寒空に跳ねたり踊ったりきらきらと輝く星のもとで、遠ぼえをしていた。やがて身を返したかと思うと、自分の知っている野営地のほうへと向かって、道を小走りに駆けあがっていった。そこまで行けば、食べ物と焚き火を与えてくれる人間たちがいるからであった。

注

(1) 一マイルは約一・六キロメートル。一フィートは約三〇・五センチメートル。一インチは約二・五センチメートル。

蜜柑の皮

尾崎士郎

尾崎士郎《おざきしろう》
一八九八―一九六四

愛知県生まれ。小説家。早稲田大学政治経済学部在学中に国家社会主義運動に身を投じ、早大を除名。一九二一年に「時事新報」の懸賞小説に応募した『獄中より』が入選し、同年『逃避行』によりデビュー。三三年、「都新聞」に『人生劇場』を連載、国民文学的な大ベストセラーとなり、以後二十年に渡って書き続けられる。他に『篝火』『石田三成』などの歴史小説も多く手がける。

わざわざおいで下さいましてお目にかかるのは初めてのように思いましたが、こうやってはなしをしているうちにだんだんおもいだしてまいりました。ふしぎなものですね。今夜はすっかりわすれていたあのときのありさまがわくようにおもいだされます。ぼうっとあのときの人びとの顔までも見えるようで——何と申しますか、わたくしも四年前に家内に先立たれ、こういうさびしいひとりぐらしをしておりますと雨のしみとおる壁までもすぎ去った日のかげのように、もうしっかり自分と結びついてしまうものでございます。それにつけても、あのときのことだけはどなたさまにもはなすまいとこころにちかい、あのようなおそろしいものを見たおのれの業苦《ごうく》のほろびてゆくのをいまだに祈りつづけている今日このごろでございますが、わたくしも教誨師《きょうかいし》をやめてからいつのまにか二十余年もすぎていることを考えますと今までまもりとおした秘密をおはなし申上げたところで格別身に禍《わざわい》のふりかかるおかたもあるまいとぞんじ何もかも申上げます。さてながいあいだ心の底にかくしてしまったはなしでありますわけ故、どこからさきにはなしてよいやら、いざとなると何もかも嘘のような感じもいたし、こんな生活が若いころの自分にあったのかということさえも疑わしくなるほどでございます。わたくしは唯、この眼で見ただけのことを申上げるだけで、ことばの裏に何の判断のある筈もございません。

やっぱりそんなはなしをしながら最初におもいだすのは岸本柳亭のことでございます。わすれもいたしませぬ。死刑執行の二日前、監房をおとずれたわたくしに向い、柳亭はだしぬけに「いよいよ駄目ですね？」と念を押すように申しました。覚悟はきめていながらもさすがにあきらめきれぬ気もちがあったものと思われます。一月十八日で、雨が降ったりやんだりする寒い日であったとおぼえています。そのとき、わたくしは何と答えたか自分のことばを今はっきりおもいだせませぬが、だまってあの男の顔を見ているうちにひとりでに涙ぐんでまいりました。あの男のさびしい声だけがふかく耳に残ってその晩はどうしても眠ることができなかったのです。柳亭はひくい声で、――そう言えばあの男の声はどんなときにもかすれるように静かで心のみだれというものを少しも残していなかったように思います。そのとき、あの男は、自分が刑の執行をうけるのは事件の性質上やむを得ないと思うが、唯、気の毒なのはわれわれと共に死んでゆく人たちの身の上だ。あのひとたちの中には親のあるものもあるし、妻子のある人たちもある、今更何というたところで仕方もあるまいが、ということを何べんもくりかえしくりかえし申しましたが、わたくしが、

「お気の毒でございます」

と申しますと、あの男は窓のそとへちらりと眼をそらして、「ハ、ハ、ハ、ハ」とうつろな声で笑いだしてから、

「先ず同じ船に乗り合せてもらったと思うよりほかに仕方があるまいな――海の上で暴風にあっていっしょに海底の藻屑となったと思えば何とかあきらめのつく道もあるでしょう」

「何も彼《か》も運命です」

と、わたくしが答えると苦しそうに顔をしかめて、

「先ずそのへんのところかな」

と申されました。二日経っていよいよ刑の執行ときまったときにも、さすがは一党の大将だけに柳亭は平常とほとんど変らぬ顔色で、その朝の七時、看守が呼び出しに行ったときにはもう眼をさまして、独房の中に端坐《たんざ》していたそうです。典獄《てんごく》がおごそかな声で、今から刑の執行をするということを申しわたしますと、二三分眼をとじて

いたようですがすぐ落ちついた声で、――と言っても何時《いつ》もとくらべると非常にせきこんでいるようでしたが、

「どのくらい時間の余裕がありましょうか?」

そう言って少しもとりみだした様子はなく、典獄が、時間が非常に切迫していると答えますると、

「一時間でいいんだが、君のはからいで何とか――」

「五分間も余裕がありません」

「そうか、原稿の書きかけが監房の中にあるんだが、せめてそれを整理するあいだだけでも」

「駄目です」

これきりで二人の会話は終ってしまいました。(柳亭はその朝まで暗い部屋の中で一睡もしないでなにか書きつづけていたそうです)それから柳亭は倒れるように椅子に腰をおろすと、テーブルの上の盆にもりあげてある蜜柑《みかん》をじっとみつめていました。(その日、蜜柑と羊羹《ようかん》がこの人たちに饗応されることになっていたのです)

するど彼の眼がだんだん涙ぐんできて、

「そうか」

と、言いながら、蜜柑を一つとりあげました。典獄が何か言いのこすことはないかというと、それには答えないでわたしの方を向き、

「いろいろお世話になりましたね」

と、まるでそれは長い溜息《ためいき》のような声でございましたが、それから心をおちつけるためにしばらく眼をとじていました。しかし、眼をあけるとすぐ手に持った蜜柑の皮をむき、白いすじを一つ一つとってから、それをそっとテーブルの上に置き、あつい番茶を、茶碗のふちをなめるようにすすりあげると、

「じゃあ」

と、典獄の方を向いてうながすように立ちあがりました。わたくしが読経の用意をいたしますと、

「いやもう――」

と、両手でおさえるような恰好をして典獄とならんで別室へ立って行ったのです。そのつぎが大野博方というもう五十ちかいお医者さんでこのひとも何とかいう雅号を持っておられましたが、よく覚えて居りません。このひとが入ってきたときはもう夜がすっかりあけていました。

大野は、

「寒い、寒い」

と言いながら両手で自分の身体を抱えるようにしてふらふらと入ってきたのです。丈のひょろ長いせいもありますがしかし、その素振りがいかにも飄々《ひょうひょう》として何も彼も自然にまかせきっているというかんじです。岸本柳亭が一味の首領であるという態度をくずすまいとして一生懸命に努力しているらしい様子のあるのにくらべると、この男は顔にかすかな苦悶のかげも残さず、ほんとうにあきらめぬいているという恰好に見えました。常日頃は喜怒哀楽をすぐに顔にだすひとでありましたがいよいよとなると気もちがぐっと静かになって、愚痴ひとつこぼさず、テーブルの上の蜜柑をとりあげ、こまかい手つきで皮をむきながら、

「冗談《じょうだん》から駒が出ましたな」

そういってにやにやと笑いました。それから典獄の方を向いて、唇の上へ手をあてて巻煙草をくわえるまねをしてから、大へん四角ばった口調で申しました。

「せめて一期《いちご》の思い出に希《ねが》わくば一本ほしいね、それを喫《す》ったらこの世に思いのこすこともあるまい」

そこで典獄が敷島をとり出してわたしますと、彼はいそいで一本ぬきだし吸口を指の先で四つにつぶしてから口にくわえ、マッチをすってスパスパとやったと思うと急

にむせるような咳をしながら、

「どうもいかん、――これはいかん、眼が廻りそうだ、久しぶりでやったせいか頭までぐらぐらしてきたぞ、これでは気もちのいい往生《おうじょう》もできますまい」

何度も咳をしたあとで彼は吸いさしの煙草を足元へなげすて、草履の裏でふみつけ大声にからからと笑いだしたのです。しかしわたくしの読経を最後まで落ちついてきいていたのはこの男だけでした。そのつぎが有名な内田愚山和尚です。禅門の僧侶だけにとぼけた風格のあるひとでしたが、この日は身体の工合がよくなかったらしく非常に面やつれがしてじっと立っているのも苦しそうに見うけました。典獄の申しわたしがすんでもしばらくぼうっとして立っているので、わたくしがそばから、

「あなたは以前には僧籍に身を置いたひとですから、せめて最後の際《きわ》だけでも念珠を手にかけられては、――」

とたずねますと、

「そうですね」

と言ってからしばらくのあいだ黙って考えこんでいる様子でしたが、わたくしが手にかけた念珠をわたそうとしますと、慌《あわ》てて手をふりながら、

「やっぱりよしましょう」

と言われるので、「それはどういうわけで？」

と、かさねてききかえしますと、

「念珠をかけてみたところで、どうせ浮ばれるわけじゃなし——」

とささやくような低い声で言ってから淋《さび》しそうな顔を見せて、どんなに典獄がすすめても、テーブルの上の蜜柑や羊羹には手もふれず、番茶一杯啜《すす》ろうともしないでぼんやり立っていましたが、さすがに禅門で鍛えた坊さんらしい静かなかんじでございました。そのつぎが、鍛冶《かじ》屋《や》の木村良作で、それから新辺、北村、河島、秀岡、ほかのひとの名前は忘れましたが、そういう順序であったと思います。木村はその日極度に昂奮していて、典獄の顔をみると挑《いど》みかかるような態度を示したので、看守が二三人でやっとおさえつけました。新辺はずっと以前には田舎の新聞記者をしていたことのある、文芸に趣味のある男で、そういうたしなみのあるせいでもございましょう、しきりに辞世の句を読もうとして努力していた様子でした。その二三日前にわたくしが独房にこの男をおとずれますと、もうすっかり覚悟しているらしく、彼はやっとつくったという辞世の句を満足そうにわたくしに見せました。「死ぬる身を弥陀《みだ》にまかせて書見かな」——彼はこの句が後世に残ることを信じていたようでございます。それからいろいろと故郷に残した妻子のはなしなぞをいたし、子供のころのおもいでの楽しさをこまごまとはなしてから、すっかり心が軽くなったと言っておりましたが、しかしいよいよ当日になって典獄の部屋へよびだされると、どうしたものか一口も物を言わず、羊羹と蜜柑とを手あたり次第に腹一ぱいむしゃむしゃとたべてしまうと、急にわたくしの方を向いて、「先日の辞世の句は『死ぬる身』というのを『消ゆる身』とあらためたい」と申しました。そう言ったと思うとだしぬけに立ちあがって、

消ゆる身を弥陀にまかせて書見かな

と、自分の心をけしかけるようにふしをつけて口ずさみながら、別室の扉の前までくると、ぎくっと身体をふるわせて、いかにも恐怖におそわれたというかんじであやうくうしろへ倒れそうになるところをやっとうしろにいたわたくしの手で支えました。軽い脳貧血を起したものと思われます。この男を抱きとめた瞬間、わたくしはぞくぞくっとうそさむい妙な気もちが背すじにつたわるのをおぼえました。今になってもあの青年の怨《うら》めしげな顔が眼先にちらついてくるようでございます。それからあとはわたくしも気もちがみだれてだれがだれだかよくおぼえていません。気がついてみるともうすっかり日がくれかかって、何時《いつ》昼飯を食べたかという記憶さえもないのです。何しろ午前七時に岸本柳亭からはじまったのが、知らぬまに午後五時頃になっていたのですから、一月十八日と言えば日のみじかい季節ではありますし、それに矢継早《やつぎばや》の

刑の執行ですっかりつかれていたせいもありましょう――わたくしはこのときほどわが身をうらめしく思ったことはありません。それもはじめのうちは刑の執行をうける人たちの冥福《めいふく》を祈ってやりたいと思い、少しでも彼等を安心と落ちつきにみちびくことがこの世の一ばん尊い仕事であるとかんじていたわけなのですが、しかし時が経つにつれて、死んでゆく人間のうしろ姿を平気で見ていられる自分のこころがうすらさむくおそろしく、ときどき狂的な発作が全身の血管からこみあげてくるようなじっとしていられない感情がひやりと胸の底をかすめると、顔色一つ変えないで、いつも同じ調子でしゃべっている典獄が人間でなくて、石のように思われてまいりました。そこへ十人目の秀岡というもと石工をしていたという男が看守につれられて入ってきました。秀岡はわたくしを見るとぴょこんとお辞儀をして、それがいかにも空々しく、何とも言いようのない侮辱をこめた眼でじろりとわたくしの顔を見あげて、

「坊さん！　まだ夕飯を頂戴しませんよ」

と言うのです。わたくしは思わずたじたじとなりながら、しかし、やっと心を落ちつけて、

「すまなかったね、今日はお前もうすうす知っているとおり大へんいそがしかったので」

と言いかけるのをあの男はみなまで聞かないでせせら笑いながら、

「うすうすどころかよく知っていますよ、どうもお手数ばかりかけてすみませんな」

そう言ってもう一度わたくしの顔を見あげ、その視線をすぐにテーブルの上の蜜柑の山にうつしたと思うと、わざとらしく顔をしかめ、

「みんな御丁寧に皮までむいていやがる、おれも一つ頂戴するかな――」と太々《ふてぶて》しい声で言いながら、蜜柑を皮のまま四つ五つ頬ばったと思うと、「しかし、蜜柑じゃあ腹もふくれねえや、まったく腹がへっちゃあ元気よくおわかれもできませんからね、それでは阿弥陀さまにそなえてあるお菓子でもいただきましょうか」

というので、わたくしはほとんど無意識のうちにみじかい読経をすましてから、羊羹をすすめますとこの男はいかにもうまそうに羊羹二本を平《たいら》げ、「これで充分です、ではあとがつかえておりますから」と言って立ちあがったのでございます。これは無智と言っていいのか、大胆不敵と言ってよいのか、わたくしは、妙な腹立たしさをかんじてまいりました。しかし、この男が別室へ立ってゆくとき、ちらりと彼の横顔が涙にぬれているのをみるとだしぬけに、自分もいっしょになって号泣したいような気もちにおそわれたのでございます。わたくしは典獄のいなくなった部屋の中でながいあいだ黙禱《もくとう》をつづけておりました。やっとあかりがついたばかりのときでしたがテー

ブルの上には蜜柑の皮が山のように乱雑につみあげられ、それが今、わたくしの眼の前をとおり去った人びとの顔を、はっきり思いおこさせるのでございます。このときほどわたくしは残忍な呪《のろ》わしい記憶からのがれることのできなくなっている自分をハッキリとかんじたことはございません。もうあとひとりで今日の予定が終るのだと思うと、そのまま突っぱなされる自分がおそろしく、むしろこのまま刑の執行がいつまでもいつまでもつづくことのほうがましだと思ったほどでございます。わたくしはあの人たちがどうしてこんな運命に置かれたかということよりも何故人間にこんな運命があるのかということだけを考えました。むろんそのときの気もちをぶちまけて申しますれば、事理のよしあしを判断するひまなぞのあろう筈《はず》はございません。唯、今から考えますと、自分がよくあのとき脳貧血でもおこして倒れたり精神に変調を来《きた》してあらぬことを口走ったりしなかったものだとわれながら不思議に思われてならぬほどでございます。それどころか、わたくしは表面、教誨師としての態度においては、いささかもおのれを失うところはなかったように思います。もし典獄がわたくしを観察していたら彼もきっとわたくしを石だと思ったにちがいございません。だから、だれひとりとしてわたくしの冷静を疑うものがなかったのもあたり前のことでございましょう。外はもうすっかり日がおちておりましたが、じっとして蜜柑の皮をみつめていると無数の悲鳴が何処《どこ》からともなく聞えてくるような気がいたしました。それはたぶんわたくし自身の悲鳴であったにちがいありません。ハッと気がついたときには典獄がわたくしの眼の前に立っていました。わたくしがぞくぞくっとする寒さに身ぶるいしたとき、いよいよ十一人目のあのひとが看守にみちびかれて入ってきたのでございます。最初わたくしの眼には、まるで血の気をうしなった蒼白い顔だけがぼうっとうかびあがりました。それが空間にゆれているように見えたのです。その眼と向いあったときわたくしは思わずぎょっとして立ちすくみました。こんなに異様な輝きにみちている人間の眼をわたくしは今まで一ぺんも見たことがございません。どのような大犯罪人にもいよいよという間際には救いとあきらめとがおびえている心をやすらかにする瞬間があるものでございます。希望をうしないつくした人間にはあたらしい絶望の落ちつきがあるものです。ところが、――ああわたくしは今でもそのときのあのひとの眼の色をありありと思い描くことができます。わたくしはあのひとと向い合ったとき、一つのことを理解しました。これは絶望に顫《ふる》えている眼ではない。これは絶望しきれぬおそろしさに悩みぬいている眼だ。――そう思ったとき、典獄が、大へん気がせいていたせいでもございましょう、ちらっと時計をながめてから低い声で、

「金近さん！」

と、あのひとの名前を呼んでから（典獄がうっかりこういう呼び方をしたのはあのひとだけです）「おそくなってすみませんが、――それにお腹も空いていらっしゃるでしょうが何しろ時間に余裕がないので」と申しますと、あのひとは全身をがたがたと顫わせながら、ほとんどききとれぬほどの声でうめくように何ごとかをおっしゃいました。そのことばはわたくしにもよくわかりませんでしたが、「やっぱり駄目ですか？」というような意味であったと思います。そういう声のひびきさえもやっと咽喉《のど》をとおりぬけたというかんじでございました。しかし、あのひとはすぐに平静をとりもどされたように見うけました。

「致し方がありません」

と、典獄がすぐ冷やかな態度で申しますと、あのひとはわたくしの方を向いて、

「――今はじめてわかりました。あなたにはわかるでしょう、わたしがおそれていたのは死ぬことではなくて、助かることだったということを、――長いあいだわたしには助かるという自信があったので死ぬ工夫《くふう》がつかなかったのです」という意味のことを、早口に申されました。

「わたしどもには何もわかりません、唯、おあきらめになることが何よりも肝要だと存じます」

と申上げますと、あのひとはじっと歯を喰いしばったまま首をうなだれておしまいになりました。何しろ自由党のころから錚々《そうそう》たる名士であり、生に処する態度も死に臨む覚悟も平素の言動のなかにありありとあらわれてこのかたの往生際《おうじょうぎわ》だけはどんなにかりっぱであろうなぞと心ひそかに想像しておりましただけに、こんなにとりみだしておいでになる姿をみると、何か自分が途方《とほう》もない不幸にぶつかったような気がいたしました。そう言えば、わたくしがあのひとを刑執行の前の日に監房へたずねますと、あのひとはもうすっかり自分の運命を観念しておいでになる御様子で、

「どうも世の中のことはわからん、考えれば考えるほど不思議なことばかりです。第一、わたしが刑の執行をうけるなぞということは妙なはなしですな」

と落ちついた声で申されましたが、そのときは格別何とも思わなかったそのときのことばがふとわたくしの頭に針でさすようにうかんでまいったのでございます。わたくしはそのときはじめてあのひとの心の底の秘密にふれたような気もちになったのでございます。

「何かおあがりになりませんか?」

と典獄が申しますと、あのひとは、テーブルの上のあたらしい蜜柑には手をふれようともせずに、だれかが喰べのこした蜜柑のふくろをとってしばらく啜《すす》っておられま

したが、それを長いあいだ口の中で嚙みしめておられたようでございます。

「それでは」

と、典獄が最後の決意をうながすようにせきたてますと、あのひとはよろよろと立ちあがりましたが、わたくしがそばから、

「おまちなさい、今、お経をよみますから」

と申しますと、

「いや、それには及びますまい」

と、ささやくように申されただけで、そのまま、もとの椅子にぐったりとよりかかって何か小声で呟《つぶや》いておられる様子でございました。それが、一瞬間でも長くそこにいたいというかんじで、わたくしは思わず顔を反《そむ》けたほどでございます。

それで、

「何か思い残しておいでになることはありませんか?」

と、かさねて申しますと、あのひとははじめて淋しそうに微笑をうかべて、何か言おうとされましたがそれもそれきりでじっと押しだまっておられました。というよりもありていに申しますと舌が硬《こわ》ばって声さえも咽喉をとおらないという様子に見られました。今になるとそのときのあのひとの気もちが手にとるようにわかるようでござ

います。それから二三分間、おなじ姿勢のままで茫然《ぼうぜん》としておられたように思います が、いきなり大声で笑いだされたのでわたくしは思わずびっくりいたしましたが、――まったくだしぬけなので気が狂ったのではないかと思ったほどでございます。しかし、あのひとはさすがにあきらめがついたというかんじで、

「一場の悪夢です」

と、低い声で申されました。それから、もう一度からからと笑って、

「まるでワナ（陥穽）に落ちた狸《たぬき》さ」

と申されました。「わたしは岸本の同志でもなければスパイでもありませんよ、唯、ワナです、だれをうらむということもない、とりみだしたわたしの姿を憐んで下さい、わたしは二十《はたち》の年から何に対しても命だけは捨ててかかっているつもりです。そのわたしが死にきれないでいるという気もちを憐んで下さい」

わたくしは思わず合掌しました。一瞬間ではございますがわたくしの心は水をうったようにしずかになり、急にあのひとの眼がいきいきと冴えかえってくるように思われました。何か明るいかんじが胸の底までしみとおるようで急にあのひとと自分とが位置をとりちがえたような気がいたしたのでございます。それからさきはもうわけもなくかなしくわたくしは合掌したままで祈りつづけておりました。この気もちがおわ

かり下さいましょうか。世間では刑の執行がすむとすぐにわたくしが教誨師の職を辞してしまったことについていろいろな取沙汰をいたしておったということでございますが——さようでございますね、わたくしが痛憤のあまり職を去ったというようなことまでさかんに書きたてた新聞もあったようでございますが、唯ひと口に申せばこのときの得体《えたい》の知れない物がなしさがわたくしの心に決断をうながしたというだけのことでございます。もしあのひとが最後の数分間で生死の悟りをひらかれないでしまったとしたらだれよりも救われないのはわたくしにちがいございません。そう思うだけでも身の毛がよだつようでございます。大へん寒い夜でありましたが、わたくしは一睡もとらずにひと晩じゅう読経にあかしました。唯、監房で知り合ったというだけの間柄ではございますがはなす機会の多かったせいでもありましょうあのひとだけは別のひとだという気がいたしません。悩みのふかいひとであっただけにしぜんあのひとの気もちの中に深入したものと思われます。それにくらべますれば岸本柳亭はどんなに幸福であったかとも言えましょう。柳亭と愛情関係のあったと言われる柴しげ子だけが刑の執行をつぎの日にまわされることになったのでございます。何にいたせあのひとたちがいずれも一命をすてる覚悟であったことだけはたしかでございましょう。その気もちがながいあいだにたたみこまれて、ひとりでにいざというときの落ちつきができあがるもので人間というものは結局見透《みとお》しさえつけば覚悟もできるものと思われます。金近陽介さんがあんなにみぐるしく狼狽《ろうばい》なすったということも助かるぞ、助かるぞという希望があのひとの心をぐらつかせたにちがいないのです。世間ではあのひとのことは政府の間者《かんじゃ》だということにされているそうでございますね。今にして思うとあのひとの悩みがそのことの予想のために、いっそうふかくなったと思われます。あのひとが最後に申された「ワナ」ということばもそのことのほかにはございますまい。わたくしの見たとおりのことをつつみかくさず申上げますればあのひとは、最初のうちは助かるという感情に落ちついていられたように思います。それにつけても、人間の魂というものは何という統制のない見透しのつかないものでございましょう。ほかのひとたちが死ぬことにおびえながら煩悶懊悩《はんもんおうのう》に日をおくっておいでになるときにも、あのひとだけはかすかな不安のかげさえも心にのこしてはおられなかったように思いました。わたくしは何時も独房の中で大言壮語して力《りき》みかえっておられるあのひとを見るごとにさすがは若いときからかさねがさねの獄中生活でおのれを鍛《きた》えて来られたひとだけにこのようにりっぱな覚悟をおもちになっているのだと考えておりましたが、それも統制のとれぬ魂をもちあつかいかねてそういう素振りだけで自分をごまかしつづけていられたものと思います。そこにあのひとの迷いがあったのでございましょう。あのひとがほんとうに間者であったといたしましたら、死に際に臨んであんなに迷いのふかい気もちに陥ちこまれるわけはございません。つまり、あのひとが間者であったということも一つの臆測にすぎず、あのひとが間者でなかったということも一つの解釈にすぎず、そのどっちかがかたちの上ではっきりしていたらたぶんあんなとりみだしかたはなさるまいと存じます。間者であることの論拠はあのひとが岸本柳亭から大事をうちあけられたおなじ日に、時の内務大臣と関《かかわ》りあいのふかい政治行者《ぎょうじゃ》の森野半二郎をおたずねなされたというだけのことではございませぬか。柳亭の弁護をされました河上弁護士も当時のことをおかきになりました手記の中で「金近は陽に岸本に与《くみ》し陰に之を半二郎に売りしならん」と書いていられたように思いますが、詮ずるところはこれも一理、あれも一理と申すだけのことで、あのひとの性情から考えますと、これもわたくしだけの浅墓な解釈でございますが、あのひとが森野行者を通じてこの密謀を売りわたすなぞということは、夢にも考えられないことでございます。もしあのひとが最初から岸本の密謀に加わっておいでなされたとしたら、どうして森野行者なぞにうちあけたりなさる筈がございましょう。むしろ売ったのが森野行者で、売られたのがあのひとにちがいございません。あのひとはうっかり森野行者にうちあけられたことについて自責の念にかられながらも、こんどは逆におのれの犯した過失によっておのれを救おうとなさいましたことが心の迷いなのではございますまいか。考えれば考えるほどお気の毒でなりませぬ。何も彼も運命だと言いきれないものがあのひとの負うべき業苦のかたちであったと申すほかはありますまい。こうして生きるにも生ききれず、死ぬにも死にきれず六十年にちかい御生涯を世の物笑いとなってふみにじっておしまいなすったことだけはかえすがえすも残念でございます。あのひとが岸本柳亭の同志としておのれを偽《いつわ》ることのできなかったところに一つの真実があるのではございませんか。結局あのひとが最後に申されたワナ（陥穽）という言葉よりほかにその真実をつたえるものはございますまい。何だかながいおしゃべりをいたしておりますうちに、妙に心がみだれてまいりました。久しぶりで昔の気もちにかえったせいでございましょう。まったく世の中は、不思議なことばかりでございますね。人の世のことは何も彼もときのはずみでございます。ほんとうにながばなしをいたしました。いいえ、ただもうはなしをきいていただいただけで胸がひらけるような思いがいたします。そう言えばあのひとのおくさんは早くなくなって兄さんがひとりいらっしゃったように思いますが、さようでございますか、去年おなくなりになったとは夢にも存じませんでした。さぞ辛《つら》い御生涯をお送りなすったことと思います。このごろでは年のせいかわたくしも耳が遠くなってもうそろそろ終りがちかづいてまいったようでございますが、何だかあの典獄の部屋でテーブルの上につんであった蜜柑の皮がまざまざと見えるようでございます。こんなしずかな晩にあなたさまのようなおかたがおたずね下さいましたのも、あのひとの霊がひきよせて下すったからでございましょう。われながら夢のような気がいたします。

馬をのみこんだ男

The Man Who Swallowed a Horse

クレイグ・ライス／吉田誠一訳

クレイグ・ライス

一九〇八―一九五七

アメリカ・シカゴ生まれ。女流探偵小説家。シカゴの酔いどれ弁護士マローンと、その友人の若い恋人たちが登場するユーモア・ミステリーのシリーズが人気となる。代表作に『大はずれ殺人事件』『大あたり殺人事件』『スイート・ホーム殺人事件』など。

「この男は殺されたんだ」かの有名なる刑事弁護士ジョン・J・マローンは言った。

「計画的な殺人事件だよ。ダック氏はショック死した――あの精神科医のしわざだよ」

「そんなばかな」殺人課のフォン・フラナガン警部はそうどなってから、ふと口をつぐんだ。二人は、手術室から移されたダック氏の遺体を見おろした。「ところで、ドクター・ナッシュはどこにいるんだ？」

「横になっておられます」青い顔をした看護婦が答えた。「ショックで――」そう言いかけて、ごくりと唾をのむ。「ダックさんの心臓がお悪いことは、もちろんわかってましたけど、まさか、こんなことになろうとは――ちょっとした冗談だったんです。少なくとも、そのつもりだったのですが」

　そして、こう言い添えた。「ダックさんの奥さまは診療室におられます、ドクターのところに」

小男の弁護士とフォン・フラナガン警部は、最後にもう一度、ダック氏の遺体をちらと見やった。ダック氏は顔の大きい、恰幅《かっぷく》のいい男だった。生きていたときは赤ら顔で、静脈が透けていた。腹部に小さな切開の跡があった——ほんのかすり傷程度の。

「急に息がつまって、お亡くなりになってしまったんです」看護婦は眉根を寄せて、「ドクター・ナッシュとダックさんの奥さまは、とても親しくしていらっしゃいます」

マローンは看護婦をしげしげとながめた。なかなかの美人だ。赤味がかった金髪に魅力的な唇。

「診療室へ行ってみよう」と、フォン・フラナガン警部が言った。「ところで、マローン、どうしてこの件に首をつっこむようになったのかね？」

「ダック氏がぼくの依頼人だったのでね。奥さんのすすめに従って、この精神科医のところへくることも、彼から聞いていたんだ。手術を受けにね。ダック氏は馬をのみこんだのでね」

「おいおい、マローン」警部はきめつけるように言った。「また酔っぱらってるんだな」

「ダック氏は馬をのみこんだと信じこんでいたんだよ」小男の弁護士は頑強に言い張った。そして、思い出したように、つけ加えた。「あんただって、いつか、口のなかにネズミがとびこんだような気がするって言ってたじゃないか」

フォン・フラナガン警部は低いうなり声を発すると、診療室のドアを押しあけた。ナッシュ医師は寝椅子にあおむけに横たわっていた。そのハンサムな顔には血の気がない。ダック夫人がそのかたわらに腰をおろし、ドクターの手を握っている。

ダック夫人はぎくりとしてとびあがり、「だれのせいでもありませんわ」と叫んだ。

医師が言った。「ダック氏は、馬をのみこんだという妄想にとりつかれていたんです。で、われわれは、ちょっとしたお芝居をやってみようと思い立ったんです。ダック氏に麻酔をかけ、ちょっとばかり切開の跡をつけ、意識を回復する前に、手術室に馬をつれてきておいたんです。一風変わった治療法ですが――ともかく、手術して馬を取り出せば、生まれ変わったように気分もさっぱりするだろう、と説明しておいたんです。ところがダック氏は、その馬を一目見たとたんに――息をひきとってしまったんです」

「こいつは殺人だ」と、マローンは言った。「ダックさんの心臓が悪いことはわかっていたはずだ――ほんのちょっとしたショックでも命とりになることは。それはともかく、あなたとお美しいダック夫人は、将来の計画を立てておられるんでしょうな」

「証拠がありまして？」ダック夫人が嚙みつくように言った。

「ありますとも。ご主人から手紙をいただきましてね……病気のことも、手術を受けるということも、すっかり書いてあった。ただ、あなたがたお二人が、こんなことを企んでおられるとは、ご存じなかった。そいつにひっかかって殺されたんだ」

のちほど、「天使のジョウ」の経営するシティ・ホール・バーで一杯やりながら、フォン・フラナガン警部は、うなるような地声で言った。「いまでも、なにもかもきみがデッチあげたような気がしてならないんだがねえ」

「むりもないね」マローンはジンのお代わりを二杯もってくるように手ぶりで合図した。「しかし、ドクター・ナッシュは気が強くはないので、おろおろしてしまい、すっかり泥を吐いたじゃないか。しかも、自供書に署名した。今度のジンはきみがおごれよ」

「でも、もし彼の気が変わったら」と、警部は憂鬱そうに言った。「この話、陪審員に信じてもらえそうもないぜ」警部は顔をしかめてグラスをのぞきこんだ。「包み隠さず話してくれよ、マローン。さもなきゃ、今度のジンはきみがおごれよ」

「ダック氏が馬をのみこんだと思いこんでいたことはたしかなんだ。妄想にとりつかれていたんだよ。それで、手術して馬を取り出せばすっかりよくなると信じていた

——そいつもたしかなんだ」

「じゃ、馬を見たとたんにポックリ逝《い》っちまったのは、どういうわけなんだ?」フォン・フラナガン警部が訊き返した。

「それはねえ」ジョン・J・マローンは根気よく答えた。「手術室にいたのは白馬だったが、ダック氏がのみこんだと思いこんでいたのは黒馬だったからだよ」

蠅取紙

The Fly Paper

エリザベス・テイラー／小野寺健訳

エリザベス・テイラー

一九一二―一九七五

イギリス・レディング生まれ。二十四歳で結婚し、結婚生活十年を迎えたときに処女作“*At Mrs Lippincote's*”を執筆。ジェイン・オースティンと比較されるような、中産階級の生活を題材とした作品を多く発表している。代表作に『エンジェル』『クレアモントホテル』など。

毎週水曜日に学校がすむと、シルヴィアはバスに乗って隣町の郊外まででかけて行く。音楽のレッスンに通っているのだが、おとなしい娘なので、ハリソン先生の薄暗い部屋で味わう情けない思いは一度も口に出したことがない。ピアノは両側に真鍮《しんちゅう》の燭台がついている旧式のアップライトで、鍵盤も黄ばんでいてがたがただった。高音域など、ただキーを叩くうつろな音がするだけで、まるで音らしい音は出ないのだ。そんな遠い音域にはシルヴィアの手は届かなかったけれども、たまにはその辺のキーを叩きながら、ハリソン先生がいらいらと才能がないとか集中力に欠けているとまで小言をいうのを、黙って聞いていた。冬には、窓ぎわにあって風のつよい日など枝が窓にぶつかる樅《もみ》の木のせいで部屋が暗くなるし、夏にはもうすりきれているカーペットを傷めないようにとブラインドを半分下ろすものだから、なおさら暗くなった。こういうことだけでもやりきれないのに、シルヴィアは近眼なものだから、譜面に目を近づけなくてはならず、目が譜面と鍵盤を往復しているうちに弾いているところが分からなくなって、追いつめられた顔で口をすぼめてしまうのだった。

冬またブラインドを下ろす季節がきて、シルヴィアは通りのバス停で待っていた。冬のコートを着ているので暑い。祖母が着ていけと言ってきかなかったのだ。音楽のレッスンに通えと言ってきかないのもこの祖母だった。午後の日ざかりの中で、通りには虫がブンブン飛んでいる。クローバーには蜂がたかり、路に落ちている牛の糞の上では蠅がうるさく飛びまわっていた。

母が死んでからというもの、シルヴィアはむっつりと不機嫌な子になった。器量は悪かったが小ぶとりで、体は十一にしては大人びていた。脂じみた髪をピンクのプラスチックのヘアクリップで後ろにまとめている。去年の冬はすこし得意だったツィードのコートは、袖口と衿《えり》にまがいの毛皮がついていた。楽譜を入れたケースのほかに、彼女は以前母が使っていたみすぼらしいハンドバッグを持っていた。

バスは鈴でも鳴らしているように揺れながらゆっくりやってきた。乗りこんだシルヴィアは、すこしは風が入ってきそうな、ドアのすぐ内側にある横向きの座席に座った。

向いのやはり横向きの席に、ひどく背の高い男が座っていた。ずいぶんお爺さんだ、とシルヴィアは思った。薄くなった髪をていねいに撫《な》でつけているからだ。男はじっとシルヴィアを見つめていた。彼女は暑さにフッと息をつくと、その視線を避けようとちょっと後ろをふりかえった。埃《ほこり》まみれの生垣がつづいている。緑の葉が晩夏の夕闇につつまれようとしていた。あの人はきっと、なぜこんな日に冬のコートを着てるんだろうと変に思っているんだ。シルヴィアはボタンを外すと、すこしパタパタやって腋《わき》の下に風をいれた。お天気が悪くなりそうよ、とお祖母《ばあ》さんは言ったのだった。コットンのドレスは短すぎるんだし。もう裾をおろして継ぎ足しまでしてあるのだが、いまシルヴィアはそれを引っ張って腿《もも》をかくそうとした。

「ほんとに暑いね」向いの男が誰かに相槌《あいづち》でも打つように、とつぜん言った。

シルヴィアはびっくりして振りかえると赤くなったが、何も言わなかった。

しばらくすると彼女は、料金が上がる前の停留所で降りて、あとは歩いたらどうだろうと考えはじめた。そうすればキャンディが一つ買える。レッスンまでには三十分時間があまっているから、暇つぶしにどこかでぶらぶらする必要があるのだ。キャンディをしゃぶりながらぶらつくほうがいいだろう。お祖母さんはお菓子を食べるのを許してくれなかった——歯が酸にやられるからだよ、と言っていた。

「前にどこかで会ったことがあるんじゃないかね」と向いの男が言った。「音楽のレッスンへ行くときか、その帰りに」男は訳知り顔に楽譜入れを眺めた。

「行くときよ」シルヴィアは無愛想に言った。

「未来のマイラ・ヘス（一八九〇―一九六五、イギリスのピアニスト）というわけだね。何も楽器を持ってないみたいだから、ピアノを弾くんだろう」

シルヴィアは男がどういうつもりなのかわからないまま、暑さと不安を感じながら、顔をしかめて窓の外を見つめていた。

「名前は何ていうの？　有名になるかも知れないから憶えとかないとね」

「シルヴィア・ウィルキンソン」彼女はかぼそい声で答えた。

「悪くないね、悪くない、シルヴィアか。いまにきっと、夏の午後に有名なシルヴィア・ウィルキンソンにバスで会ったと、自慢できるときがくるよ。ちょいと名前を出してみるわけだ。けちな人間の罪のない自慢話さ」

男はこざっぱりしていたが、甲高い声は不安そうに震えていた。喋りながら火のついていない煙草をふりまわしているのに、マッチを探そうとはしない。

「学校じゃあの『愛《いと》しいシルヴィア』っていう、きれいな歌を歌うだろう、どうだい」

相手を見ないようにして彼女が首をふると、男が声を震わせて歌いはじめたので、シルヴィアはびっくりした。「愛しいシルヴィア、女なの、男なの」少し遠くに座っている女が、彼のほうをきっと振り向いた。

「頭が変なんだ」とシルヴィアは思った。困ったけれども不安はなかった。バスの中で、他の人たちもいるのだから。お祖母さんは知らない人と口をきいてはいけないと言っていたけれども、まったく不安はなかった。

男は煙草で拍子をとりながら、まだ歌っていた。

さっきの女がまた振りかえって、前よりも長く見つめた。やさしそうなおばさんだ、とシルヴィアは思った。金髪の根元はまっくろになっているけれども。シルヴィアのことを心配して成行きを見守ってくれているらしい、やさしい保護者の態度が感じられた。

とつぜん、男は歌うのをやめて女の顔を見た。「わかってるよ、奥さん。歌がうるさいんだろう」

「場所柄をお考えなさいな。それだけです」女はつっけんどんに言うと、また向うを向いてしまった。

「場所柄か」男はいかにも驚いたように、つぶやくように言った。「天気のいい夏の午後に、バスが楽しく走っているんだぜ。場所柄だなんて——人生の喜びを歌っちゃいけないのかねえ、驚いたな」男は声をはりあげてシルヴィアに言った。「まさか葬式へ行くとこだとは知らなかったよ」

ありがたいことに、バスはそろそろ町の郊外へ来ていた。大きな町ではなかったから、郊外は静かだった。

「あんたと喋ったっていいだろう」と男はシルヴィアに言った。「わたしは子供が大好きなんだ。子供にやさしいって評判なんだよ。有名なんだ。子供とだって、子供あつかいなんかしないで、ちゃんとつきあうんでね」

シルヴィアは体を斜めにねじって窓の外を見つめていた。にらんでいたと言ったほうがいい。あまりまばたきをしないので頭が痛くなったほどだった。

起伏のない土地で、何度も運河をわたった。上を見ると煉瓦工場の煙突がかたまっている。そのあたりで動いているのは、ごくうっすらと光っている熱気だけだった。

シルヴィアはみじめでたまらなかった。今の生活はただ厭なことをがまんしているだけのもので、旧式なお祖母さんのおかげで友だちにもつきあってもらえない。自分がしたくてしていることは一つもなかった——学校にしても、教会にしても、これから行く厭でたまらない音楽のレッスンにしても。母親が死んで以来、シルヴィアの人生は一遍に不幸になって、彼女にはこれが幸福になる日がこようとは思えなかった。

たとえ大人になっても、この生活から逃れられるとは、信じられなかったのだ。

雀蜂がシルヴィアのほうへジグザグに飛んできて、コートの前にとまった。仕方なく前を向いた彼女は、頭をそらせ、顎《あご》をひいて、じっとしたまま動けなくなった。「失礼」向いの厭な男がこっちへやってくると、しわくちゃのハンカチで彼女をはたいた。雀蜂はシルヴィアの顔のまわりを狂ったように飛びはじめた。「すぐ片づけてやるからな、この野郎」と男は言ったが、事はいよいよ面倒になってしまった。

車掌が二人のあいだに入った。しばらくは用心してじっと見てから、両手で思いきりピシャリと叩くと、雀蜂は死んで床に落ちた。「ありがとう」シルヴィアは車掌には言ったけれども、男には知らん顔をした。

バスはバンガロー型の住宅のあいだを走っていた。まだ新築で、庭も完成していない。進行方向をじっと見ていたシルヴィアは、立ち上がって昇降口まで行き、かすかな風に吹かれながら停留所になるまで立っていた。

バス停の先に小さなよろず屋があるのを、シルヴィアは知っていた。棒のついた真赤なキャンディをしゃぶればほっとするだろう。彼女は道路をわたって、固い飴が入っている瓶や、洗剤の箱、朝食用のオートミールなどが並んでいるウィンドをのぞきこんだ。アイスクリームの広告が出ているけれど、それだけのお金はない。誰もいない深《しん》とした店に入ろうとしたとき、もう忘れようのない恐ろしい声がすぐそばでした。「今日は暑いから、アイスクリームでもどう?」

あの男が店の前に立ちはだかっていた。バスの中ではただ困っただけだったのに、こんどは怖くなった。

「アイスにする?」男は首をかしげて、すがりつくようにシルヴィアを見ながらくりかえした。

「ええ」と言えばとにかく店の中へは入れる、と彼女は思った。中には誰か店の人がいるだろう。その人に守ってもらえばいい。お祖母さんに注意された言葉が頭にうかんだ。薄気味のわるい、いろいろな怖い話だった。

動くことも返事をすることもできずにいるうちに、軽いけれどもしっかりと、彼女の肩をつかんだ手があった。バスに乗っていてにらみつけた女なのに気がついて、シルヴィアはほっとした。

「知らない人と話をしてはいけないって、言われてないの?」と訊《き》いた口調は鋭かったが、そのてきぱきした物言いにはおだやかで円満な感じがあった。「すこしお気をつけなさい」女は例の男におどすように言った。

「さ、いらっしゃい。いい教訓になったわね。これからどっちへ行くの?」

シルヴィアは自分の行くほうへ顎をしゃくった。

「じゃ、歩くほうがいいわ、じっとしてないで。それからあんた、おじさん、反対のほうへ行ってくださらない? そうでなければ警察を呼びますよ」

このさいごの言葉にシルヴィアはうろたえたものの、自信をとりもどした。

「ぜったいだめよ」女はシルヴィアと歩きはじめると言い出した。「ちかごろは変な人がうろついているんだから。お母さんに言われてない?」

「死んだんです」

「まあ、それはごめんなさい。ああ、ほんとに暑いわね」女はドレスの胸のあたりを引っぱってあおいだ。その買物籠にはほっとするような家庭的なものが入っている。シルヴィアは並んで歩きながらそれを覗きこんだ。

「水曜日は買物の日なの」と女は言った。「この辺では早くお店が閉まる日なんでね、ホースリーまでバスに乗って行くのよ。ホースリーでよろず屋をやっている親戚があるの。気分転換にはなるけど、この暑さじゃね」

女はつまらないお喋りばかりつづけていた。シルヴィアが一度ふりかえってみると、例の男はまだあそこに立っていて、二人のほうを眺めていた。

「ふりかえらないほうがいいわ」と女は言った。「どっちへ行くんだったかしら?」まだ教えていなかったシルヴィアは、こう言われて行く先を教えた。

「じゃ、わたしの家のほうから行くといいわ。そのほうがいいし、どうってこともないわよ。砂利の採取場のほうなの。ちょっと後ろを見てから曲がるわ」

ふりむいてみた女は、遠くから尾《つ》けられている、と言った。「厭なことするわね。新聞にもいろんなことが出てるでしょう。どんなに気をつけても気をつけすぎることはないのよ。これからはぜったい忘れないことね。警察にしらせたほうがいいかしら」

道の片側はもう使っていない砂利の採取場で、チッコリーや浜昼顔が咲いている。錆びたような色の酸葉《すいば》や、もっと錆びた空缶がころがっていて、いかにも荒れている感じだった。反対側には菜園があって、黒っぽい刺草《いらくさ》の中に、倒れてしまいそうな物置がぽつんぽつんと建っていた。

「この道を行けばハミルトン通りへ出るわ」女は教えてくれた。

「でも、まだ三十分あまってるんです」シルヴィアはそわそわして言った。こんなに早く、よく入れちがいに帰るのを見かける、頭のよさそうな娘《こ》のレッスンの最中に現われたりしたら、ハリソン先生がどんな顔をするだろうと思ったのだ。

「お茶を一杯飲んでらっしゃい。遅れないようにしてあげるわよ。大丈夫」

荒地のはずれにある小さな赤煉瓦の家の門を入ると、シルヴィアは安心した。不細工な家だったが、こぢんまりしていて、まわりには立葵《たちあおい》がたくさん生えていた。ピカピカした窓にはフリルのついたカーテンが両側にしぼってあって、あいだにビニールの造花が並べてある。

シルヴィアは女のあとについて、不安を忘れようとしながら家の傍《わき》の道を裏口へまわった。今日は大丈夫だった。けれどもこれから先の水曜日はどうすればいいのだろう——危険にさらされながら一人で来なければならないのだろうか。

彼女は台所に立ってまわりを見まわした。中はよく片づいていてひんやりしていた。籠のセキセイインコがピョンと跳ねる。何となく落ちつかなかったけれども、他にすることもないので、その籠のそばに行って表面を爪でさわった。

「さあ坊や、いい子ね、ジョーイちゃん」女は蛇口から薬缶に水をいれながら表情のない声で鳥に言った。そして「一杯お茶を飲めば落ちつくわ」とつづけたのは、おそらくシルヴィアに言ったのだろう。

「どうもありがとうございます」

「女なら誰だって同じことをするわよ。その買物籠にオーヴァルのビスケットが入っているから、よかったらこのお皿に出すといいわ」

シルヴィアは仕事をいいつけられたのが嬉しかったので、バラの模様の大きな皿に、ビスケットをていねいに並べた。「いいお家ですね」と彼女は言った。祖母の家はほんとうに暗くて散らかっているのだ。ハリソン先生の家はもっとひどかった。どっちの家でもむっとこもったような、厚いカーテンと古い家具の臭いがする。よその家へはあまり入ったことがなかった。めったに招《よ》んでくれる人がいないからだ。シルヴィアは魅力のない娘で、誰にもあまり好かれていない。それは自分でもわかっていた。

「わたしは何でも甘くて新鮮なものでないとだめなのよ」女は満足そうに言った。

薬缶が音を立てはじめた。

あたしはやっぱり家へ帰らなくちゃならないのだ、と思って、シルヴィアは怯《おび》えていた。窓に蠅取紙がさがっている——それだけがこの部屋で目ざわりだった。蠅のなかにはまだ生きているのもいて、必死で逃げようともがいている。しかし、永久に逃げられるはずはなかった。

道に足音が聞こえたので、シルヴィアは驚いて耳をそばだてた。だが女は聞こえた様子もなく、顔を上げもしない。女はスプーンで紅茶の葉をポットに入れているところだった。

「ちょうど間にあったわ、ハーバート」と女が大声で言った。

ドアが開いたので、シルヴィアはふりかえった。バスにいたあの男が悠々と台所へ入ってくるのを見て、彼女は慄然とした。

「おみごとだったよ、メイベル」男は言いながらドアを閉めた。「紅茶の葉を人数より一杯余分に入れるのを忘れるなよ！」男はにっこり笑って両手をこすり合わせながら、部屋を見まわした。

シルヴィアはいぶかしんで、女のほうをふりかえったが、女はポットをテーブルに運んでくるところだった。そのときはじめて、シルヴィアは茶碗が三組ならべてあるのに気がついた。

「さ、座りなさい、早く」女がやや怒ったように言った。「これで準備ができたわ」

処刑の日

The day of the execution

ヘンリィ・スレッサー／高橋泰邦訳

ヘンリィ・スレッサー

一九二七―二〇〇二

アメリカ・ニューヨーク生まれ。広告代理店でコピーライターとして働くかたわら、作家活動をする。アルフレッド・ヒッチコック・マガジンに作品を多数発表。一九六〇年に『グレイ・フラノの屍衣』(五八年発表)がエドガー賞処女長篇賞を受賞。ヒッチコックが編纂した短篇集に『うまい犯罪、しゃれた殺人』『ママに捧げる犯罪』がある。

陪審長が立ちあがって、評決を読みあげると、ウォーレン・セルヴィ検事は、その有罪を申し渡すことばを、まるで個人感状でもうけるような思いで、しみじみと聞いた。彼が、陪審長の沈うつな声音に聞きとったものは、いまそこの被告席で、マッチの軸木の燃えのこりのように、身をちぢめている被告人に対する断罪ではなく、彼自身の明敏に対するはなむけだった。「告訴どおり有罪……」いや、ぼくの論証どおり有罪……なのさ、と誇らかに考えた。

一瞬、裁判長の暗くかげった眼が、セルヴィの眼をとらえ、そこにあふれる喜びの色を見て、その裁判官席の老人は、強いおどろきの色を示した。しかし、セルヴィは、顔にさしてくる嬉しさの色を隠すことはできなかった。それは、自分自身の努力への満足感、自分がはじめて手掛けた大きな裁判で、有罪の評決をかちとったことへの満足感だった。

彼は、もっともらしく、いかめしい口もとを保っていようと努めながら、きびきびした手つきで書類をかきあつめはしたものの、口もとがむずむずして、彼のとび色の細面いっぱいに、微笑がひろがって行きそうでならなかった。彼は書類かばんを小脇にかかえ、くるりと回って、ざわめく傍聴人たちへ向かうと、「失礼……」と、もったいぶった口調で言って、人ごみをかきわけながら出口へ進んでいった。もう、いまは、ドリーンのことしか考えていなかった。

彼は、ドリーンの顔を、瞼に描いてみた。そのときどきの、さまざまな気分に支配されて、こわばったり、とろけそうに柔らかくなったりできる、あの赤い唇を思い浮かべてみた。彼女は、この吉報を聞いて、どんな顔をするだろうか、彼女の温い体が胸を合わせてくる感触はどんなだろうか、あの腕はどんな風に抱きついてくるだろうか、と空想してみた。

だが、彼女の喜ぶさまを空想する楽しみは、中断された。いま、彼の視線を求める人々の眼と、祝福の握手をしようと、彼の方へ差し出される手が、待ちうけていたのだ。地方検事のガースンは、重苦しい微笑をうかべて、自分の息のかかった、駈け出し検事の仕事ぶりを認めるように、そのライオンのような首をうなずかせている。地方検事補のヴァンスは、後輩が脚光を浴びているのを、心から喜んで眺めるわけにはいかないのだろう。半ば開いた口もとで、にやにやしている。新聞記者たちもそうで、それにカメラマンたちが、談話をもとめたり、ポーズを注文したりしている。

以前のウォーレン・セルヴィだったら、もうこれだけで充分に満足したことだろう。この記念すべき一瞬に、大勢の人々の賛辞にとりまかれていれば……。しかし、いまの彼には、ドリーンもいるので、彼女のことを思うと、彼はこの勝利の舞台から一刻も早く退場して、もっとひそやかな、もっと心の満たされる褒美の待つところへ、帰りたくてたまらなかった。

しかし、手際よく体をかわすことができなかった。ガースンが彼の腕をとらえ、歩道のへりで待っている灰色の車へ、いやも応もなく連れこんだ。

「どんな気分だね？」と、ガースンは車が走り出す拍子に、セルヴィの膝を叩いて、にやりとした。

「なかなか、いい気分ですよ」と、セルヴィは、努めて謙虚な様子をつくりながらおだやかに言った。「しかしね、この光栄を、ぼく一人のものにするわけにはいきませんよ、ガースン。有罪の評決まで漕ぎつけたのは、あなたの部下なんですからね」

「本気でそう言ってるのじゃあるまい」ガースンの眼が、きらきら光った。「わたしは、公判中、ずっと君を見守ってきたんだよ、ウォーレン。君は血の味に酔っていた。

君は復讐の剣そのものだった。電気椅子の死刑囚の名簿に彼を加えたのは、君だ。わたしじゃない」

「そんなことはない！」セルヴィは強い口調で言った。「彼は、誰が見たって有罪だった。そうでしょう？　何と言ったって、証拠は歴然としていたんですからね。陪審は、これ以外にやりようのないことを、やったまでですよ」

「それはそうだ。君があああいう風にことをはこんだら、陪審はああする以外に仕事はなかったさ。しかし、そこのところを、よく考えてみたまえ、ウォーレン。もし、ほかの検事だったら、あるいは陪審も、ちがった評決をしていたかも知れないよ。栄誉は当然行くべきところに行ったのさ、ウォーレン」

セルヴィは、それ以上、微笑を抑えていることはできなかった。その微笑に、彼の面長の、あごのとがった顔が、明るく輝いた。おかげで、顔の硬ばりもほぐれ、ほっとした気分になって、車のふかふかしたクッションに、ゆったりと背をあずけた。

「そうかも知れませんがね」と、彼は言った。「しかし、ぼくは、彼を有罪だと思っていたので、ほかの人たちにも、それを納得させようと努めたんです。物を言うのは、証拠がそろってることだけじゃありませんよ。問題は、法律家の舌三寸の芸当ですよ。そうでしょう？　時には、単なる印象だけでも……」

「そうだとも」地方検事は窓の外を眺めた。

「花嫁さんは、どうしてるね、ウォーレン」

「やあ、ドリーンは元気です」

「そいつは結構だ、可愛らしい女《ひと》だね。ドリーンは」


彼がアパートの部屋にはいると、彼女は寝椅子に体を伸ばしていた。彼の凱旋の模様も、こんな細かいところまでは、さすがに想像していなかった。


彼女のそばにすわると、彼女の体を両腕で抱えられるように、寝椅子の上ですこし体をずらして、

「聞いたかい、ドリーン。どうなったか、聞いたかい？」

「ラジオで聞いたわ」

「それで？　それがどんなことか、わからないのかい？　評決は有罪になったんだよ。ぼくのはじめての有罪判決なんだよ、しかも大きな裁判でね。ぼくはもう新米じゃないんだよ、ドリーン」

「その人を、どんな目に会わせようっていうの」


セルヴィは、眼をぱちくりさせて、妻を見返した。どんな気分でいるのか、はっき

り見極めようとした。「ぼくは、死刑を求刑した」と、彼は言った。「あの男は、冷酷に、自分の妻を殺したんだよ。ほかに、どんな目に会わされようもないじゃないか」

「あたくし、ただ伺っただけよ、ウォーレン」

彼女は頰を、夫の眉におし当てた。

「死刑にするのも、仕事のうちさ。君だって、それはよく分ってるだろう。ドリーン。ぼくに反対しているんじゃないだろうね」

彼女は、ほんのしばらく、夫を押しのけて、怒ったものかどうか気持を測るふうだった。それから、急に夫を引き寄せた。彼の耳もとで、妻の息が熱く早かった。

祝い、また祝いの一週間がはじまった。薄暗いナイトクラブで、ごく親しい知り合いばかりの、ひそやかな、打ち解けた祝いだった。セルヴィにしてみれば、場合が場合だけに、おおっぴらに陽気な風を見せるということは、うまくなかった。

有罪の評決のあったマレイ・ロッドマンが、死刑を宣告された日の夜、二人は家にいて、大きなグラスに注いだブランデーを、両手であたためながら飲んでいた。ドリーンは酔いがまわって、にぎやかにはしゃいだので、セルヴィはこんな仕合わせなことが、またとあろうかと思うのだった。今日まで、彼は有名校の数にははいらない、ある法律学校卒の学歴と、州の法務部の下っぱ役人の地位をもとでにして、重要な、尊敬される地位をねらってきたのだ。いま彼は、甘やかされて育ってきた美しい女を妻にして、自分の腕の中で嬉し泣きをさせることもできるようになった。どんなものだと、得意な気持だった。マレイ・ロッドマンの与えてくれたこの機会を、彼はありがたいと思った。

そのロッドマンの処刑が予定されていた日のことだった。セルヴィは白髪まじりの頭に、油じみのついた帽子をかぶり、背を丸めた男から、話しかけられた。

その男は、とあるドラッグ・ストアーから出てきた。両手を、垢じみたツイード地の上衣のポケットにつっこみ、帽子を目深に引きおろしていた。白い無精ひげが、顔に目立った。

「すみませんが、ちょいと、お話がしたいんだがね」と、男が言った。

セルヴィは男の風体をじろじろ眺めていたが、ポケットに手を入れて、小銭をさがした。

「ちがうんだよ」と、男は早口にいって、「あたしゃ、金をせびろうってんじゃないんだ。ちょいと、話をしたら、そいでいいんだよ、セルヴィさん」

「わたしのこと、知ってるのかね？」

「ああ、知ってるともさ、セルヴィさん。あんたのことは、新聞ですっかり読んでるんでね」

セルヴィの、硬い眼の光りがやわらいだ。「そうだな、いまちょっと、急いでいるんでね。人に会う約束があるんだ」

「大事な話なんだ、セルヴィさん。嘘はいわねえ。どっかその辺へはいれないかね。コーヒーでも飲みながら……。五分もありゃあ、たくさんなんだが」

「手紙をよこすか、役所へ来るかしたらどうだね。役所は、チャンバーズ通りの――」

「話ってえのは、あの男のことなんだよ、セルヴィさん。今夜、死刑になる、あの男のことだがね」

検事は、男の眼をうかがった。その眼には、何かを思いつめた、突きさしてくるような光があった。

「いいだろう」と、セルヴィは言った。「そこをちょっと行くと、コーヒー店がある。ただし、五分間だけだよ、いいね?」

二時半になるところで、コーヒー店も、昼食時の忙しさはすぎていた。二人は、店の奥のボックスを見つけた。給仕が、テーブルから、あわただしい客の食べ残しを片付ける間、二人はだまって腰をおろした。

やがてのことに、その老人が身を乗り出して、口をひらいた。

「あっしは、アーリントンてものだがね。フィル・アーリントン。ずっと、街を出て、フロリダへ行ってたんだよ。さもなけりゃ、こんな切羽つまるまで、放っときゃしなかったんだが。新聞は読まない、ラジオは聞かないってあんばいだったんでね」

「話がのみこめないがね、アーリントンさん。あんたの言ってるのは、ロッドマン裁判のことなのかね?」

「ああ、ロッドマンの事件だよ。街へもどって、事の次第を聞いたときは、あっしは、どうしたらいいか、分らなかったね。察してもらえるかね? 可哀想によ、あの男がどんな目に会おうとしてるか、新聞で読んで、あっしは、つらかった。ひどくつらかったよ。だけど、あっしは恐ろしかったんだ。そこを、分ってもらいたいんだよ。あっしは恐ろしかったんだよ」

「恐ろしかったって、何が?」

男はコーヒーへ向かって話した。「あっしは、どうしたもんか決心をつけようとして、ひとりで、ずいぶんつらい思いをした。だがやっと考えついた――ロッドマンは若いんだ。幾つだったかね、三十八かね。あっしは六十四だよ、セルヴィさん。どっちがいいかね?」

「何に、どっちがいいというんだね？」セルヴィはいらいらしてきた。きらっと、腕時計に眼をやった。「分るように話してもらいたいな、アーリントンさん。わたしは忙しい体なんだ」

「あんたの知恵をかりたいと思ったんだよ」と白髪あたまの男は唇をなめて、「まっすぐ警察へ行くのが恐ろしいんで、あんたに相談してみようって考えた。ねえ、セルヴィさん、あっしは、自分のしたことを、警察に話さなけりゃなるまいかね。あっしが、あの女を殺したんだって、話さなきゃいけないだろうね。教えて下さいよ。どうしたもんか」

世界が、とつぜん、その軸の上で、様子を一変した。セルヴィの手は、コーヒー茶わんをかかえこんだまま、冷たくなった。テーブル越しに、相手の男を、まじまじと見つめた。

「なにを言ってるんだ。ロッドマンが、自分の妻を殺したんだ。われわれは、それを立証してみせた」

「いや、ちがうんだ。そこんところが肝腎なんだがね。あっしは、他人《ひと》の車を乗りついで、東部へ行こうとしていたんだ。まず、ウィルフォードまで乗っけてもらえた。あっしは、その辺をうろついて、食うものか、賃仕事でもあてがってくれるところはねえもんかと、捜して歩いた。ちょうど、その家の玄関をノックしたら、そのきれいな奥さんが、出てきた。仕事はなかったが、サンドウィッチをくれた。ハム・サンドウィッチだったよ」

「どの家だ？　それがロッドマンの家だったって、どうして分るんだね」

「たしかに、そうだったよ。彼女の写真を、新聞で見たことがあるんだ。きれいな奥さんだった。あのとき、彼女が台所へはいっていったりしなかったら、何事もなくてすんだんだが」

「何？　何だって？」セルヴィは鋭くききかえした。

「あんなこと、しちゃあいけなかったんだ。彼女は、とっても親切だったんだからな。だけど、あっしは一文なしだったんで。スキを見て、食器棚の壺を、ありったけ捜してみた。女ってえものは、たいがい、壺へ金をかくしとくもんだよ。ヘソクリってえのをね。あっしが捜してるところを、彼女が見つけて、ひどく怒った。わめきもなにもしなかったが、ただじゃすまねえ様子がはっきり分った。それで、あっしは、やっちまったんだよ、セルヴィさん。あっしは、頭がどうかなっちまってたんだ」

「君の言うことは、本気にできないね。近所の人は、誰も人のいるのを見かけてない。ロッドマンと細君は、年中、口喧嘩がたえなかったし――」

白髪あたまの男は、肩をすぼめた。「そんなことは、あっしの知ったことじゃないよ、セルヴィさん。あの夫婦のことなんぞ、あっしは何も知らねえ。だけどね、実はそういうことだったんだ。それで、あんたの知恵をかりたいってわけなんだよ」と彼はひたいをこすった。「つまりさね、もしここで、あっしが白状したら、あっしは、どんな風にされるんだね？」

「電気刑になるさ」と、セルヴィは冷ややかに言った。「ロッドマンの代りに、電気椅子に坐らされる。あんたは、そうしてもらいたいのかね」

アーリントンはまっ青になった。「いやだね。刑務所なら、いいけどね。死刑はごめんだよ」

「だったら、そんなことは忘れてしまうんだね。わかるね？　アーリントンさん。いま話したことは、みんな、夢だったんだろう。そうだと思えばいい、悪い夢を見たんだと。さあ、表に出てって、そんなことはもう忘れてしまいたまえ」

「だけど、あの男が……。今夜、殺される――」

「有罪ときまったからだ」セルヴィの手のひらが、テーブルをたたいた。「わたしが、あの男の有罪を立証したんだ。分ったね」

男の唇がわななないた。

「はい、旦那」と、彼は言った。

セルヴィは立ち上がって、テーブルの上に、五ドル紙幣を投げた。

「勘定を払ってくれ」と、そっけなく言った。

「釣りは、とっておきたまえ」

その晩。ドリーンが時間を訊いた。これが四度目だった。

「十一時」と、彼は不機嫌に言った。

「ちょうど、あと一時間だわ」彼女はソファーのクッションに、深々と身を沈めた。

「今ごろ、どんな気持かしら……」

「やめたまえ！」

「まあ、今夜は二人とも、気持がたかぶっているわ」

「ぼくはもう役ずみなんだよ、ドリーン。このことは、何度も話してきかせたじゃないか。こんどは、州が仕事をやるんだ」

彼女は、ピンク色の舌の先きを、歯のあいだにはさんで、考えこむ風だったが、

「でも、彼を、こんな羽目に追いこんだのは、あなたよ、ウォーレン。それは否定できないわ」

「陪審がきめたことだ！」

「あたくしに怒鳴っても、仕方ありませんわ、検事さん」

「ああ、ドリーン……」彼は身を差しのべて、何かわびるような身振りをしかけたが、ちょうどそこへ電話が鳴った。彼は腹立たしげに受話器をとった。

「セルヴィさんですか？　あっしは、アーリントンだがね」

全身に、脈打つ波がひろがった。

「何の用だ」

「セルヴィさん。今日、あんたに言われたことを、よーく考えてみたんだがね。どうも、知らん顔しちまうってことは、いいこっちゃねえと思うんだよ。つまりだね――」

「アーリントン、待ちたまえ。わたしのアパートへ来てくれないか。いますぐ、あんたに会いたいんだが」

ソファーから、ドリーンが、「あなた！」と言った。

「聞えたかね、アーリントン。あんたが早まったことをしないうちに、話しておきたいことがある。あんたがいま、法的に、どういう立場にあるか、言って聞かせよう。どういうことになるかも、あんた次第なんだよ」

電話の向うで、しばらく間があった。

「あんたの言うとおりかも知れねえ、セルヴィさん。だけどねえ、あっしは下町にいるんだ。そっちへ着くまでにゃあ――」

「間に合うとも。ＩＲＴ線の地下鉄（自治区間を走っている急行）に乗るのが一ばん早い。八十六丁目で降りるんだ」

電話を切ったとき、ドリーンは立ち上がっていた。

「ドリーン、お待ちよ。あんなこと言って、ごめんよ。いまの男はぼくの担当している事件の、重要な証人なんだ。今夜しか、会ってるひまがないもんだから」

「どうぞ、ごゆっくり」と、上わっ調子に言って、彼女は寝室へ引き上げていった。

「ドリーン……」

ドアが閉まった。しばらく、シンとなった。それから、鍵をかける音がした。

セルヴィは、口の中で、妻の不機嫌を呪いながら、ホームバーの方へ足を運んだ。

アーリントンが、玄関のチャイムを鳴らしたころには、セルヴィはもう、バーボン・ウィスキーを六インチも減らしていた。

この瀟洒なアパートの中で見ると、アーリントンの、油じみのついた帽子と、垢じみた上衣は、前よりいっそうみすぼらしかった。彼は帽子と上衣をとり、おずおずと、部屋の中を見まわした。

「あと、たった四十五分しかねえ。なんとかしなきゃなんねえが、セルヴィさん」

「君にできることがあるよ」と、検事はにっこりして、「一ぱいやりながら、ゆっくり話していくさ」

「まさか、そんなことしちゃ――」と言いながら、もう、男の眼はセルヴィの持っているびんに吸いつけられていた。検事の顔に、微笑がひろがった。

十一時半には、もう、アーリントンの声は、聞きとりにくいダミ声になっていた。彼の眼には、もうさっきまでの強い光がなく、ロッドマンへの気遣いも、さっきほど一途なものではなくなっていた。

セルヴィは、客のグラスを、たえず満たした。

老人がブツブツと喋りはじめた。子供のころのことや、昔のお偉方のことや、彼にひどい仕打ちをした見ず知らずの連中のことなど次々に並べたてた。しばらくすると、彼のぼさぼさ頭が、肩の上でぐらぐら揺れだし、あつぼったい瞼が、とろっとしてきた。

暖炉の上の置時計が、時を打ちはじめると、彼はぎくりとなってうたたねから引きもどされた。

「ありゃなんだね？」

「ただの時計だよ」セルヴィはにやりとした。

「時計？　何時だ？　何時だね？」

「十二時だよ、アーリントンさん。あんたの心配も、おしまいになった。ミスター・ロッドマンはもう、自分の罪をつぐなった」

「いけねえ！」老人は立ち上がると、きりきりまいをして、

「ちがうんだ、大間違いだ、おれが、あの女を殺したんだ。あの男じゃねえ！　やりもしねえ罪で、殺すことはならねえ――」

「落ち着きたまえ、アーリントンさん。もう、どうしようたって、仕方がないんだよ」

「分ってる、分ってるけどよ！　あっしは、話さなきゃならねえ――警察に――」

「しかし、なぜだね？　ロッドマンは、もう処刑されたんだよ。いまの時計が打ったとたんに、彼は死んだんだ。いまさら、どうもしてやれやしないよ」

「なんとか、してやらなけりゃなんねえ！」老人は涙声になって、「分らねえのかよ。あっしひとりが、のうのうとしていられるわけがねえじゃねえかよ。セルヴィさん。後生だから」

彼はひょろひょろと、電話の方へ寄っていった。検事はすばやく受話器に手をかけた。「いかん」と、彼は言った。

二人の手が、電話を奪い合ったが、若い方の手が、わけなく勝った。

「あっしを止めないでくれ、セルヴィさん。あっしが自分で行く。行って、何もかもぶちまけてくる。あんたのことも言ってやる――」

彼はよろよろと、ドアの方へ歩いていった。セルヴィの腕が伸びて、老人をくるりと振り向かせた。

「老いぼれ浮浪人の気違いめ！　めんどうを引き起こすだけじゃないか。ロッドマンは、もう死んで――」

「知ったことか！」

セルヴィの腕がさっと伸びて、やせこけた白いひげもじゃの顔を平手で張った。老人は、平手打ちをくらって泣きじゃくりながらもあくまでドアの方へ行こうとした。セルヴィの怒気がつのって、また、平手打ちをくわせ、その手が、老人のやせ細った首にかかった。つぎの考えは、ごく自然に頭にうかんだ。この老いぼれの首には、もうあんまり命の鼓動も通っていない。ほんの一押しで、このはげしい息づかいも、ガサガサのしゃがれ声も、悪たいも、止まってしまうんだ……セルヴィはだんだん力をこめて、ぐいぐいと押しつづけた。

やがて、両手を放した。老人はゆらりと揺れると、セルヴィの体をなでるようにすべり落ちて、床に崩れた。

戸口に、硬直して、冷たい眼を向けている、ドリーンの立ち姿があった。

「ドリーン、聞いてくれ——」

「しめ殺したのね」

「正当防衛だ！」セルヴィはさけんだ。「こいつが押し入って、部屋の中のものを盗もうとしたんだ」

バタンと、彼女がドアを閉め、内側から鍵をひねった。セルヴィはじゅうたんの上を走って、閉ざされたドアに取りつき、けんめいにたたいた。握りをガタガタやり、妻の名を呼んだが、応えはなかった。やがて、ダイヤルの回る音が聞えてきた。

アパートの部屋にぎっしり詰めかけた人混みの中に、ヴァンスの姿がなかったとしても、もうどうしようもない事態だった。いずれにせよ、セルヴィの大胆さを、快く思っていないヴァンスなのだ。セルヴィがでっちあげた押し入り強盗の話など、わけなく見破ってしまう頭のあるヴァンスのことだ。ヴァンスはもう、セルヴィの客が招かれた客だったことをさぐり出しているのだろう。セルヴィが苦境に立てば、もっけの幸いと喜ぶ立場にいるヴァンスだ。

しかし、ヴァンスは喜んでいるようには見えなかった。彼は当惑したような顔つきだった。セルヴィのアパートの床にころがっている、死体を見おろしながら、「のみこめないな、ウォーレン。どうにも、のみこめないよ。なんだってまた、こんな悪気のない老人を、殺す気になったんだい?」

「悪気がない? 悪気がないって?」

「そうさ。何の悪気もないよ。これがアーリントンじいさんだ。昔は、あっちこっちで見かけたもんだ」

「彼を知ってるって?」セルヴィはあっけにとられた。

「ああ、ベレア郡から通勤してたころには、ちょいちょい会ったもんだ。頭のおかしいじいさんでね。自分が人を殺したといって触れてまわるくせがあるんだ。だからって、なぜ、殺したんだね、ウォーレン。なんのために?」

第四部

『南島譚』より

中島敦

中島敦《なかじまあつし》

一九〇九―一九四二

東京都生まれ。作家。祖父・父・兄弟、いずれも漢学者、漢文科教師、中国学者という家庭に生まれる。東京帝国大学卒業後、高校教師をするかたわら小説の執筆を行う。一九四一年、持病の喘息悪化により休職、転地療養を兼ねてパラオに赴く。翌年の帰国後、「文學界」に『古譚』の総題で「山月記」や「文字禍」などを発表。称讃されるも同年十二月に喘息により死亡。他にも『李陵』『悟浄出世』など。

幸福

昔、此《こ》の島に一人の極めて哀れな男がいた。年齢《とし》を数えるという不自然な習慣が此の辺には無いので、幾歳《いくつ》ということはハッキリ言えないが、余り若くないことだけは確かであった。髪の毛が余り縮れてもおらず、鼻の頭がすっかり潰《つぶ》れてもおらぬので、此の男の醜貌《しゅうぼう》(1)は衆人の顰笑《ひんしょう》(2)の的《まと》となっていた。おまけに脣《くちびる》が薄く、顔色にも見事な黒《こく》檀《たん》(3)の様な艶が無いことは、此の男の醜さを一層甚だしいものにしていた。此の男は、恐らく、島一番の貧乏人であったろう。ウドウドと称する勾玉《まがたま》(4)の様なものがパラオ地方の貨幣であり、宝であるが、勿論、此の男はウドウドなど一つも持ってはいない。ウドウドも持っていない位だから、之《これ》によって始めて購《あがな》うことの出来る妻をもてる訳がない。たった独りで、島の第一長老《ルバック》の家の物置小舎の片隅に住み、最も卑しい召使として仕えている。家中のあらゆる卑しい勤めが、此の男一人の上に負わされる。怠け者の揃った此の島の中で、此の男一人は怠ける暇が無い。朝はマンゴーの繁みに囀《さえず》る朝鳥よりも早く起きて漁に出掛ける。手槍《ピスカン》で大蛸《おおだこ》を突き損《そこな》って胸や腹に吸い付かれ、身体中腫《は》れ上ることもある。巨魚タマカイに追われて生命《いのち》からがら独木舟《カヌー》に逃げ上ることもある。盥《たらい》ほどもある車渠貝《アキム》(5)に足を挟まれ損ったこともある。午《ひる》になり、島中の誰彼が木蔭や家の中の竹床の上でうつらうつら午睡をとる時も、此の男ばかりは、家内の清掃に、小舎の建築に、椰子蜜《やしみつ》採りに、椰子縄綯《な》いに、屋根葺《ふ》きに、家具類の製作に、目が廻る程忙しい。此の男の皮膚《き》はスコールの後の野鼠の様に絶えず汗でびっしょり濡れている。昔から女の仕事と極められている芋田《ムセイ》(6)の手入の外は、何から何迄此の男が一人で働く。陽が西の海に入って、麺麭《パン》の大樹の梢《こずえ》に大蝙蝠《おおこうもり》が飛び廻る頃になって、漸《ようや》く此の男は、犬猫にあてがわれるようなクカオ芋の尻尾と魚のあらとにありつく。それから、疲れ果てた身体を固い竹の床《ゆか》の上に横たえて眠る——パラオ語でいえばモ・バズ、即ち石になるのである。

彼の主人たる此の島の第一長老《ルバック》はパラオ地方——北は此の島から南は遠くペリリュウ島に至る——を通じて指折の物持ちである。此の島の芋田の半分、椰子林の三分の二は此の男のものに属する。彼の家の台所には、極上鼈甲《べっこう》製の皿が天井迄高く積上げられている。彼は毎日海亀の脂や石焼の仔豚や人魚の胎児や蝙蝠の仔の蒸焼《むしやき》などの美食に饜《あ》いているので、彼の腹は脂ぎって孕《はら》み豚の如くにふくらんでいる。彼の家には、昔その祖先の一人がカヤンガル島を討った時敵の大将を唯の一突きに仕留めたという誉《ほま》れの投槍が蔵されている。彼の所有する珠貨《ウドウド》は、玳瑁《たいまい》(7)が浜辺で一度に産みつける卵の数ほど多い。その中で一番貴いバカル珠に至っては、環礁《リーフ》の外に跳梁する鋸鮫《のこぎりざめ》でさえ、一目見て驚怖退散する程の威力を備えている。今、島の中央に巍然《ぎぜん》(8)として屹立《きつりつ》する・蝙蝠模様で飾られた・反《そ》り屋根の大集会場《バイ》を造ったのも、島民一同の自慢の種子である蛇頭の真赤な大戦舟を作ったのも、凡《すべ》て此の大支配者《ムレーデル》の権勢と金力とである。彼の妻は表向きは一人だが、近親相姦禁忌の許す範囲に於て、実際は其《そ》の数は無限といってよい。

此の大権力者の下僕たる・哀れな醜い独り者は、身分が卑しいので、直接の主人たる此の第一長老《ルバック》は固《もと》より、第二第三第四ルバックの前を通る時でも、立って歩くことは許されなかった。必ず匍匐膝行《ほふくしっこう》(9)して過ぎなければならないのである。もし、独木舟《カヌー》に乗って海に出ている時に長老の舟が近付こうものなら、賤《いや》しき男は独木舟《カヌー》の上から水中に跳び込まねばならぬ。舟の上から挨拶する如き無礼は絶対に許されない。或る時そうした場合にぶつかり、彼が謹しんで水中に飛び込もうとすると、一匹の鱶《ふか》の姿が目に入った。彼が躊躇《ちゅうちょ》するのを見た長老《ルバツク》の従者が、怒って棒切を投げつけ、彼の左の目を傷けた。已《や》むを得ず、彼は鱶の泳いでいる水の中に跳び込んだ。其の鱶がもう三尺大きい奴だったら、彼は、足の指を三本喰切られただけでは済まなかったに違いない。

此の島から遥か南方に離れた文化の中心地コロール島には、既に、皮膚の白い人間共が伝えたという悪い病が侵入して来ていた。その病には二つある。一つは、神聖な天与の秘事を妨げる怪しからぬ病であって、コロールでは男が之《これ》にかかる時は男の病と呼ばれ、女がなる場合は女の病といわれる。もう一つの方は、極めて微妙な・徴候の容易に認め難い病気であって、軽い咳《せき》が出、顔色が蒼ざめ、身体が疲れ、痩せ衰えて何時《いつ》の間にか死ぬのである。血を喀《は》くこともあれば、喀《は》かないこともある。此の話の主人公たる哀れな男は、どうやら、此の後《あと》の方の病気にかかっていたらしい。絶えず空咳《からぜき》をし、疲れる。アミアカ樹の芽をすり潰して其の汁を飲んでも、蛸樹《オゴル》(10)の根を煎じて飲んでも、一向に効き目が無い。彼の主人は之に気が付き、哀れな下男が哀れな病気になったことを大変ふさわしいと考えた。それで、此の下男の仕事は益々ふえた。

哀れな下男は、しかし、大変賢い人間だったので、己《おの》が運命を格別辛いとは思わなかった。己《おのれ》の主人が如何《いか》に苛刻であっても、尚、自分に、視ることや聴くことや呼吸すること迄禁じないから有難いと思っていた。自分に課せられる仕事が如何に多くとも、なお婦人の神聖な天職たる芋田《ムセイ》耕作だけは除外されていることを有難く思おうと考えた。鱶のいる海に跳び込んで足の指三本を失ったことは不幸のようだが、それでも脚全体を喰切られなかったことを感謝しよう。空咳《からぜき》の出る疲れ病に罹《かか》ったことも、疲れ病と同時に男の病に迄罹る人間もあることを思えば、少くとも一つの病だけは免れたことになる。自分の頭髪が乾いた海藻の様に縮れていないことは明らかに容貌上の致命的欠陥には違いないが、荒れ果てた赭土《アケズ》丘の様に全然頭髪の無い人間だって俺は知っている。自分の鼻が踏みつけられたバナナ畑の蛙《かえる》のように潰れていないことも甚だ恥ずかしいことは確かだが、しかし、全然鼻のなくなった腐れ病の男も隣の島には二人もいるのだ。

　だが、足るを知ること斯《か》くの如き男でも、やはり、病が酷《ひど》いよりも軽い方がいいし、真昼の太陽の直射の下でこき使われるよりも木蔭で午睡《ひるね》をした方が快い。哀れな賢い男も、時には、神々に祈ることがあった。病の苦しみか労働の苦しみか、どちらかを今少し減じ給え。もし此の願が余りに慾張り過ぎていないなら、何卒、と。

　タロ芋(11)を供えて彼が祈ったのは、椰子蟹カタツツと蚯蚓《みみず》ウラズの祠《ほこら》である。此の二神は共に有力な悪神として聞えている。パラオの神々の間では、善神は供物を供えられることが殆ど無い。御機嫌をとらずとも祟《たたり》をしないことが分っているから。之に反して、悪神は常に鄭重に祭られ多くの食物を供えられる。海嘯《かいしょう》(12)や暴風や流行病は皆悪神の怒から生ずるからである。さて、力ある悪神・椰子蟹と蚯蚓とが哀れな男の祈願を聞入れたのかどうか、とにかくそれから暫くして、或晩この男は妙な夢を見た。其《そ》の夢の中で、哀れな下僕は何時《いつ》の間にか長老《ルバック》になっていた。彼の坐っているのは母屋の中央、家長のいるべき正座である。人々は皆唯々《いい》として(13)彼の言葉に従う。彼の機嫌を損《そこ》ねはせぬかと惴々焉《ずいずいえん》(14)として懼《おそ》れるものの如くである。彼には妻がある。彼の食事の支度に忙しい婢女《はしため》も大勢いる。彼の前に出された食卓の上には、豚の丸焼や真赤に茹《ゆ》だったマングローブ蟹や正覚坊(15)の卵が山と積まれている。彼は事の意外に驚いた。夢の中ながら、夢ではないかと疑った。何か不安で仕方が無い。

翌朝、目が醒《さ》めると、彼はやはり屋根が破れ柱の歪んだ何時もの物置小舎の隅に寝ていた。珍しく、朝鳥の鳴く音にも気付かず寝過ごしたので、家人の一人に酷く叩かれた。

次の夜、夢の中で彼は又長老になった。今度は彼も前夜程驚かない。下僕に命令する言葉も前夜よりは大分横柄になって来た。食卓には今度も美味佳肴《びみかこう》が堆《うずたか》く載っている。妻は筋骨の逞しい申し分の無い美人だし、章魚《たこ》の木の葉で編んだ新しい呉蓙《ござ》の敷き心地もヒヤヒヤと冷たくて誠に宜しい。しかし、朝になると、依然として汚ない小舎の中で目を醒ました。一日中烈しい労働に追い使われ、食物としてはクカオ芋の尻尾と魚のあらとしか与えられないことも今迄通りである。

次の晩も、次の次の晩も、それから毎晩続いて、哀れな下僕は夢の中で長老になった。彼の長老ぶりは次第に板について来た。御馳走を見ても、もう初めの頃のように浅間しくガツガツするようなことは無い。妻との間に争いをしたことも度重なった。妻以外の女に手出しが出来ることを知ってからも久しくなる。島民等を頤使《いし》(16)して、舟庫を作らせたり祭祀をとり行ったりもした。司祭《コロン》に導かれて神前に進む彼の神々しさに、島民共は斉《ひと》しく古英雄の再来ではないかと驚嘆した。彼に仕える下僕の一人に、昼間の彼の主人たる第一長老と覚しき男がいる。此の男の彼を怖れる様といったら、可笑《おか》しい位である。それが面白さに、彼は、第一長老に似た此の下僕に一番酷い労働をいいつける。漁もさせれば、椰子蜜採りもさせる。我が乗る舟の途に当るからとて、此の下僕を独木舟から鱶《ふか》の泳ぐ水中に跳び込ませたこともある。哀れな下僕の慌てまどい畏《おそ》れる様が、彼にいたく満足を与える。

昼間の劇《はげ》しい労働も苛酷な待遇も最早彼に嘆声を洩らさせることはない。賢い諦めの言葉を自らに言って聞かせる必要もなくなった。夜の楽しさを思えば、昼間の辛労の如き、ものの数ではなかったからである。一日の辛い仕事に疲れ果てても、彼は世にも嬉しげな微笑を浮べつつ、栄耀栄華《えいようえいが》の夢を見るために、柱の折れかかった汚ない寝床へと急ぐのであった。そういえば、夢の中で摂《と》る美食の所為《せい》であろうか、彼は近頃めっきり肥《ふと》って来た。顔色もすっかり良くなり、空咳も何時かしなくなった。見るからに生き生きと若返ったのである。

　丁度哀れな醜い独身者の下僕が斯《こ》うした夢を見始めた頃から、一方、彼の主人たる富める大長老も亦《また》奇態な夢を見るようになった。夢の中で、貴き第一長老は惨めな貧しい下僕になるのである。漁から椰子蜜採りから椰子縄作りから麺麭《パン》の実取りや独木舟造りに至る迄、ありとあらゆる労働が彼に課せられる。こう仕事が多くては、無数に手の生えている蜈蚣《むかで》でも遣《や》り切れまいと思われる程だ。其等《それら》の用をいいつける主人というのが、昼間は己の最も卑しい下僕である筈の男である。之が又ひどく意地悪で、次から次へと無理をいう。大蛸には吸い付かれ、車渠貝には足を挟まれ、鱶には足指を切られる。食事はといえば、芋の尻尾と魚のあらばかり。毎朝、彼が母屋《おもや》の中央の贅沢な呉蓙《ござ》の上で目を醒ます時は、身体は終夜の労働にぐったりと疲れ、節々《ふしぶし》がズキズキと痛むのである。毎晩斯ういう夢を見ている中に、第一長老の身体から次第に脂気がうせ、出張った腹が段々しぼんで来た。実際芋の尻尾と魚のあらばかりでは、誰だって痩せる外はない。月が三回盈欠《みちかけ》する中に長老はみじめに衰えて、いやな空咳までするようになった。

竟《つい》に、長老が腹を立てて下僕を呼びつけた。夢の中で己を虐《しいた》げる憎むべき男を思い切り罰してやろうと決心したのである。

所が、目の前に現れた下僕は、嘗《かつ》ての痩せ衰えた・空咳をする・おどおどと畏れ惑《まど》う・哀れな小心者ではなかった。何時の間にかデップリと肥り、顔色も生き生きとして元気一杯に見える。それに、其の態度が如何《いか》にも自信に充ちていて、言葉こそ叮寧《ていねい》ながら、どう見ても此方の頤使に甘んずるものとは到底思われない。悠揚たる其の微笑を見ただけで、長老は相手の優勢感にすっかり圧倒されて了《しま》った。夢の中の虐待者に対する恐怖感迄が甦って来て彼を脅した。夢の世界と昼間の世界と、何《いず》れがより現実なのかという疑が、チラと彼の頭を掠《かす》めた。痩せ衰えた自分の如き者が今更咳をしながら此の堂々たる男を叱り付けるなどとは、思いも寄らぬ。

長老は、自分でも予期しなかった程の慇懃《いんぎん》な言葉で、下男に向い、彼が健康を回復した次第を尋ねた。下男は詳しく夢のことを語った。如何に彼が夜毎美食に饜《あ》き足るか。如何に婢僕《ひぼく》にかしずかれて快い安逸を娯《たの》しむか。如何に数多の女共によって天国の楽しみを味わうか。

下僕の話を聞き終って、長老は大いに驚いた。下男の夢と己《おのれ》の夢との斯《か》くも驚くべき一致は何に基くのか。夢の世界の栄養が醒めたる世界の肉体に及ぼす影響は、又斯くの如く甚だしいのか。夢の世界が昼の世界と同じく（或いはそれ以上に）現実であることは、最早疑う余地が無い。彼は、恥を忍んで、下男に己が毎夜の夢のことを告げた。如何に自分が夜毎劇しい労働を強いられるか。如何に芋の尻尾と魚のあらとだけで我慢せねばならぬか。

下男はそれを聞いても一向に驚かぬ。さもあろうと云った顔付で、疾《とっ》くに知ってい た事を聞くように、満足げな微笑を湛えながら鷹揚《おうよう》に頷《うなず》く。其の顔は、誠に、干潟《ひがた》の泥の中に満腹して眠る海鰻《カシボクー》の如く、至上の幸福に輝いている。この男は、夢が昼の世界よりも一層現実であることを既に確信しているのであろう。アアと心からの溜息を吐《つ》きながら、哀れな富める主人は貧しく賢い下僕の顔を嫉《ねた》ましげに眺めた。

×　　×　　×

右は、今は世に無きオルワンガル島の昔話である。オルワンガル島は、今から八十年ばかり前の或日、突然、住民諸共《もろとも》海底に陥没して了った。爾来《じらい》、この様な仕合せな夢を見る男はパラオ中にいないということである。

注

(1) 醜い顔かたち。

(2) 顔をしかめたり笑ったりすること。

(3) インド原産のカキノキ科の常緑大高木。心材が黒色で堅く、光沢があるので家具、細工物に使われる。

(4) 動物の歯牙などを模した多くは玉製の装飾品。

(5) シャコガイ科の二枚貝の総称。熱帯水域の珊瑚礁にすむ。肉は食用、貝殻は装飾品などに用いられる。

(6) 熱帯地方に広く分布するクワ科の常緑高木。高さは一〇メートルに達し、直径二〇センチメートル程の果実は澱粉質で蒸焼きなどにして食用となる。

(7) ウミガメ科のカメ。熱帯、亜熱帯の海に分布し、海岸に産卵する。甲は鼈甲細工の材料として珍重される。

(8) 高くそびえ立っている。抜きんでて偉大である様子。

(9) 地面に腹ばい、手と膝で進行すること。

(10) 章魚木とも書く。タコノキ科の常緑高木。高さ数メートル。幹の下部から多数の気根を生じ、その状態が蛸に似る。

(11) テンナンショウ（天南星）科の多年性植物の総称。サトイモの一種。太平洋諸島などでは古くから主食としてきた。

(12) 満潮時、暴風などによって河口や水道に海水が逆流して発生する高波。

(13) かしこまって承諾するさま。
(14) びくびくする。胸がどきどきしておそれおののくさま。
(15) 青海亀の俗称。熱帯の海に分布し、甲の長さは一メートルにも達する。肉は食用。甲は鼈甲の代用となる。
(16) 見下した態度で人をあごで使うこと。

夫婦

今でもパラオ本島《ほんとう》、殊にオギワルからガラルドへ掛けての島民で、ギラ・コシサンと其《そ》の妻エビルの話を知らない者は無い。

ガクラオ部落のギラ・コシサンは大変に大人しい男だった。其の妻のエビルは頗《すこぶ》る多情で、部落の誰彼と何時《いつ》も浮名を流しては夫を悲しませていた。エビルは浮気者だったので、（斯《こ》ういう時に「けれども」という接続詞を使いたがるのは温帯人の論理に過ぎない）又、大の嫉妬家《やきもちや》でもあった。己の浮気に夫が当然浮気を以て酬いるであろうことを極度に恐れたのである。夫が路の真中を歩かずに左側を歩くと、其の左側の家々の娘共はエビルの疑を受けた。逆に右側を歩くと、右側の家々の女達に気があるのだろうと云ってギラ・コシサンは責められるのである。村の平和と、彼自身の魂の安静との為に、哀れなギラ・コシサンは狭い路の真中を、右にも左にも目をやらずに、唯真下の白い眩《まぶ》しい砂だけを見詰めながら、おずおずと歩かねばならなかった。

パラオ地方では痴情にからむ女同志の喧嘩のことをヘルリスと名付ける。恋人を取られた（或いは取られたと考えた）女が、恋敵《こいがたき》の所へ押しかけて行って之《これ》に戦を挑むのである。戦は常に衆人環視の中で堂々と行われる。何人も其の仲裁を試みることは許されぬ。人々は楽しい興奮を以て見物するだけだ。此《こ》の戦は単に口舌にとどまらず、腕力を以て最後の勝敗を決する。但し、武器刃物類を用いないのが原則である。二人の黒い女が喚《わめ》き、叫び、突き、抓《つね》り、泣き、倒れる。衣類が――昔は余り衣類をまとう習慣が無かったが、それだけに其の僅かの被覆物は最低限の絶対必要物であった。――捲《むし》り破られることは言う迄もない。大抵の場合、衣類を悉《ことごと》く捲り取られて竟《つい》に立って歩けなくなった方が負と判定されるようである。それ迄には勿論双方とも抓り傷引掻き傷の三十ケ所や五十ケ所は負うている。結局、相手を素裸にして打倒した女が凱歌をあげ、情事に於ける正しき者と認められ、今迄厳正中立を保って見物していた衆人から祝福を受ける。勝者は常に正しく、従って神々の祐助《ゆうじょ》祝福を受けるものだからである。

さて、ギラ・コシサンの妻エビルは、此の恋喧嘩《ヘルリス》を、人妻といわず、娘といわず、女でない女を除いたあらゆる村の女に向って仕掛けた。そうして殆ど凡《すべ》ての場合、相手の女を抓り引掻き突飛ばした揚句《あげく》、丸裸に引剝いて了《しま》った。エビルは腕も脚も飽く迄太く、膂力《りよりよく》(1)に秀でた女だったのである。エビルの多情は衆人周知の事実だったにも拘わらず、彼女の数々の情事は、結果から見て、正しいと言われなければならない。ヘルリスに於ける勝利という動かし難い輝かしい証拠があるのだから。斯《こ》うした実証を伴う偏見ほど牢乎《ろうこ》(2)たるものはない。実際エビルは、彼女の現実の情事は常に正義であり、夫の想像された情事は常に不正であると固く信じていた。哀れなのはギラ・コシサンである。妻の口舌と腕力とによる日毎の責苦の外に、斯かる動かし難い証拠を前にして、彼は、本当に妻が正しく己が不正なのかも知れぬという良心的な懐疑に迄苦しまねばならなかった。偶然が彼に恵まなかったなら、彼は日々の重みのために押潰されて了ったかも知れぬ。

その頃パラオの島々にはモゴルと呼ばれる制度があった。男子組合《ヘルデベヘル》の共同家屋《アバイ》に未婚の女が泊り込んで、炊事をする傍ら娼婦の様な仕事をするのである。其の女は必ず他部落から来る。自発的に来る場合もあり、敗戦の結果強制的に出させられることもある。

ギラ・コシサンの住んでいるガクラオの共同家屋《アバイ》に偶々《たまたま》グレパン部落の女がモゴル

に来た。名をリメイといって非常な美人である。

ギラ・コシサンが初めて此の女をア・バイの裏の炊事場で見た時、彼は茫然として暫く佇立《ちょりつ》した。その女の黒檀彫《こくたんぼり》の古い神像のような美に打たれたばかりではない。何か運命的な予感が——此の女によってのみ自分は現在の女房の圧制から免れられるかも知れぬという・哀れにも甚だ打算的な予感がしたのである。彼の此の予感は、彼を見返した女の熱情的な凝視（リメイは大変長い睫《まつげ》と大きな黒い目とをもっていた）によって更に裏付けられた。其の日以来、ギラ・コシサンとリメイとは恋仲になったのである。

モゴルの女は一人で男子組合の会員の凡てに接する場合もあれば、或る特別の少数、或いは一人だけに限る場合もある。それは女の自由に任せられるのであって、組合の方で強制する訳には行かない。リメイは既婚者ギラ・コシサン一人だけを選んだ。男自慢の青年共の流眄《ながしめ》も口説も、その他の微妙な挑発的手段も、彼女の心を惹くことが出来ない。

ギラ・コシサンにとって、今や世界は一変した。女房の暗雲のような重圧にも拘わらず、外には依然陽が輝き青空には白雲が美しく流れ樹々には小鳥が囀《さえず》っていることを、彼は十年この方始めて発見したように思った。

エビルの慧眼《けいがん》(3)が夫の顔色の変化を認めない訳がない。彼女は直ちに其の原因を突きとめた。一夜、徹底的に夫を糺弾《きゆうだん》した後、翌朝、男子組合のア・バイに向って出掛けた。夫を奪おうとした憎むべきリメイに断乎としてヘルリスを挑むべく、海盤車《ひとで》に襲いかかる大蛸《おおだこ》の様な猛烈さで、彼女はア・バイの中に闖入《ちんにゆう》した。所が、海盤車《ひとで》と思った相手は、意外なことに痺《しび》れ鱏《えい》であった。一摑みと躍りかかった大蛸は忽《たちま》ち手足を烈しく刺されて退却せねばならなかった。骨髄に徹する憎悪を右腕一つにこめて繰出したエビルの突きは二倍の力で撥ね返され、敵の横腹を抓《つね》ろうとする彼女の手首は造作なく捩《ね》じ上げられた。口惜しさに半ば泣きながら渾身の力を以て体当りを試みたが、巧みに体を躱《かわ》されて前にのめり、柱にいやという程額をぶっつけた。目が眩んで倒れる所へ相手が襲いかかって、瞬く間にエビルの着物は悉く挘《むし》り去られた。

エビルが負けた。

過去十年間無敵を誇った女丈夫(4)エビルが最も大事な恋喧嘩《ヘルリス》に惨敗を喫したのである。ア・バイの柱々に彫られた奇怪な神像の顔も事の意外に目を瞠《みは》り、天井の闇にぶら下って惰眠を貪っていた蝙蝠《こうもり》共も此の椿事《ちんじ》(5)に仰天して表へ飛び出した。ア・バイの壁の隙間から一部始終を覗いていた夫のギラ・コシサンは、半ば驚き半ば欣《よろこ》び、大体に於て惶《おそ》れ惑うた。リメイによって救われるかも知れぬとの予感が実現しようとしているのは有難かったが、何しろ無敵のエビルが敗れるなどという大変事を前にして、一体この事柄をどう考えていいのか、又、此の事件が己が身にどう影響して来るのか、大いに惶れ惑わざるを得なかったのである。

さて、エビルはかすり傷だらけの身体に一糸もまとわず、髪の毛を剃られたサムソンの如くに悄然と、前を抑えながら家に戻った。既に習慣となっていた卑屈さのせいで、ギラ・コシサンはリメイと共にア・バイに留まって勝利の歓喜を頒《わか》つことはせず、意気地なくも敗けた女房のあとについてノコノコと帰って来た。

始めて敗北の惨めさを知った英雄は二日二晩口惜し泣きに泣き続けた。三日目に漸《ようや》く泣声がやむと、今度は猛烈な罵声が之に代った。口惜し涙の下に二昼夜の間沈潜していた嫉妬と憤怒とが、今や、すさまじい咆哮《ほうこう》(6)となって弱き夫の上に炸裂したのである。

椰子の葉を叩くスコールの如く、麺麭《パン》の樹に鳴く蟬時雨《せみしぐれ》の如く、環礁の外に荒れ狂う怒濤の如く、ありとあらゆる罵詈《ばり》雑言《ぞうごん》が夫の上に降り注いだ。火花のように、雷光のように、毒のある花粉のように(7)、嶮《けわ》しい悪意の微粒子が家中に散乱した。貞淑な妻を裏切った不信な夫は奸悪な海蛇だ。海鼠《なまこ》の腹から生れた怪物だ。腐木に湧く毒茸。

正覚坊の排泄物。黴《かび》の中で一番下劣な奴。下痢をした猿。羽の抜けた禿翡翠《はげかわせみ》。他処からモゴルに来たあの女ときたら、淫乱な牝豚だ。母を知らない家無し女だ。歯に毒をもったヤウス魚。兇悪な大蜥蜴《とかげ》。海の底の吸血魔。残忍なタマカイ魚。そして、自分は、その猛魚に足を喰切られた哀れな優しい牝蛸だ。…………

余りの烈しさ騒々しさに、夫は耳が聾したように茫然としていた。一時は、自分がすっかり無感覚になったような気がした。対策を考える暇などは無いのである。怒鳴り疲れた妻が一寸《ちよつと》息を切って椰子水に咽喉を潤おす段になって、やっと、今迄盛んに空中に撒き散らされた罵詈が 綿《カボック》 の木の棘の様にチクチクと彼の皮膚を刺すのを感じた。

習慣は我々の王者である。この様な目に会いながら、妻の絶対専制に慣れたギラ・コシサンはまだア・バイのリメイの許に逃げ出す決心がつかないでいた。彼は唯哀願して只管《ひたすら》に宥恕《ゆうじよ》を請うばかりである。

狂乱と暴風の一昼夜の後、漸く和解が成立した。但し、ギラ・コシサンがキッパリとあのモゴルの女と切れた上で、自ら遥々カヤンガル島に渡り、其の地の名産たるタマナ樹で豪勢な舞踊台《オイラオル》を作らせ、それを持帰った上で、其の披露旁々《かたがた》二人の夫婦固めの式を行うという条件つきである。パラオ人は珠貨《ウドウド》と饗宴との交換によって結婚式を済ませてから数年の中に又改めて「夫婦固めの式《ムル》」をすることがある。勿論之《これ》には多額の費用が要《い》るので、金持だけが之をするのだが、大して裕《ゆた》かでないギラ・コシサン夫婦はまだ之をしていなかった。今此の上に尚舞踊台迄も作るということは並々ならぬ経済上の無理を伴うものだったが、妻の機嫌を取結ぶためには何とも仕方が無かった。彼はなけなしの珠貨《ウドウド》を残らず携えてカヤンガル島に渡った。

恰好なタマナ材は直ぐに切出されたが、舞踊台の製作には大変暇がかかった。何しろ脚が一つ出来たといっては皆を集めて一踊り祝の踊をし、表面が巧く削れたといってはは又一踊りするので、仲々はかが行かない。初め細かった月が一旦円くなり、それが又細くなる迄かかって了った。其の間カヤンガルの浜辺の小舎に起臥《おきふし》しながら、ギラ・コシサンは時々懐かしいリメイのことを心細く思い浮べた。あの恋喧嘩《ヘルリス》以来自分があの女に会いに行けない苦しさを、果してリメイは解って呉《く》れているだろうかと。

一月の後、ギラ・コシサンは莫大な珠貨《ウドウド》を職人達に支払い、新しい見事な舞踊台を小舟に積んでガクラオに帰った。

彼がガクラオの浜に着いた時は夜であった。浜辺にあかあかと篝火《かがりび》が燃え、人々の手を拍ち唱いはしゃぐ声が聞える。村人が集まって豊年祈りの踊をしているのであろう。

ギラ・コシサンは踊の場所から大分離れた所に舟を繋ぎ、舞踊台は舟に残したまま、そっと上陸した。静かに踊の群に近付き椰子樹の陰から覗いて見たが、踊る人々の中にも見物の中にも妻のエビルの姿は見えない。彼は心重く己が家へと歩を運んだ。ひょろ高い檳榔樹《びんろうじゅ》(9)木立の下の敷石路をギラ・コシサンは、忍び足で灯の無い家に近附いた。妻に近附くのが、唯何となく怖かったのである。

猫のように闇中を見通す未開人の眼で彼がそうっと家の中を窺った時、彼は其処《そこ》に一組の男女の姿を見付けた。男は誰か判らないが、女がエビルであることだけは間違いない。瞬間、ギラ・コシサンは、ほっと、助かった！　という気がした。目前に見た事の意味よりも、いきなり妻に怒鳴りつけられる事から免れたことの方が彼にとって重大だったのである。次に彼は何か少し悲しい気がした。嫉妬でも憤怒でもない。大嫉妬家のエビルに向って嫉妬するなどとは到底考えられぬことだし、怒りなどという感情はいじけた此の男の中から疾《と》うに磨滅し去っていて今は少しの痕跡さえ見られない。彼は唯何かほんの少し寂しい気がしただけである。彼は又そっと足音を忍ばせて家から遠ざかった。

何時かギラ・コシサンは男子組合《ヘルデベヘル》のア・バイの前に来ていた。中から微かに明りの洩れるのを見れば、誰かがいるに違いない。はいって見ると、ガランとした内に椰子殻の灯が一つともり、其の灯に背を向けて一人の女が寝ている。紛《まご》う方なきリメイだ。ギラ・コシサンは胸を躍らせて近寄った。向うむきに寝ている女の肩に手を掛けて揺すぶったが、女は此方を向かない。眠っているのではない様子である。もう一度揺すると、女が向うをむいた儘言った。「私はギラ・コシサンの思い者《メゲレゲル》だから、誰も触ってはいけない！」ギラ・コシサンはとび上った。欣びに顫《ふる》える声で叫んだ。「俺だ。俺だ。ギラ・コシサンだ。」驚いて振向いたリメイの目に大粒の涙が見る見る湧いた。大分長い間経って二人が我に返った時、リメイは（エビルを負かす程の強い女だったにも拘わらず）さめざめと泣きながら、彼が来なくなってからの久しい間に、如何に操を立てるのが苦しかったかを、かき口説いた。もう二三日も立てば或いは操を立て通し切れなかったかも知れないとも言った。

妻があれ程淫奔で、娼婦が斯《か》くも貞淑だという事実は、卑屈なギラ・コシサンにも竟《つい》に妻の暴虐に対する叛逆を思い立たせた。以前の壮烈な恋喧嘩《ヘルリス》の結果を見れば、優しく強いリメイがついている限り、幾らエビルが攻寄せて来ても恐れることはない。今迄之に思い到らず、愚図愚図とあの猛獣の窟から逃出さなかったとは、何という愚かなことだったか！

「逃げよう。」と彼は言った。此の際にもまだ逃げるなどという臆病な言い方を彼は用いた。「逃げよう。お前の村へ。」

丁度、モゴルの契約期間も満期になる頃だったので、リメイも彼を伴っての帰村を承知した。二人は篝火のまわりに踊り狂う村人達の目を避け手を携えて間道から浜に出ると、先程繋いでおいた独木舟に乗り、夜の海に浮かび出た。

翌朝白々明けに舟はリメイの故郷アルモノグイに着いた。二人はリメイの親の家に行き、其処《そこ》で結婚した。程経て、例のカヤンガル出来の舞踊台を村の衆に披露し、旁々盛大な夫婦固《ム》め《ル》の式を挙げたことは言う迄もない。

一方、エビルは、夫がまだカヤンガルで舞踊台の出来上りを待っているとのみ思って、日夜数人の未婚の青年を集めて痴情に耽っていた。しかし、或日のこと、アルモノグイ近辺から来た椰子蜜採りの口から、竟に、事の真相を聞きつけた。

エビルは忽《たちま》ちカアーッと逆上した。世の中に自分程可哀そうな者は無い、オボカズ女神の身体がパラオの島々と化して以来、リメイ程性の悪い女は無い、と喚《わめ》き、ワアワア泣きながら家を飛び出した。海岸のア・バイの所迄来ると、その前の大椰子樹に手を掛けて上ろうとした。昔、大変古い昔、此の村の或る男が財宝《ウドウド》と芋田と女とを友人に欺きとられた時、その男は此の椰子の親木（今からずっと前に枯れて了《しま》ったが、其の頃はまだ椰子としての男盛りで村一番の丈高い樹であった）に駈け上り、其の天辺から村中の人々に呼び掛けて、己の欺かれた次第を告げ、欺瞞者を呪い世を怨み神を怨み己を生んだ母親をも怨んで、それから、地上へ飛び下りた。之が言伝えに残る・前にも後にも此の島唯一人の自殺者だが、今エビルは此の男に倣《なら》おうとした。しかし、男にならば訳なく登れる椰子の樹も、女には仲々むずかしい。殊にエビルは肥って腹が出ているので、登り易くする為に椰子の幹に刻んだ切痕を五段も攀じ上ると、早くも呼吸が切れて来た。もう之以上はどうしても登れそうもない。口惜しさにエビルは大声を出して村人を呼んだ。そうして、其の高みから（それでも地上二間位は登っていたろう）ずり落ちまいと必死に幹にしがみつきながら、己の憐れな境遇を訴えた。海蛇の名に誓い椰子蟹と小判鮫の名にかけて、夫と其の情婦とを呪った。呪いながら、涙にかきくれた目で下を見ると、村全体が集まっているに違いないと思った期待がすっかり外れた。下には僅か五六人の男女が口をあけて彼女の狂態を見上げているだけだ。誰ももうエビルの叫喚には慣れて了って、又始まったと昼寝の枕から首も上げないのであろう。

とにかく、相手が僅か五六人では、何もこんなに喚くがものはない。(10) それに、先刻から厖大な身体がともすれば滑り落ちそうで仕方が無い。エビルは今迄の叫喚をピタリと止め、多少きまり悪げな笑いを浮べてノソノソ下りて来た。

下にいた数人の村人の中に、エビルがギラ・コシサンの妻になる以前に大変懇《ねん》ろであった一人の中年男がいた。悪い病のために鼻が半分落ちかかっていたが、大変広い芋田を持った・村で二番目の物持である。下りて来たエビルは此の男の顔を見ると、自分でも訳が分らずにニコリとした。途端に、男の視線が熱いものとなり、忽ち意気投合したのであろう。二人は手を取り合って、鬱蒼たるタマナ樹の茂みの下に歩み去った。

残された少数の見物人も別に驚きはせぬ。二人の後姿を見送ってニヤリと笑ったばかりである。

四五日すると、エビルと共に白昼タマナの茂みに姿を消した中年男の家に、エビルが公然と入り込んだことを村人は知った。鼻の半分落ちかかった・村で二番目に物持は、丁度、最近妻に死なれたばかりだったということである。

×　　×　　×

斯くてギラ・コシサンと其の妻のエビルとは二人とも、但しめいめい別々にではあるが、幸福な後半生を送ったと、今に至る迄村人達は語り伝えている。

話は以上で終るのだが、此処《ここ》に出て来るモゴル即ち未婚女の男性への奉仕という習慣は、独逸《ドイツ》領時代に入ると共に禁絶されて了《しま》い、現在のパラオ諸島には其の跡を留めていない。しかし、村々の老婆に尋ねて見ると、彼女等はいずれも若い頃その経験をもったとのことである。嫁入前には誰しも必ず一度は他村へモゴルに行ったものだという。

さて、今一つのヘルリス即ち恋喧嘩に至っては今尚到る所で盛んに行われている。人間の在る所恋あり、恋ある所嫉妬ありで、蓋《けだ》し之は当然であろう。現に筆者も彼の地に滞在中したしく之を目撃したことがある。事の次第も其の烈しさも本文中に述べた通りで（私の見たのも矢張言いがかりを付けて来た方が返り討ちに会ってワアワア手離しで泣きながら帰って行ったが）昔と少しも変る所が無い。ただ違うのは、之を取巻いて囃《はや》し応援し批評する観衆の中に、ハモニカを持った二人の現代風な青年の交っていたことである。二人とも、最近コロールの町に出て購《もと》めたに違いない・揃いの・真青な新しいワイシャツを着込み、縮れた髪に香油《ポマード》をべっとりと塗り付けて、足こそ跣足《はだし》ながら、仲々ハイカラないでたちである。彼等は、活劇の伴奏のつもりなのであろうか、如何にも気取ったポーズで首を振り足踏をしながら、此の烈しい執拗な闘争の間じゅう、ずっと軽快なマーチを吹き続けていた。

注

(1) 筋肉の力。腕力。
(2) かたくしっかりとして、ゆるぎないさま。
(3) 物事の本質を見抜く洞察力。
(4) 気の強い男まさりの女。
(5) 珍事。変わった出来事。
(6) たけり、ほえること。
(7) 邪悪なこと。
(8) ただひたすら寛大な許しを請うこと。
(9) ヤシ科の常緑高木。高さ二〇メートルにもなる。枝がなく、幹の頂に大きな葉をつける。実は食用、薬用。
(10) 喚くかいがない。

百足

小池真理子

小池真理子《こいけまりこ》

一九五二―

東京都生まれ。作家。出版社勤務を経て、一九七八年エッセイ集『知的悪女のすすめ』でデビュー。八五年『あなたから逃れられない』でミステリー作家に転身。八九年『妻の女友達』で推理作家協会賞、九五年『恋』で直木賞、二〇〇六年『虹の彼方』で柴田錬三郎賞、十三年『沈黙のひと』で吉川英治文学賞、など受賞歴多数。

目覚めると、妻が肘掛け椅子に座り、コーヒーを飲んでいるのが目に入った。庭先に干された洗濯物が、きらめく初秋の光の中、風に揺れている。

「ああ、寝ちゃったよ」と彼は言いながら、ソファーの上で目をこすった。「何時?」

「ええっと……二時四十分」

「疲れてんだなぁ。ゆうべもちゃんと寝たはずなのに」

「出張から帰ると、最近、いつもそうなるようになったね」

妻の博美はそう言って、バタークッキーを齧った。さくりという乾いた音がした。

「コーヒー、飲む? 今、入れたとこ」

「いいね」

キッチンに行き、コーヒーポットを手に戻って来た博美は、彼のマグカップになみなみとコーヒーを注いだ。彼はソファーに起き上がり、ふう、とため息をついた。

その時だった。博美が、身をすくめて悲鳴をあげた。「きゃあ、あれ、何?」庭に面した窓から、何か黒く長いものが凄まじい勢いで地を這いながら、室内に入って来るのが見えた。

「百足《むかで》だ! 百々子《ももこ》、そこの蠅叩き、取って」

手渡された蠅叩きを手に、彼は夢中になって巨大な百足を叩きつぶした。動かなくなったそれは、体長十センチほどもあった。

たくさんのティッシュで百足をつまみあげ、トイレに行って水に流した。ほっとして戻って来た彼は、博美が能面のような顔をしているのに気づいた。

「百々子、って誰?」

彼は、はっとした。妻に隠れてつきあい続けている、若い女の名前だった。百足に驚いて、うっかり口にしてしまったようだった。

妻は椅子から立ち上がった。その立ち姿は、一本の冷たい釘のように見えた。

彼は笑おうとした。「百足」さえ出なければ、と思った。

百足殺せし女の話（抄）

吉田直哉

吉田《よしだ》直哉《なおや》

一九三二―二〇〇八

東京都生まれ。テレビディレクター、作家。東京大学卒業後、NHKに入社。入局後、『日本の素顔』『現代の記録』などのドキュメンタリー番組、大河ドラマ『太閤記』『源義経』『樅ノ木は残った』などを手がける。一九六八年に「海外取材　明治百年」により芸術選奨文部大臣賞を受賞。ギャラクシー大賞受賞の『21世紀は警告する』、芥川賞候補になった『ジョナリアの噂』など著作も多数。

四十七歳で亡くなったのだから、あのとき寺山修司氏はまだ二十七だったことになる。いっしょに滋賀県の山の中の廃村へ行って、慄然とするような美女に出会ったのだった。

人っ子ひとりいない、見棄てられた村に子どもたちが戻って来て、無邪気な遊びをはじめる、それを観察していると、村の奇妙な歴史がだんだん分かって来る、というドラマのシナリオハンティングに行ったので、題は『かくれんぼ』というのであった。滋賀の人里離れた山中に、長い歴史をもつ木地屋の集落があり、それが急速に過疎化してついに無人の廃墟となる過程を、以前ドキュメンタリーとして撮ったことがあったから、今度はそこを舞台に幻想的なドラマをつくってみたいと考え、寺山氏に脚本を書いてもらおうと、山中に案内したのである。

荒廃したから人が住まなくなったのではなくて、人が住まなくなったから荒廃した、一面草に蔽われた立ちぐされの家々のあいだをほぼ半日歩きまわり、夕方、山の中腹にある大きな池のそばの小さな宿にたどりついた。

池のほとりの養鱒場が、最近ひとを雇って食事を出したり客を泊めたりするようになったから、ぜひ行ってみろと麓ですすめられたので、宿を頼んでおいたのだった。

玄関の小さな板の間で雑巾がけをしていた、なんとなくネズミのような感じのする小さな老婆が、池の上に張り出した離れに案内してくれた。それが何とも殺風景な部屋で、まだ新しいのに畳が湿っぽく、ぶかぶかするのは、養鱒場だから仕方がないのだろうが、こんな宿をとったことが悔やまれて、寺山氏に詫《わ》びを言いはじめたとき、事態が急変した。

抜けるように色の白い、すごい美人が、夕食の膳を捧げて部屋に入って来たのである。

「——あなたは、ここのお嬢さん?」

「まあ。そんなことを。ちがいますよ」

「東京? こっちの言葉じゃないね」

寺山氏、いろいろきくが、笑うだけで彼女は質問にはあまり答えず、そのかわり自分の飼っているネコが病気になったらしくて心配だ、などという話をした。

静かな調子で話すその顔が、愁いをおびてあまりにも美しいので、いったいどういうひとなのだろうと見とれているうち、ふと畳の上をみて、ギョッとした。無数のムカデが、ウヨウヨ這いまわっているのである。

悲鳴をあげて立ちあがったりしたのは、情けないことに私たち男二人で、彼女は平然と座っている。それどころか、笑いながら、

「おきらいですか？」

と言うなり、素手で片っぱしから叩きつぶしはじめたので、水を浴びたような気もちになった。

信じられないことだが、ぶかぶかの畳がまるで鼓《つづみ》のように鋭い音を発し、そのたびにムカデが一匹ずつ平たくつぶれるのである。

「やめなよ。汚いから」

と血の気も引く思いで言うと、

「ムカデの汁は汚くありません」

と、まるで食器でも片づけるようなキビキビした動作で、叩きつぶしつづける。結局、彼女がチリ紙で始末した死骸は、ゆうに十匹を超えていただろう。

「――われわれのために殺してくれたことは分かるけど、ぞっとする凄みがあった

ね」

「あの声でトカゲ食うかやホトトギス、ですな。驚いたなあ、虫も殺さぬ顔して――」

などと、その晩は酒をのみながら彼女の噂をひとしきりつづけ、酔って寝てしまった。

翌朝、美女の姿は見えず、見送ってくれたのはネズミのような老婆だけだったから、どうしたのかと思いながら山道を歩いているとき、それまで黙りこくっていた寺山氏が突然言った。

「一句できたんだけど、御高評を賜わりたい」

「――俳句?」

「春寒や百足殺せし女と寝る――というんだけど、どうです?」

実にいろいろと驚かされる旅で、思わず足を止めて、

「え? ゆうべ?」

と大声になったのは、はしたなかった。しかし詩人は平然と、

「どうです、いい句でしょ」

「――しまった、よく寝ちまって、何にも知らなかった。――でも、嘘でしょう?」

「ノンフィクションの俳句なんて、寺山さんはつくりませんよね？」

「……」

「……」

なにを言っても、寺山氏はニヤついているばかりである。

なにしろ相手は詩人にして前衛劇作家、意外性にみちみちた人なのだから、俳句一句にさえ極彩色の絵巻めいた体験を込めるかも知れない。愁いをおびた白百合のような美女のほうも、あの声でトカゲ食うかやホトトギス、素手でムカデを殺すくらいだから、意外性に事欠かないだろう。——しかし、前後不覚に寝こんだ悲しさ、疑惑と妄想が湧くばかりで、何ら確たるものがないのである。

ともかく、そのとき以来、草に蔽われた廃墟をみると「春寒や……」の句を思い出し、俳句におけるフィクションとノンフィクションの問題などということについて、思いをいたす癖がついてしまったのが悲しい。

第五部

張込み

松本清張

松本清張《まつもとせいちょう》

一九〇九―一九九二

福岡県生まれ。家が貧しかったために高等小学校卒業後、給仕、版下工などを務め、朝日新聞社入社。一九五二年『或る「小倉日記」伝』で芥川賞受賞。五七年、『顔』で日本探偵作家クラブ賞受賞、作家活動に専念する。『点と線』『ゼロの焦点』『けものみち』などベストセラーを連発「清張ブーム」を起こす。日本ジャーナリスト会議賞となった『日本の黒い霧』や菊池寛賞の『昭和史発掘』など、推理小説や時代小説に限らず幅広い執筆活動を行った。

一

柚木刑事と下岡刑事とは、横浜から下りに乗った。東京駅から乗車しなかったのは、万一、顔見知りの新聞社の者の眼につくと拙《まず》いからであった。列車は横浜を二十一時三十分に出る。二人は一旦自宅に帰り、それぞれ身支度をして、国電京浜線で横浜駅に出て落ち合った。

汽車に乗り込んでみると、諦めていた通り、三等車には座席が無く、しかもかなりの混みようである。二人は通路に新聞紙を敷いて尻を下ろして一夜を明したが眠れるものではなかった。

京都で下岡がやっと座席にありつき、大阪で柚木が腰をかけることが出来た。

夜が明け放れて太陽が上り、秋の陽ざしが窓硝子ごしに座席をあたためた。柚木と下岡は、欲もトクもなく睡りこけた。

柚木は、岡山や尾道の駅名を夢うつつのうちに聞いたように思ったが、はっきり眼がさめたのは、広島あたりからだった。海の上には日光が弱まり赫くなっていた。

「お互、よく眠ったなあ」

とさきに眼をさまして洗面所から帰った下岡が煙草を喫いながら笑った。岩国で駅弁を買い、昼食とも夕食ともつかぬ飯を食った。

「君はもうすぐ下りるんだな」

と柚木が話しかけた。

「うん、次の次だ」

と下岡が答えた。絶えず車窓に見えていた海は暮れて黝《くろず》んでしまい、島の灯がちかちか光度を増していた。二人ともこんな遠い出張ははじめてだった。

「君は、これからまだまだだなあ」

と云って下岡が柚木の眼を見た。柚木は、ああ、といって何となくその眼を逸らした。燈台の灯が点滅していた。

小郡《おごおり》という寂しい駅で下岡は下りた。彼はここで支線に乗り換えて、別の小さい町

に行くのだった。下岡は発車まで窓の下に立っていてくれて、汽車が動き出すと、
「やあ、元気で。ご苦労さん」
と手をふった。見知らぬ小駅の夜のホームに立って次第に小さくなっていく同僚の姿が、柚木の胸に寂寥を投じた。

柚木はこれから九州に向うのである。門司に渡って、さらに三時間乗りつがねばならない。下岡が、君はこれからまだまだだなあ、といったのは、そのことであった。それは長い旅の同情でもあるが、柚木のこれからの捜査への気遣いでもあった。

柚木は、ひとりになると、文庫本の翻訳の詩集をよみ出した。彼は同僚達から文学青年と笑われているので、独りの時でないとこんな本は読まないことにしていた。

その事件は一カ月前に東京の目黒で起ったことである。ある重役の家に賊が入り、主人を殺し、金を奪って逃げた。当時は犯人の手がかりもつかめなかった。捜査は難航していた。それが三日前、偶然に路上の職務質問にひっかかって犯人が挙げられた。二十八歳の男で、山田という某土建業者の飯場にいる土工であった。

はじめは単独犯行だといい、新聞にもその通りに出た。が、二日前になって共犯があると云い出した。

「やろうと云い出したのは私の方ですが、殺したのは、そいつなんです。同じ飯場で

一緒に働いていた石井久一という男です」

調べてみると、自白に間違いないことが分った。そこで石井の身許を洗った。原籍地は山口県の田舎で、現に兄弟も親戚もある。三十歳で独身。故郷は三年前に出て、東京で働いていた。はじめは商店の住込み店員だったが、のちに失職して、さまざまなことをしてきたらしい。日雇人夫や血液を売ったりした。飯場に入ってきたのは、最近であった。

「無口な男で、東京がイヤだといっていました。胸を患っているようで、俺はどうせ自殺するんだと冗談のようにいっていましたがね、それでも、故郷に帰りたいとよく呟いていましたが、旅費も無いしね。飯場じゃ食わせてもらうだけです」

山田の自白から、すぐ石井の原籍地の警察に手配をたのんだ。返電は、石井が戻っている形跡は無いとあった。しかし、立廻る公算は充分ある。その手当に捜査課から誰か現地に向うことになった。これはいわば定石である。下岡刑事がその役に当てられた。

ところが、山田は石井についてこんなことも云った。

「あいつは、いつか、近頃、昔の女の夢をよく見る、といっていました。私が、その女はどうしているのかときいたら、ひとの女房になって九州の方にいる、その住所も分っている、といいました。それだけの話で、女の名前も何もきいていません」

しかし、それは念のために石井の原籍地の警察に打った照会電報で分った。向うの警察で調べてくれたのだ。女はたしかに当時石井と恋仲であったが、彼が東京に出奔したあと一年ばかりで、九州にわたり他家に嫁に行ったという。女の名前も、縁づき先も知らせてきた。

捜査課では、これをめぐって意見が二つに割れた。一つは石井がその女が忘れられずに女の家に立廻るのではないか、というのと、三年前に別れた女にそんな未練があるだろうか、殊に女は他人の妻となり九州に行って居れば尚更だという説とであった。

柚木は、前説を主張した。

柚木には石井が、昔の女の夢を見る、といったり、肺を侵されていることや、冗談まじりだが、自殺したいといっていたことなどが頭から離れなかった。犯行もやけで捨身なところがあった。心を躍らせて東京に出てきた男が、失業したり、日雇人夫になったり、血を売ったり、土工になったりして果ては胸を病み絶望を考えた。

「石井はどこかで自殺するかもしれぬ。昔の女には必ず会いにくる」

柚木の出したこの線に、賛成者は少かったが、消極的ながら課長の支持を得た。それで下岡は石井の故郷に、柚木はその女のいる九州に出張することになったのである。

新聞社は犯人として捕まった山田のことは知っていたが、彼が自白した共犯者の石井のことは知っていなかった。警視庁では、東京電で地方新聞に騒がれ、三時間違いで犯人に遁げられて未だに解決出来ない事件がある。それに懲りて、今度は石井のことは新聞社には秘密にしておいて、柚木と下岡が東京を発つときも、その方へは気づかれぬようにしたのであった。

二

夜遅くS市に着き、柚木は駅前の旅館で寝た。東京から直行した身体は疲れ果てていたが、それでも一晩中を泥のように睡ると、朝は元気が出ていた。

まずS署に行って署長に会い、捜査協力の依頼状などの入っている書類を封筒のまま出した。

署長は司法主任を来させた。全面的に協力するから係を何人でも出すと云ってくれたが、柚木は断わった。一応のワタリだけつけておけばよい気持だった。必要なときはお願いすると礼を述べて出た。柚木には自分なりに思うところがある。

彼は署長にも司法主任にも云った。

「この事件はこの土地の新聞記者には絶対に勘づかれないようにして下さい。その女は石井とは関係のない人妻です。女にとっては、今どき石井に来られるのは災難なんです。もし新聞に書き立てられて、折角の家庭が滅茶滅茶になっては気の毒ですからね」

女の夫は何も知ってない。女も夫に告白したことはないだろう。それはそれでいいのだ。善良で、平和な市民生活を営んでいる。女はその家庭生活に安心し切っている。そこに突然、前に交渉のあった男が兇悪犯人として女のもとに立廻ってくるかも知れぬと夫にも世間にも分ったら、どんなことになるか。過去が牙をならして立ち現われ女を追い詰めるのだ。

柚木は町を歩いた。電車もない田舎の静かな小都市である。濠がいくつも町を流れている。

S市△△町△番地、横川仙太郎。同さだ子。——女の名前と夫の名と住所だった。裏通りであった。低い垣根のある平屋。門標に「横川」とあった。主人はこの地方の相互銀行に勤めている。それらしい小さくてこぎれいな家であった。よく見ると郵便受に家族の名を書いた紙が貼ってあった。仙太郎、さだ子、隆一、君子、貞次。女は後妻なのだ。

人の影も声もなかった。

柚木はぐるりを見廻した。斜め向うに「肥前屋」と書いた目立たない小さな旅館があった。あつらえ向きだった。

宿の二階から横川の家はまる見えであった。垣根の内側にはコスモスがいっぱい咲き乱れている。狭い庭ながら掃除がゆき届き、盆栽が幾鉢かならべてあった。主人の横川の趣味であろう。庇にかくれて内部《なか》は見えないが、座敷の端と縁側が見えた。早速に宿と滞在の交渉を決めた。刑事の出張費は安い。この宿が安直なのは都合がよかった。

柚木は障子を細目にあけたまま、坐りこんだ。眼はいつも横川の家に注がれていた。割烹着の女が姿を出した。縁先に蒲団をひろげて干している。柚木は視線を凝らした。二十七、八の中肉の女。眼がぱっちりとして大きい。さだ子であろう。平凡な主婦の印象である。恋愛の経験の想像も感じさせない女である。

六つぐらいの男の子が現われて、女にまつわりついている。末子であろう。継母子の間はよくいっているらしい。何を話しているのか声は届かない。しずかな秋の陽と同じように、よそ目には、おだやかな家庭風景である。

この様子では、石井からまだ「連絡」はないようだ。あったら女がこんなに平静で居られる筈がないと思った。

ひる近くなった。さだ子は編物器を縁近くに持ち出して毛糸を編みはじめた。一心にうつむいて手を動かしている。がちゃがちゃと器械の音だけが聞えた。

一時頃。十五、六の男の子と十二、三の女の児とが学校から帰ってきた。継子の長男と長女。さだ子は編物を止めて奥に入った。食事の用意のためであろう。しばらくして姿をまた現わした。再び編物器にとりついて、一時間以上つづいた。男の子は野球のグローブを手にもって出て行き、女の児も遊びに出た。

さだ子は雑誌を持ってきて眺め出した。読んでいるのではなく、附録の編物図案模様でもさがしているらしい。ときどき眺めて考えたりしていた。

それから奥の方へ立って行ったままで四時頃まで姿を見せなかった。現われたときは買物籠を手に提げて裏口から通りに出てきた。夕食の買物であろう。顔がはっきり見えた。整っているが、乾いた顔である。年齢よりは老けた身装《つくり》をしていた。どこか元気がない。

四十分ばかりで彼女は帰ってきた。買物籠には新聞紙で包んだものが入っている。片手には五合瓶を抱えていた。亭主は晩酌をするらしい。

その亭主は六時近くに帰宅した。瘠せて背がひどく高かった。うつむいて歩く癖らしく、猫背であった。僅かな間に見ただけだが、頬骨が高く、皺がある顔だった。背を屈めてわが家の玄関の中に消えて行く。

夫婦の年齢が開いている。男はどうしても五十近くであろう。三人の児もある。そんな家に初婚の女がどうして来たか。或は女の過失が、そのような結婚の場より他に得られなかったのか、柚木はそんなことを考えたりした。

柚木は、晩飯を運んできた女中をつかまえてさぐりを入れた。

「退屈だから、外ばかり眺めていたが、あのコスモスのある家の奥さん、よく働くな」

「でけんばんた、よその奥さんばこんなところから目をつけんしゃっては」

と女中は土地の言葉で云って笑った。

「ばってん、よか嫁ごさんでしょ。あいで後妻さんですもんな。容貌もよか、気立もほんによか人ですもん。そう云っちゃ悪いばってん、横川さんには勿体なかごとありますたい」

「何で勿体ないのかね?」

と柚木は言葉尻を捉えた。

「そら、亭主さんな四十八ですばい。嫁ごさんより二十も上ですけんな。それに吝嗇《けち》な人で、財布は自分で握って、嫁ごさんには毎日百円ずつ置いて銀行に出んしゃるそうです。嫁ごさんの来んしゃった頃は、米櫃に錠がかかって、毎日亭主さんが米を計って出してやったそうですけんな。自分な晩酌ばやっても、嫁ごさんな映画一つやったことが無かそうですたい」

「それじゃ、夫婦仲はよくないだろうな」

「そいが、あなた、嫁ごさんがよかけん、べつに喧嘩もなかとです。まま子ばってん、よう子供を可愛《むぞう》がりんしゃるしな、あげな奥さんはほかにそう無かばんた」

三

痩せた亭主は朝八時二十分に家から銀行に出勤した。長身の背を前屈みになって歩いてゆく。眉をひそめ皺を刻んだ横顔を見せて、気むずかしげな顔つきであった。妻のさだ子が門のところに佇《たたず》んで見送った。朝の太陽がその顔を白くしている。どこか疲れて見えるのは柚木の気持からか。石井とのことがあったとは考えられないほど、情熱を感じさせない女である。二人の子供は父親より前に学校に行った。

朝の掃除がはじまる。座敷、廊下、玄関、庭。二時間はたっぷりかかる。吝嗇な夫は掃除にも口喧ましいかも知れない。しかし、この家には、世間なみな平和がまだあった。

午前十時、郵便配達夫が来た。二、三通の手紙か葉書かを郵便受に投げ入れて行った。あの郵便物の中に、この平和を破るものが入っているかも知れない。その郵便物の端が白く郵便受からはみ出している。柚木は誘惑を感じた。しかし無断で検べることは許されない。それには捜査令状が必要であった。

が、石井からの「連絡」はどの方法であるだろう。郵便か、電報か、人を使っての伝言か。この家には電話がない。どこか近所の電話を借りて、さだ子を電話口に呼び出すか。それとも本人が訪ねて来るだろうか。柚木はいろいろな場合を想定してみる。

庭の掃除の途中で、さだ子は郵便受のところに来て郵便物をとり出した。立ち止って手紙の裏をかえして見ている。興味はないらしい。

はがきが一通。裏を一心に読んでいる。柚木は息を詰めた。読み終ってさだ子は家の内に入ったが、変った様子はなく、洗濯物を干しはじめた。違ったらしい。

それから編物。下の子が遊びから戻った。一時頃に学校に行った子供が二人帰ってくる。昼めし。あと片づけで奥に引込んだまま。四時になると買物籠を下げて現われ市場に行った。あまり元気のある方ではない。四十分くらいで帰ってきた。それから姿を見せない。夕食の支度であろう。六時前。背の高い夫が前屈みになって帰ってきた。相変らず気むずかしげな顔で歩いている。

日が暮れた。橙色の電灯が家の障子にあかるい。ラジオが流れている。近所のラジオかも知れない。人影が障子をときどきよぎる。平穏な、家庭の団欒がある。柚木は東京にのこした自分の家庭を思い出して、旅愁のような憂鬱を感じている。

九時頃に雨戸を閉めた。これもさだ子の役らしい。真暗な家になった。垣根のコスモスがそれらしく夜目に分る。暗いが、平和な家がこれから眠るのだ。これで、今日は無事に済んだらしい。

朝になった。猫背の主人が長身をまげて、八時二十分かっきりに門を出てゆく。妻の掃除がはじまった。十時。郵便屋が来た。柚木は眼を光らせたが、今日は素通りである。編物。二時には子供が学校から帰った。四時にはさだ子が市場に出かけた。六時前には、背の高い男が、ゆっくりゆっくり歩いて帰ってきた。この男は間違いなく、この時間に帰宅するらしい。

何事も起らなかった。今日もこれで済むのだ。

柚木は仰向けになって考えた。見込みが異ったかも知れない、という危惧が心を落着かせなかった。

（三年も前に別れて、しかも人妻になっている女に未練があるものだろうか）

と捜査会議で柚木の意見に反対した同僚の言葉が胸に泛んでくる。或はその意見が勝ったかも知れない気がした。

（しかし石井は死ぬ決心でいる。彼はほかに女もいない。逃げ廻っている彼がこの女に会いにくるかも知れないという見方を捨てることは出来ない）

まだ三日目ではないかと柚木は心にいいきかせた。石井は何万円かをもって逃げている筈だ。被害者が必要があってその日に銀行から出したばかりの現金を犯人二人が奪ったのである。彼はまだどこかに遁げているが、金が無くなるまでには、必ず、さだ子のところに会いに来る筈だと思う。女の嫁入り先の住所も知っている。女の夢を見ると述懐したというのは何を意味しているか。別れたとはいえ女に心が残っているのではないか。世に敗れて追われている彼は、もう一度女の愛情にたとえ五分間でも甘えたいのだ。この見込みに自信はあった。が、やはり不安はつきまとう。

思い切って、さだ子ひとりの時に会って事情を打ち明けようかと思ったが、やはり止した。こんな場合、女がこちら側の味方をすることは、まず、あるまい。みすみす犯人を逃がす手伝いをさせるようなことが今まで多かった。

朝になった。八時二十分、亭主が出勤。掃除。今朝も郵便屋は素通りだ。編物。洗濯。買物。六時前、猫背の主人が戻った。

きまり切った単調な繰り返しである。或は単調な日々の繰り返しだから平穏無事なのである。今に、石井の出現という災厄がこの均衡を破るだろう。

四日目も変りはなかった。

五日目、同じ猫背の亭主は正確に出勤し、さだ子は単調に掃除、洗濯、編物をしている。この家の不幸の突発を待つ感じ。柚木は焦慮を押えるのに苦労した。

天気がよい。陽があかるく道に照っている。通る人も少い道である。抜けたような張り合いのない、眠ったような町であった。そういえば未だ町通りに藁屋根の家があった。

道には、土地の人が立ち話をしている。郵便局の簡易保険係が自転車をとめて、近所を二、三軒集金に廻っていた。そのあと手鞄をもった洋服の男が、一軒一軒を訪問して歩いている。何かの集金人か、もの売りかも知れない。横川の家にも入って行った。彼がもの売りなら成功する筈はなかった。一日百円ずつ吝嗇な夫から貰っているさだ子に余裕がある筈がないのだ。果して彼はすぐ玄関から出てきた。そのまま、ぶらぶらと歩いて町角を曲った。

青年が三人で声高に話しながら通った。土地の訛でよく意味がとれないが、強い響きが耳にのこった。この通りは、いつも二十分間くらいは人通りが絶えていた。単調すぎて、瞼がだるくなるようだった。

さだ子が出てきた。白い割烹着だがスカートがいつもの色と変っているのに柚木は気づいた。セーターも着更えている。腕時計を見た。十時五十分。市場の買物ではあるまい。それなら早すぎる。

柚木は階段をかけ下りた。こんな場合のため宿料はいつも前渡しにしてある。あいつだ。柚木の頭の中には、さっきの集金人か物売りらしい洋服男の姿が閃いていた。

四

柚木が道路に出た時は、さだ子の姿は見えなかった。彼はたかをくくって足早に歩いて行った。すぐ追付けるものと思ったのである。

ところがこれが間違いだった。道は三叉路になっていた。右の道に市場が見えた。妙なことに、柚木の頭は、さだ子の割烹着姿と市場とをくっつけてしまった。彼女が毎日、この姿で市場通いをしていたのを見つづけたことが頭にそれをつくっていたのである。

柚木は躊躇なく右へ曲った。市場は細い路が店をはさんでいくつもあった。女の客が多い。白い割烹着がうろうろしている。柚木の眼は血眼になった。

居ない。

柚木の心があわてている。

「駅はどっちの方に行ったらいいのですか？」

と人を摑えてきいた。分りにくい教え方であった。

やっと駅に出た。本能的に掲示の時間表のところに行って見上げた。今が十一時二十分。一時間前に上りが一本あっただけで、以後の発着は無い。柚木は、ほっとした。それから、ゆっくり待合室などを見廻した。居なかった。待合室は閑散で子供が遊んでいる。汽車はもう一時間しなければ出ないのである。

駅前に出た。陽だまりに鳩が群れている。

柚木は煙草を口にくわえた。

バスがきた。客をぞろぞろ降ろした。空になると走り去った。眼を追うと向うの方に発着所があり、三台ばかりバスがならんでいた。白い車体に赤い綺麗な筋が入っていた。

なぜ、これに気づかなかったか。柚木は駈けるように急いだ。

バスに乗る客がならんでいた。彼は眼を走らせた。居なかった。

柚木は切符売場に行った。硝子張りのしゃれたボックスだった。車掌と運転手が三、四人横に腰かけて雑談していた。柚木は名刺を出した。

「今、出たバスはどこ行きですか？」

「白崎行です」

と車掌の監督のような男が名刺を見ながら少し固くなって答えた。

「その車に割烹着の女は乗りませんでしたか？」

割烹着をまだ着ていたかどうか自信がなかった。

「さあ」

監督が車掌の溜り場まで行ってきいてくれた。出札掛は気づかないと云った。

監督が一人の女車掌と戻ってきた。その表情を見て、柚木は分ったのだと思った。

「さっきの白崎行のバスに割烹着の女の人が乗ったのを見ました。でも、その人は連れの人に云われて割烹着を脱いでいました」

と女車掌は云った。

「連れの人？　それは男かね、女かね？」

と柚木は眼を光らせて訊いた。

「男の人でした」

「どんな男？」

「さあ。よく見ませんでしたが、三十前後の男だったと思います。紺のような洋服をきていました」

「そうだ、紺の洋服だった。手提げ鞄を持っていたろう？」

「持っていました。黒ではなく、茶色でした」

そうだ、その通りであった。

「どこまで切符を買ったか分らないだろうな？」

それは分らなかった。

「そのバスは、終点には何時に着くんですか？」

「十二時四十五分です」

腕時計を見ると十二時五分前だった。今からハイヤーをとばせば、そのバスが終点につくまでに追いつくかも知れなかった。

柚木は駅前に引返して、構内タクシーに乗った。行先は白崎までバス道路に沿って走れと命じた。

道路は道幅も広くていい道だった。町を出はずれると両側が広い田圃で山が遠かった。道の両方に櫨《はぜ》の樹が多く、真赤に紅葉して美しかった。しかし、進むに従って、平野は狭まり、道は上り坂となって丘陵地帯に入った。林の中に櫨が赤い色をひろげていた。部落をいくつも行き過ぎた。

途中では遂にバスに追いつけなかった。白崎は小さな町である。バスは停っていて、運転手と車掌は休憩していた。客はみな降りて姿はなかった。

柚木は歩み寄ってきいた。

「男は三十前後で紺の洋服に茶色の手提げ鞄を持っていて、二十七、八くらいの女と二人連れだが、どこの停留所で降ろしたか覚えているかね?」

「あれだろう?」

と運転手が煙草を口から捨てて女車掌に云った。少女はうなずいて答えた。

「その人達は、草刈という停留所で降りました。ここから五つ目あとがえったところです」

何故覚えているかというと、その男女が部落のある方の道に行かずに、山の温泉の方に登っていったので、乗客の誰かがそれを見て、卑猥な冗談を云って笑わせた。それで印象に残っていると説明した。その温泉はSからも直通のバスが出ているが、この山を越しても行けるといった。

柚木はその足で郵便局に行き、S署の署長あてに応援をたのむ電報を打った。

五

道は丘陵を緩い勾配で上っていた。その両側には落葉がいっぱい溜っている。森林の黄蘗色《きはだいろ》に、楓が朱をまぜていた。

柚木はその道を歩いて登っていた。あの二人の行先の見当がついた以上、あわてることはなかった。ただ、向うが歩いて行ったというので、こちらも歩いて逐うだけのことだった。何処で彼らの姿を発見するか分らないからである。ただ、彼らの終点が分ったということは、気の楽なことだった。

腕時計を見ると一時半だった。秋の陽でも山道を歩くと肌が汗ばんだ。人には出会わなかった。モズが鋭く啼く。

杉、檜が多かったが、榧《かや》、シデ、椿も少くなかった。楠の大木には山藤が蔓を巻き、高いところにアケビがさがっていた。

ききなれぬ鳥の声をきいて見上げると、鳥が群れて枝をわたっていた。が、鳥ではなく、鵲《かささぎ》であった。

峠にかかって展望がひらけた。振り返ってみると遠くに平野が広がっていた。刈入れがすんで一面の田は黝《くろず》んだ色だった。野積みの稲束が点になって撒かれていた。道の傍には道標を兼ねた看板が立っていた。「川北温泉」。その下に旅館の名が三つ書いてある。肥州屋。悠雲館。松浦館。あの二人が行くのはどの宿であろうかと柚木は一寸考えてみる。

道は下りとなった。しかし丘陵の起伏がつづいていた。芒の穂が光って乱れている。高い山が皺を見せて近くなっていた。

突然、銃声が起った。銃声は澄んだ空気を裂いて森や丘を震わせた。

柚木は弾かれたようになった。しまった、と思わず口から声が出た。足はその方角へ向いたが動きはしなかった。何故かつづいて起る二度目の銃声を期待した。それきり何事もなかった。鳥が群をなして飛び去った。

柚木は、石井久一が、いつの間に拳銃を所持したのかと思った。かなりな大金を持っているので、何処かで拳銃くらい買ったのかも知れない。そのことは迂闊にも考えてもみなかった。

が、今の銃口はどちらに向けて撃たれたのであろう。女にか。彼自身にか。柚木が二度目の銃声が聞えるかも分らないと咄嗟に思ったのは、男が女を撃ち、次に自分の胸にむけて引金をひくことをすぐ考えたからだ。が、一発だけでは、どちらが仆れたか分らなかった。

柚木は今までの道からはずれて、小径を歩き出した。枯れた灌木がしげり、葉の少い雑木林が行くてにあった。銃声はその林の奥から聞えたように思えた。

するとの歩いてくる足音が聞えた。柚木は身を灌木の群の間にかくそうとした。が、それよりも先に、一匹のセッターが走って現われた。猟犬は柚木を見ると、急に停って吠え立てた。犬を呼ぶ声がした。声の主もつづいて林の中から出てきた。それは革の猟服を着こみ、猟銃を肩にもった中年の紳士であった。

「どうも、失礼」

と猟服の男は、犬を叱って柚木に詫びた。

銃声の正体を知って、柚木は安心した。それから行きかける男を呼びとめて、質問した。

「失礼ですが、女連れの男を見かけませんでしたか。紺色の洋服をきた鞄をもった男ですが」

男は警戒の眼つきをした。

「いや、警察の者です」

その言葉で、相手はうなずいた。

「見ました。この林を出はずれたところを歩いていました。その通りの服装の男でした」

今度は柚木が礼を云った。男は犬をつれて黙って離れた。柚木は林を抜けた。それらしい姿は見えなかった。

このとき、柚木には、さきほどなぜ二つの銃声を期待したかという自分の心への疑問が起った。石井が自殺するかもしれないという危惧はあったが、情死は考えていなかった。それが何の用意もなく、つづいて二つめの銃声が起るのを待ったのは、瞬間に、そういう予感が走ったのであった。

そう気づくと、石井が女を死の道連れにするのではないかという考えが、はっきりしてきた。自殺を覚悟しているとしたら、石井が死への同伴者としてさだ子をえらぶ心理が理解されないでもなかった。柚木は最初の、石井が単に最後の別れに女に会いにきたという考えを訂正せねばならなかった。
三、四軒の百姓家があるところに出た。児を負っている老婆が白い眼をして立っていた。柚木が二人のことを訊くと、

「あちらへ行きんしゃったばな」

と道を指した。その道は更に森の中に入っている。森を抜けると、なだらかな丘がもり上っていた。丘は落葉した雑木林に蔽われて視界は限定されていた。道に兎でも出そうであった。

人の声が聞えて近づいてきた。柚木は薪を背にかついだ村の青年の三人に出会った。

「ああ、用水池のところを歩いとったやな」

と彼らは答えた。

池と聞いて柚木は心が騒いだ。彼は足早に教えられた方角へ小径を伝った。

ようやく遠い向うに二人の姿を発見した。池の水面は見えなかったが、堤の上に彼らは坐っていた。堤には櫨の樹が数本、見事な紅葉をしていて、その枝をひろげた下に、二人は坐っていた。男の洋服の紺色と女のセーターの橙色とが一点に寄り合っていた。

柚木は気づかれぬように少しずつ近づいて行き、芒などの枯草の中に身をうずめた。二人の話し声はそこまでは届かなかった。

男の膝の上に、女は身を投げていた。男は女の上に何度も顔をかぶせた。女の笑う声が聞えた。女が男のくびを両手で抱え込んだ。

柚木はさだ子に火がついたことを知った。あの疲れたような、情熱を感じさせなかった女が燃えているのだった。二十も年上で、吝嗇で、いつも不機嫌そうな夫と、三人の継子に縛られた家庭から、この女は、いま解放されている。夢中になってしがみついている。

柚木は枯草の中に寝ころんで空を見た。青く晴れた空だ。うすい鰯雲がかかっている。落葉の匂いを味わう。煙草は喫えないのだ。

何分かたった。柚木は首を起した。二人は立ち上っていた。女が男の背後にまわって洋服についた草を除《と》っていた。それから櫛を出して男の髪を撫でてやった。

二人は寄り添って歩き出した。男の茶色の鞄を女が持っている。片方の手は男の腕にまきつき、縺れるようにして歩いていた。

柚木が五日間張り込んで見ていたさだ子ではなかった。あの疲労したような姿とは他人であった。別な生命を吹込まれたように、躍り出すように生き生きとしていた。炎がめらめらと見えるようだった。

柚木は、石井に接近することが出来なかった。彼の心が躊躇していた。

六

川北温泉は山間の温泉場で、旅館は四、五軒くらいであった。裏の渓流はS市を流れている川の上流だった。この川に沿って、Sの町からここまでの直通バスの道路があった。

柚木は、道ばたに立って渓流を眺めながら煙草を喫っていた。景色に飽いたら、その辺に腰をかけてポケットから詩集を出すつもりだった。古いジープがSの方からのぼってきた。柚木はそれに手をあげた。ジープからS署の刑事たちが四、五人降りてきた。

「御苦労さまです」

柚木は挨拶した。

「警視庁の柚木さんですね。遅くなりました。で、犯人《ホシ》は何処ですか?」

と、一番年配の眼の大きい刑事が訊いた。柚木は前の旅館を指した。

「ここです。さっき内に入ったところです」

松浦館という看板の出ている旅館だった。

「すぐ踏み込みますか?」

と刑事が訊いた。

「今、浴場に入っている筈です。女が居るんですよ」

「へえ、シャレてやがるな」

ぐるりの他の刑事達が声を出して笑った。

「しかし、ホシには関係のない女です。情婦というのでもないのです。この女のほうは私が適当にします」

刑事達は分らない顔をしていたが、柚木がそう云うので黙っていた。

刑事達は申し合せて配置についた。旅館の前に二人、裏の川岸に二人が佇んだ。

柚木は二人の刑事と宿に入った。眼の大きい刑事が帳場の男に何かささやくと、男は少し顔色が変った。すぐに立って、

「こちらですから、どうぞ」

と低い声で云って案内した。女中たちは、普通でない空気に不安そうに見送った。

部屋に入った。

「今、湯です。女の方は婦人湯です」

と番頭が云った。

安ものの懸軸のある床の間には、男の茶色の鞄が置いてあった。それをそのまま柚木は刑事に渡した。

洋服ダンスを開けると、男の紺の洋服が下っていた。柚木は素早くポケットに手を入れて、内のものをみんなハンカチに包んで、これも刑事に渡した。別に兇器らしいものは見当らなかった。それから柚木は部屋を出て、浴場の方へ行く磨き込んだ廊下を歩いた。

宿のお仕着せの丹前をきた三十くらいの男がタオルをさげて歩いてきた。そのまま摺れ違うには廊下はせま過ぎた。柚木は身体を壁に寄せて避けた。相手は宿の者かと思っているらしく平気で通り過ぎようとした。髪はきれいに分け、顔からは湯気が出ていた。

「石井」

と柚木が呼んだ。男が、はッとして振り向いた。その手を強く握って、

「石井久一だな。そうだろう」

と柚木は云い終らぬうちに手錠をかけた。石井は瞬間に暴れるような気配をみせたが、棒立ちになり首を垂れた。

「見ろ、お前の逮捕状だ」

と柚木は出したが、石井は、

「分っています」

と細い声でいって眼をくれなかった。湯気はまだ皮膚から立っているのに、顔は真蒼であった。柚木は石井にぴったりより添うようにして部屋に帰った。そこに待っていた眼の大きい刑事が立ち上った。

「よう」と彼は云った。

柚木は石井を送り出すと、ひとりで部屋に残った。煙草を出して喫った。懸軸の画を眺めた。腕時計を見た。四時五十分。

さだ子の夫が、長身の猫背で、眉に皺をよせながら、こつこつと歩いて帰ってくる六時前にはまだ一時間あまりある。

入口の襖が開いた。さだ子である。柚木を見てびっくりし、部屋が異ったかと惑った風をした。宿の着物がまた別人のように艶めかしく見せた。

「奥さん」と柚木がよんだ。

さだ子が表情を変えた。柚木は名刺を出した。

「石井君は、いま警察まできてもらうことになりました。奥さんはすぐにバスでお宅にお帰りなさい。今からだとご主人の帰宅に間に合いますよ」

女は棒立ちに立っている。眼を据えて、口を利かない。が、息が喘いでいた。彼女が宿の着物を脱いで、自分のセーターに着更えるには、まだ時間がかかるだろう。

柚木は黙って女に背を向け、窓の障子をひらいた。渓流を見下した。見ながら思った。

――この女は数時間の生命を燃やしたに過ぎなかった。今晩から、また、猫背の吝嗇な夫と三人の継子との生活の中に戻らなければならない。そして明日からは、そんな情熱がひそんでいようとは思われない平凡な顔で、編物器械をいじっているに違いない。

武州糸くり唄

倉本聰

倉本聰《くらもとそう》

一九三五―

東京都生まれ。脚本家、劇作家。東京大学卒業後、ニッポン放送に入社、在社中に脚本家デビュー、その後フリーに。一九七七年に富良野に移住、富良野を舞台にしたドラマ『北の国から』シリーズが大ヒット。他作品に『優しい時間』『風のガーデン』など。二〇〇〇年に紫綬褒章、一〇年に旭日小綬章を受章。

宿帳

　男の手が宿帳に記載する。

「武蔵国足立郡花又村商人　文五」

男の手、次の男の手に宿帳を渡す。

次の男の手、書く。

「武蔵国足立郡中釘村商人　丑吉」

語り
「見知らぬ街の、見知らぬ暮らしが、時として目明しの目の中にとび込む。しあわせな家庭も、不幸なすまいも、彼らの目の前では獲物のねぐらだ。狩人は獲物をねらっていればよい」


　さらに次の男の手に宿帳渡る。みみずののたくったようなひどい文字を、長い時間をかけて書くその手。

「同、商人　矢七」

旅宿肥前屋・藤の間（二階・夕暮れ）

　書き終った宿帳を持って、軽く頭を下げて立っていく番頭太吉。

さり気ないふうで荷をいじりつつ、太吉の足音をうかがっている商人姿の文五と矢七。

語り
「獲物――立木仙三、三十二歳。蘭学結社蛮学会に属し、役人を二人殺《あや》めて、逃げた。彼はその昔蘭学塾で、横山草太郎の親友だった」

足音、消える。

文五、目くばせ。
矢七うなずき、さっと障子際へ。
人の来ぬよう張番に立つ。
文五、窓辺へ行き、障子を少しあける。その目にとび込む眼下の家の庭。

肥前屋・帳場
丑吉、おかみとかけ合っている。
丑吉「高えよ! これくらいにまからねえのかよ! 三日か四日滞在するンだぜ!」

藤の間
窓の障子を細目にあけて、下をみつめている文五。
丑吉入って、文五の背後からのぞく。
丑吉「(ささやく)おあつらえ向き。よく見えやすね」
文五(うなずく)
丑吉「立木がほんとうに来てくれるといいンだが——」
三人、急に、サッと緊張する。

お冴の家
縁先の糸車に人影がさす。
中から綿玉を持って出てくるお冴。
糸を輪にかけ、糸車をまわしだす。
矢七の声「(ささやき)あれが立木の、初恋の女で⁉」
丑吉の声「(ささやき)思ったより老けてやがる!」
矢七の声「(ささやき)何も知らねえで

――？」
丑吉の声「（ささやき）あの分じゃ、ここにはまだ立木は訪ねてきていやせんぜ！」

藤の間
三人。
文五「丑吉、矢七」
二人「へえ」
文五「くれぐれもいっとく。相手は罪もねえただのお人。ましてご亭主のいなさる体だ。おいらたちがここで張ってるってことを宿にも近所にも知られちゃならねえ」
丑吉「わかってます」
矢七「あの人には何の罪もねえンだ」

三人の見た目に――

お冴の家
カラカラと廻りだす糸車。
そっと、おくれ毛をかきあげるお冴
――
タイトル流れて。

地図（昼）
このあたりの見取図。
特に、お冴の家とこの旅宿の関係。
丑吉の指。
丑吉の声「ここがこの部屋、窓から見える庭が、これでさ。裏手は家が建てこんでて出口はここに見えるこの路地だけでさ」

藤の間

文五、丑吉、矢七。
矢七は窓辺に。
文五「立木があの女に逢いに来るとしたら、この路地から来るほか手がねえわけだ」
丑吉「そうでさ」
文五「連絡がくるとしてもやはりこの路地」
丑吉「直接来はしめえ。くるとすりゃ呼出し」
矢七「だけどね兄ィ、ほんとうにホシは今でもあの女を憎からず思っているンでしょうかね」
丑吉「そんなこたわかるけえ。けどもしかしたら」
文五「そうよ、そのもしかに賭けてみるのよ」
矢七「へえ」
文五「おい‼」
足音。
一同、サッと離れる。
女の声「こんにちは」
丑吉「なんでえ！」
障子があいて、ひどい面相の女中おとく現れる。
お茶を運びつつチラチラと三人の顔を見、プッと小さく吹く。
丑吉「何でえ！」
おとく「プッ」
矢七「何がおかしい！」

おとく「わかるよ！」
矢七「何が！」
おとく「あんたたちの商売」
矢七「薬を売ってる」
おとく「嘘つきなさい！」
三人「――」
おとく「ほうら黙った。私にゃわかるな。フフフ、こうみえても、苦労してンだ」
丑吉「女――」
おとく「おとくだよ」
丑吉「おとくさんか――いろいろあるンだ。よろしく頼むぜ」
丑吉、すばやく女に、小銭をつかませる。
おとく「（ニヤリ）わかってますよ。こうみえても私ぁね、在のその筋にゃ知合いが多くってね。川太郎。知ってますか？　板割の」
丑吉「？（首をふる）」
おとく「この辺じゃちょっとした顔だけどね。――親しいンですよ。ツーカーでさ。よく来るンですよ私ンとこに、しっこいンだちょっと。でも（ひじ鉄）コウだけどさ。ハハハ、ま、大丈夫。帳場にゃ薬屋で通しときましょうよ。あ、それからコッチの（サイコロ振る仕草）御用の筋は――いつでも川太郎に通しますから。わかってるわかってる、何もいわないで――ポンと私に！　ハハハハハ。親分」

文五「(名指しで呼ばれてギクリと)む?」
おとく「いい男だあンた!(小指出す)いますか?」
文五「(赤くなる)い、いや」
おとく「(陶然と見る)いい男だ――」
矢七、窓辺で咳ばらいする。
ハッとする文五、丑吉。
丑吉、サッと立ち、おとくを追い出しにかかる。
丑吉「お、おう、ささささ、下行こう、下!」
おとく「でも」
丑吉「んん、その、何だ、煙草がきれてる! さ、さ! 一緒に下へ!」
丑吉、おとくを連れ出し、ピシャリ障子を閉める。
文五、サッと窓へとぶ。
矢七「子どもが帰ってきやした!」

お冴の家(俯瞰)
庭。
五歳くらいの子どもが帰ってくる。
お冴、アメン棒を渡し、足を洗ってやる。
矢七の声「(ささやき)あれが先妻の子でやすか」
文五の声「(ささやき)らしいな。あの女に、腹を痛めた子どもはねえとよ」
矢七の声「(ささやき)先妻の子にしちゃよくなついてる」

子ども、なぜか突然アメン棒を捨てる。
お冴、拾って着物で拭いて子どもに持たせる。
子ども、また、捨てる。
お冴、また拾い、困った顔。
お冴「食べないの?」
子ども「――」
お冴「母ちゃん、もらっちゃうよ」
子ども「――」
お冴「いいの?」
子ども「――」
お冴、アメン棒を口に入れる。
とたんに子ども、ワッと泣きだす。
お冴、困った顔。

藤の間（昼）
窓。
見ている二人の複雑な顔。
とび込んでくる丑吉。
丑吉「ふう、まいったまいった、あのおたふくてっきりおれたちをばくち打ちだと信じてやがる!」
矢七「（ニヤニヤ）やけに長かったじゃないですか」
丑吉「あのアマ、文さんのこと根掘り葉掘りきくのよ」
矢七「気があるンでさあ」
丑吉「そんななまやさしいもンじゃねえンだ!　文さん、気をつけないと今夜あたり部屋へ来るよ!」
矢七「遠慮しますぜ!」

丑吉「ひでえおかめだが」
文五「(窓際で低く) おい!」
サッと立つ矢七と丑吉。

お冴の家 (俯瞰)

お冴、そそくさと外へ出つつある。
音楽——鋭く。

肥前屋・階段

ドドドッとかけ下りる三人。
下からおとくがとび出して、
おとく「おや、おでかけで」
文五「なに、ちょっとそこらを」
おとく、文五のすそを怪力でつかむ。
おとく「(文五の耳もとに) ねえ親分私が」

丑吉、あわてておとくを離し、
丑吉「(おとくの耳もとに) あのな、おとくさん。あとでおいらが」
おとく「あ、旦那!!」
文五「(離れつつ) 丑吉! まかしたぜ!!」
矢七「(飛び出す) 丑吉! まかしたぜ!」
丑吉「ジョ冗談!!」
あわてて追おうとしておとくにつかまれる。
グイと引きもどされ、
おとく「あとでおいらが——どうするのさ!!」

路地

パッと走り出て、左右を見る二人。
一方にメドをつけサッと走る。

市

ごった返している。
呼び声、喧騒。
その中に走り込み、お冴の姿を見失う二人。
あせる。
人を分ける。
魚屋の呼び声、活気。
その店先に群がる女たち。
その肩をぐいぐいかき分ける文五。
かき分ける矢七。
たかまる喧騒。
矢七。
文五。
異常なまでにたかまる喧騒。
女らの肩をかき分け、進む文五、突然。
音、切れる。
すぐ目の前に、魚を選んでいるお冴の姿。
目刺しを三尾、つまんでさし出す。
魚屋受取り異常な大声。

魚屋「へい、目刺し三尾!!　いつものお客さん!!」

どっと笑ったあたりの女たち。
羞恥にうつむいたお冴のうなじ。

文五――

肥前屋・物干場

丑吉とおとく。

おとく、干し物を片づけながら、

おとく「そりゃあケチだよ。向かいの亭主は」

丑吉「へえ。そんなにケチかい」

おとく「何しろ一日のおかず代をさ、毎朝店へ出がけにあのお冴さんに渡してくってンだ」

丑吉「お冴？」

おとく「女房さ。これがおとなしい、いい女でねえ」

丑吉「へえ。一度拝ましてもらいてえもンだな」

おとく「拝んでごらんよ。そりゃよくできてら。あんな亭主にゃもったいねえってさ、ここらじゃみんな噂してるよ」

丑吉「へえ」

おとく「亭主ときた日にゃ何しろ二度目だろ。嫁もらうのがさ、前のかみさんは死んじゃったンだよ。食うもンも食わせねえで殺しちまったンだろうってここらじゃみんな噂してるがね。その継子がいるってのに、よくするよお冴さん――そうだ！」

丑吉「へ？」

おとく「お客さんの部屋からよく見えるよあの家。のぞいてごらんよ、すぐ目の下だから」

丑吉（顎をなで、複雑な顔）

おとく「そりゃあんた嫁にきた頃なンかきれいで――やだ‼」

丑吉「⁉」
おとく「（ポイとたたく）やだよこの人ぁ！　もうのぞいたンだろ‼　目をつけたあげくに、きいてやがンだろ‼」
丑吉「ば、ばかいえ‼」
おとく「赤くなった！　ああ、ああ‼（突如調子が切り変る）ねえ、どう思う？」
丑吉「何が？」
おとく「あたし」
丑吉「あたし⁉」
おとく「あの——文五って人あたしのこと、どんな具合に思ってるだろうか」
丑吉「そりゃおめえ——そりゃおめえ」
おとく「いいよッ。ムリしてよろこばせなくっても‼」
丑吉「いや、ソノ——」
おとく「私ゃなれてんだ。きらわれることは！　おまいさんくらいがほどほどのところだ。ちょいとおまいさん、この桶持ってきて！」
干し物をまるめてサッサと行ってしまう。
丑吉、桶を持たされて目をむく。
丑吉「——なんだあのアマ‼　——おまいさんくらい、ってやがる‼」
路地（夕暮れ）
夕陽の影が斜めにさして——猫背の男が帰ってくる。

文五の声「暮六ツ。お冴の亭主帰る。近くの大店の番頭とのこと。この日、立木仙三現れず。またその使いらしき者の姿も見えず。一日暮れる」
音楽――

お冴の家
一家三人が粗末な食卓を囲む。
それぞれの皿に一尾ずつの目刺し。
夫、喜太郎、己れの目刺しを、自分の箸で子どもに食わしてやる。
そっとそれを見るお冴の顔。
お冴、自分の目刺しの皿を、さり気なく夫のほうへすすめる。
夫、じろっと見、無言でそれを食う。
お冴――黙ってたくあんをコリコリ噛んでいる。（映像が次のシーンに重なる）

肥前屋・藤の間
夕食の三人。
給仕するおとく。
魚の肉をほじくっている文五の箸がフッと止まる。
丑吉、いぶかし気に文五の顔を見る。
文五の脳裏に、魚屋の声。
魚屋の声「目刺し三尾!!　いつものお客さん!!」
――女たちの笑い。
文五、――持った箸を重く投げ出す。
おとく「おや、もうおしまい？」
文五「――湯をくんねえ」

音楽――
（映像が次のシーンに重なる）

同・階下

太吉が火の番の柝を叩いていく。
（映像が次のシーンに重なる）

藤の間

寝ている文五と矢七。
丑吉は窓辺で不寝《ねず》の張番。
矢七が時折激しいいびきをかく。
文五「丑さん（ポソリと）」
丑吉「へえ」
文五「思っていたのとはまるでちがっていたぜ」
犬の遠吠え。

矢七のいびき。
文五「あんなくたびれた女のことを、立木は今でも想ってるんだろうか」
丑吉「さあね――だけど、初恋の相手は、いつまでたっても消えねえっていいますぜ」
間《ま》。
文五「丑さんはどうだえ」
丑吉「おいら？」
文五「あったかえ？」
丑吉「初恋が？」
文五「ああ」
丑吉「フフン」
間。
丑吉「――あったね。やっぱり」
文五「忘れちまったかえ？」

丑吉「いや。おぼえてる」

文五「たまにゃ逢っても、いいと思うかえ」

間。

丑吉「(ポツリ)思うねえ、やっぱり――思うよ。やっぱり」

文五「――」

丑吉「初恋ってやつぁ――一度っきりだもンね」

音楽――。

(映像が次のシーンに重なる)

お冴の家

子どもと並んで寝ているお冴。

疲れ果て、寝ているお冴の顔。

喜太郎。

子どもが寝返り、大の字になる。

お冴、寝たまま本能的に、子どもを避けて小さく縮まる。おくれ毛のこぼれた、疲れ果てたその顔。

(映像が次のシーンに重なる)

路地

火の番の柝の音が静かにすぎていく。

(映像が次のシーンに重なる)

お冴の家(俯瞰・朝)

庭――

お冴、井戸から炊事場へ、何度も水を運んでいる。

早朝。

文五の声「七ツ。女、起きる。炊事の仕

度」

（映像が次のシーンに重なる）

お冴の家（文五の目）

藤の間の障子からじっとのぞいている。

文五の声「七ツ半、亭主、子ども起きだす。すぐに食事」

喜太郎、子ども。

お冴の家・居間

食事する喜太郎と子ども。

世話するお冴のあわただしさ。

食事しながら大福帳を見ている喜太郎。

喜太郎「おい」

お冴「はい」

喜太郎「何だこりゃ」

帳面の一か所を指す。

お冴小さくなる。

喜太郎、むずかしい顔でジロリとお冴を見、そのまま次へ。

帳面を見たまま、茶碗をさし出す。

急いでつぎながら、そっと夫をうかがっているお冴。

喜太郎「昨日の残り」

お冴、急いでふところから小銭をとり出す。

喜太郎数えてふところに入れる。

今日の分をポンと放る。

お冴の家（文五の目）

文五の声「六ツ。亭主、家を出る。子ども、送って、ついて行く」
喜太郎、子ども。
路地（俯瞰）
喜太郎、出て行く。
子ども。
お冴、見送る。

お冴の家
お冴、走り込み、急いで余り物のめしをかっこむ。
門付けの巡礼の親子が鈴を鳴らしていく。

肥前屋・表
巡礼、立って御詠歌をうたっている。
同・帳場（朝）
おかみと太吉。
おかみ「おとく！　おとく！」
おとくの声「はあい！」
おかみ「巡礼に恵んでおやり！　小さいンでいいよ！」
おとくの声「はあい！」
おかみ「（太吉に）どうしたって？」
太吉「へえ、その夜中じゅう、ずっと、起きてましたンで」
おかみ「誰が」
太吉「藤の間の、三人連れの客が」
おかみ「きっと暑くって眠られなかったンだろう」

太吉「いや、ちがいます——」
おかみ「ちがう？」
太吉「あっしあ火の番で、四ツと九ツにこの前の路地をずっと歩きやした。そん時路地からフッと見上げると灯りは消えてるが、藤の間の窓際にたしかに人影が起きてやがんで！」
おかみ「——」
太吉「しかもこっそり道を張ってやがる！　おかみさん、どうみてもありゃ変ですぜ！」
おかみ「おとく！」
外を通ったおとく入る。
おとく「へえ」
おかみ「お前、藤の間に出入りしてるだろ」
おとく「へい」
おかみ「太吉がね、あの客を妙だっていうンだけど」
おとく「おかみさん（笑って、ぶつような手つきをする）わかってますよ」
おかみ「わかってるって何が」
おとく「あの旦那方、商人なンかじゃありゃしませんて」
おかみ「（びっくり）何だえ!?」
おとく「（手つき）これですよ、これ」
おかみ「渡世人かい！」
おとく「（うなずく）最初っからみえてますわね。商人が、あんな——目つきをごらんなさいよ」
太吉「渡世人が三人で何をしてるンだ」
おとく「さあね」

太吉「妙な話になりゃすまいね」
おかみ「おとく」
おとく「へい」
おかみ「川さんに知らしといたほうがいいンじゃないかね」

お冴の家（俯瞰）
急いで食事を片づけているお冴。
門前にうたっている巡礼の御詠歌。
お冴——困った顔。
迷ったあげくに戸棚からアメン棒を出し、下駄をつっかけて巡礼の前へ出る。
巡礼の子どもに、アメン棒をやる。
巡礼たち、礼をして行きかける。
その時、巡礼の子どもの手から、いきなりアメン棒がひったくられる。
お冴、ギョッとして立ちすくむ。
顔色変えて立っているお冴の子ども。
お冴「坊！」
子ども「おれんだ！　お冴の勝手にさせるか‼」
お冴「——」
子ども、アメン棒をしゃぶり、中へかけ込む。
何ともいえないお冴の顔。
無表情に立ち去る巡礼の母子。

肥前屋・藤の間
障子からのぞいている文五、丑吉。
丑吉「お冴って呼びやがる！　——お袋のことをよ‼」

おけい「ゆんべ三次さんが発ったわ、八王子へ」
与之助「手間ぁとっちまって、仕込みにすっかり」
一同「――」
与之助「（一同のようすに気がついて）何か――あったのか？」
幸吉「いやそれが」
おけい「先生がいないのよ」
与之助「草太郎さんが？」
お京「昨日琴絵さんがたずねてみえたの」
与之助「それが――？」
幸吉「兄ィたちとは別に一人で、八王子界隈に張込んでるらしいンだ」
与之助「――」

音楽――
文五、やかんから、荒々しく水を飲む。

路地（昼）
金魚売りが通っていく。

太陽

「樽屋」
小間物をかついでとび込む与之助。
話しこんでいたらしい、幸吉、おけい、おしの、お京ふり向く。
おしの「あらお帰り」
与之助「連絡はあったかえ、兄ィから」
おしの（首ふる）

おけい「先生、立木をよく知ってるのよ」
お京「昔、洋学塾で親友だったンだって」
おしの「だから」
与之助「だから！」
幸吉「だから立木を逃す気じゃねえかって」
沈黙。
与之助、いきなり荷物をたたきつける。
与之助「馬鹿野郎‼　——何てことといいやがンだ皆‼」
一同「——」
与之助「先生がそんな、まちがったことするかッ‼」
与之助、荷物をもう一度たたきつけようとする。
その手を幸吉おさえて、
幸吉「わかったよ与之さん」
おけい「せっかく仕込んだ荷が駄目ンなっちゃうわ！」
与之助「フン‼」
沈黙。
おしの「与之さんのいうとおりよ——先生、そんなこと——」
音楽——

肥前屋・藤の間
張っている三人の顔を汗がつたう。
矢七「兄ィ」
文五「？」

矢七「この前草太郎先生ンところで、立木を取逃したことがあったでしょう?」
文五「――(目が光る)」
矢七「あン時、先生、逃したんじゃねえンで? ――昔親友だったホシをかばって」
丑吉の目がキラリと光る。
あぶらぜみ。
うちわ。
文五「馬鹿いっちゃいけねえ」
丑吉「兄ィ――(凝視)」
文五「そんなこたぁねえよ!」
文五、すごい目で二人を見返す。
矢七、小さくなる。
矢七「すンません」
文五、バタバタとうちわを使う。
あぶらぜみ。
文五の顔。
うちわをあおぐその手がフッと止まって。
文五の声「(押殺した声で)観念しなせえ。立木の旦那」
音楽――

記憶(前回シーン)寺の離れ(夜)
文五に刀をつきつけた立木仙三。
突然草太郎、文五に抱きつく。
仰天する文五。
草太郎「(叫ぶ)立木!! 逃げろ!!」
文五「先生!!」
草太郎「逃げろ!!」

立木、立ちあがる。
草太郎「逃げろ!! 早く逃げろ!!」
立木「――」
立木、サッと消える。
呼子。
雨。
沈黙。
文五「先生――」
草太郎「――」
文五「先生――追わねえよ――その手を、だから――離してくだせえ」
草太郎――がっくりと手を離す。
そのままストンと床に膝をつく。
草太郎「すまぬ――」

肥前屋・藤の間
寝ころび目を閉じている文五。
したたる汗。
丑吉の声「(切迫して) 文さん!!」
文五、はね起きる。

お冴の家(俯瞰)
一人の男がたずねてきている。
矢七の声「(ささやき) 誰でしょう」
丑吉の声「(ささやき) ホシの言伝けをもってきたんじゃあ!」

同(平面から)
男、庭に廻り、縁に坐る。
お冴、糸束を出してくる。
男、数をかぞえ、帳面につける。
財布から金を出す。

男「ヒイ、フウ、ミイ、ヨウ――この前の手数料は引かしてもらうぜ」

お冴（うなずく）

男「(機嫌よく) まああンたのはよく繰れてるって、番頭さんもよろこんでなすった」

お冴「ただいま、お白湯を」

男「うん――今度のだ」

綿玉を出す。

その画が俯瞰になって。

文五の声「糸屋か」

丑吉の声「内職をしているらしいね」

矢七の声「内職でもしなくちゃ、やっていけねえンでしょ」

肥前屋・藤の間

障子窓から顔をもどす三人。

丑吉がふいに、

丑吉「(鋭く) 誰だ‼」

廊下へのふすまからのぞいている目。

音楽――鋭く。

いきなりふすまがガラッと開く。

七三に構えた地廻り川太郎（すごんでいるが一向にすごくない。どこか間の抜けた田舎やくざだ）。

川太郎「お控えなさい！」

三人「――――」

川太郎「お控えなさい！」

三人「――――」

川太郎「お控えなさい！」

三人「――――」

川太郎、ニヤッと笑う。

パッと裾をまくって大あぐら。
川太郎「おう、兄さん方、渡世人じゃねえね」
三人「———」
川太郎「おとくのおたふくにソッチだといったそうだが、おう！　この川太郎の目ぁごまかせねえぜ。（何かいいかけた丑吉に）よしゃあがれッ。どこの百姓か馬の骨か知らねえがこの部屋にこもって何をしてやがるッ!!　盗人か、ゴマか、それとも———」
矢七、何思ったかノッソリ立ちあがる。
ゆっくり腰をかがめ、右手の掌を畳につくと、妙な貫禄で、矢七「御免なさい」
文五、丑吉、目をまるくする。
いや、それより仰天してとび上がる川太郎。
あわてて七三に仁義の構え。
川太郎「タ、旅人おいでなさいました」
矢七「お控えなさい」
川太郎「お控えなさい」
矢七「お控えなさい」
川太郎「お控えなさい」
矢七「お控えなさい」
川太郎「お控えなさい」
矢七「御仁義になりませんから是非ともお控えなさい」
川太郎「ギャ、ギャぎゃくいとは思いますが、お言葉にしたがい控えますから御免なさい」
矢七「かよう不様にて失礼ですがお控えなさい。自分ことは肥後熊本は八代在××にございます。渡世につきまして親分と申しますは熊五郎の若い者でございます。名前の儀は矢七。と申しましてしがないものでございます。今日こうお見知りあってお引立てのほどをお願い申し上げます」
川太郎「オ、オ、お言葉に申し遅れまして御免なさい。自分ことは当所でございまして川太郎と申します。ごくごくしがねえもンにございます」
目をまるくしている文五と丑吉。

同・階段
汗をふきふき下りてくる川太郎。下に集まっているおかみ、おとく、太吉。
おとく「どうだったい‼」
川太郎「どうもこうもねえ、てえした貫禄だ！　あらあ相当なお兄さんだぜ！　おう、おとく！　水くれ、水、水‼」

同・藤の間

丑吉「あきれた野郎だ！　お前いったいどこであんなこと！」
矢七「なに、国もとでちょっとききおぼえ」
文五「熊本の熊五郎なンてほんとうにいるのかえ」

矢七「爺さんの名前でさあ、ヨイヨイで寝てやすよ」
目をまるくする文五、丑吉。
矢七、平然と窓辺へのぞいて、
矢七「お、来ましたぜ！　商人仲間が！」

路地（俯瞰）
汗びっしょりでやってくる三次。
音楽——短く。

肥前屋・藤の間
文五、丑吉と三次。
矢七は窓で見張っている。
三次、金を出し文五に渡す。
三次「遅くなってすンません。宿代です」
文五「すまねえ」
丑吉「幸吉のやつ、無理したンじゃねえかえ」
三次「なあに、金づくりはあいつの技。ぞんぶんに使ってくださいってことでした」
丑吉「悪いねえ」
三次「ところで兄ィ」
丑吉「しっ」
廊下に人の気配。
サッと離れる三人。
「ごめんください」
おとくが茶を持って入ってくる。
おとく「お茶を」
文五「ありがとよ」
おとく、茶を置き、窓際にいる矢七

に向って、急にていねいにお辞儀をする。
おとく「親分」
矢七「？？」
おとく「先刻は川太郎が、たいそう失礼を」
矢七「――」
おとく「(ガラッとくだけて、矢七に手をふり、妙に色っぽい仕草を加えて)やですよ親分、おからかいになっちゃ。
川さん汗びっしょりかいちゃって」
矢七「い、いや――」
おとく「後であらためて、ご挨拶するそうです」
矢七「い、いやそんな――」

三次「なンでえ。(ゲラゲラ笑いだす)身もとは割れちまってるのか」
あわてて丑吉、三次をどづく。
三次「イテッ――イテエなね――!!」
おとく、矢七に近づき、なれなれしく肩をポンとたたいて、
おとく「何でも用事ぁいいつけてくださいよ」
微妙な目つきをしてトコトコ去っていく。
三次「――なンでえ、あいつぁ」
丑吉「矢七、今度ぁ、お前の番らしいぜ」
文五「もう丑さんから矢七へくらがえかえ」
三次「どうしたンで」

文五「なあに」
丑吉「矢七がモテてるのよ」
矢七「兄ィ!」
　サッと立つ一同。

お冴の家と路地（俯瞰）
　路地に金魚売りが止まっている。
　縁先で糸車を廻しているお冴。
　その袖を引き、子どもが金魚を指さしてゴテている。
　お冴、困った顔。

同（平面から）
　子ども、体をふってゴテている。
お冴「困ったねえ」
子ども（ブツブツ）
お冴「金魚欲しいの?」
子ども（うなずく）
お冴――悲しそうな顔で子どもを見る。
　子ども、泣きそうな顔。
　お冴、意を決す。
お冴「金魚屋さん! 一番安いのを一つちょうだい!」
金魚屋「へい! まいど!」
　子ども、喚声をあげ、路地へとび出す。

肥前屋・藤の間
　顔をそむける文五たち。
丑吉「あのガキあ、とうとう買わせちまった」

矢七「実の子じゃねえからな。機嫌とるのに苦労するンでさ」
文五「ところで三次」
三次「あ、さっきの話！」
文五「どうしたンだ」
三次「草太郎先生がね、いねえンでさ」
文五「いねえ⁉」
丑吉「いねえってのは」
三次「いや、その、こいつぁ妹さんの話だが——何しろ立木は先生の知合い、先生ひどくそのことを気にしてね、どうしても自分で捕えてみせるってこのあたりにこっそり張込んでるらしい」
矢七「この辺りに？」
丑吉「冗談じゃねえ」
文五「よけいな心配をしやがるぜ先生」
丑吉「俺たちがこうして見張っているンだ」
矢七「水ももらさぬたぁこのことでさあね」

お冴の家

用水桶に金魚が放たれる。
嬉々としてみつめるお冴の子ども。
お冴「金魚屋さん」
金魚屋「へ」
お冴、裁縫箱から小粒をとりだす。
金魚屋、縁先きに坐って受ける。
汗をふきながら、
金魚屋「あの——」
お冴「？」

金魚屋「おかみさん、お冴さんって名前ですかい？」
お冴「はい――」
金魚屋「――」
お冴「何か」
金魚屋、子どもを見ながらそっとふところから、一通の文を出し、お冴の膝もとにすべらせる。
お冴「？」
手にとり――裏を返して、一瞬ドキンとする。
〝仙〟の一文字。
音楽――鋭く。

肥前屋・藤の間

矢七、茶を飲んでいて気づかない。
汗をふきふき、目を庭へもどす。

路地

帰っていく金魚屋の姿が見える。

お冴の家

お冴――中へ走り込む。
もどかしい手で手紙を開く。
お冴の目の中にいきいきとした光が、血の色のように燃え上がってくる。
胸の動悸を鎮めるお冴。
子ども「お冴！　金魚泳いでる！」
お冴「――」
子ども「来てみろよ！　お冴!!」
お冴――庭先へちょっとうなずく。
そのままぼうと立ち――ふいに土間

へ入る。

くどの焚口に手紙を押し込む。

急いで火をつけ、燃やそうとする。

ボッと火のつく立木の便り。

お冴、ふいにまた火のついた手紙をひき出し火を消す。くい入るようにその文字を読む。


子ども「(遠くで) お冴！　――お冴！」

お冴、手紙を火の中につっこむ。

メラッと炎に包まれる手紙を、燃えるような心でみつめるお冴。

音楽――

糸車

激しく廻っている。

(映像が次のシーンに重なる)

お冴の家（文五の目・夕暮れ）
文五の声「依然としてホシよりの連絡なきようす。糸つむぎ内職。八ツ半まで」

市

喧騒。

その中を行くお冴。

――何か一心に考えている。

文五の声「七ツ、買物――途中より雨になる」

サアッと夕立の音が近づく。

軒

雨足をよけて立っているお冴。

乱れたおくれ毛を気にもとめずにぼんやりすさまじい雨を見るお冴。

別の軒

文五と丑吉が、雨宿りしながら、じっとお冴を注視している。

雨の音。

文五「(ポツリ)丑さん」

丑吉「へえ」

文五「女ってものは嫁に行ったとなると、その家のことだけでいっぱいなンだねえ」

丑吉「そうでさ。女なンてね——」

雨——

文五「ああやってる姿を立木が見たとしたら、いってえどんなふうに思うだろうか」

丑吉「——」

軒

雨の中に立っているお冴の顔。

音楽——

肥前屋・藤の間(夜)

〽カッポレカッポレ甘茶でカッポレ　渋茶でカッポレ　ヨーイトナ　ヨイヨイ!!

いやもうすごい騒ぎになっている。

酔って踊っているおとくと田舎芸者が二、三人。一緒に踊っている矢七。

窓辺でしぶい顔の文五。

同・帳場

　丑吉、おかみをつかまえて、

丑吉「おう！　困るぜあんなこと！　俺たちゃ何も」

おかみ「わかってますって！」

丑吉「しかし勘定も」

おかみ「そんなこととあんた川太郎さんが」

丑吉「川太郎に振舞われる筋合いなどねえンだ！」

おかみ「昼間のお詫びがしたいってンだから！　川さんの男も立ててあげなさいよ！」

丑吉「チェッ——しかし俺たちゃあ」

　廊下をフラフラ来た川太郎が見つける。

　かなり酔っている。

川太郎「（デレッと丑吉を指さして）あッ。いたッ」

丑吉「川さん！」

川太郎「いいからいいから近づきのしるしだあな！　関東の地廻りがおめえ、肥後の渡世人を、もてなしもしねえで帰したとあっちゃあ！　やい！　おかみ！　酒だ酒だ！」

おかみ「わかってますよ！」

川太郎「お、兄ィ行こう！　二階へ行ってプァアッと騒ご」

丑吉「しかし」

川太郎「それとも何か？　関東の川太郎の盃ぁ受けねえか？　よッ」

丑吉「そんな」

川太郎「関東も場末の八王子、田舎やくざの川太郎の酒あよッ」
丑吉「そんな――川さん」
川太郎「じゃいいじゃねえかッ。さッ行こうッ。おいらお前さん方が気に入ったンだ！　気に入ったから飲もうってえンだ！　なッ。ゲップ、ウーイ。カッポレカッポレ！」
廊下から表へすべり出す文五。
丑吉、目くばせして、川太郎と二階へ。

路地

カッポレが華やかに路地に落ちてくる。
文五、さり気なくお冴の家をうかが

いつつ通る。
その視線に――

お冴の家

お冴、喜太郎の腰をもんでいる。
腰をもみながらお冴は一心に、手紙のことを考えている。

路地

文五、物陰からそっとお冴を張る。
カッポレの音が華やかに続いている。

肥前屋・藤の間

踊り狂っている一同の中で、丑吉がしきりと窓辺へ行こうとする。
そのたびにおとくが抱きついて行かせない。

せない。

路地

深夜。
月光。
酔った川太郎がドドイツを唸りつつ、一人ご機嫌で帰っていく。

辻

川太郎、千鳥足でヨロヨロやってくる。
どこかで火の番の柝の音がする。
川太郎、用水桶に首をつっこみ顔を洗う。
トロンとした顔で水を見る川太郎。
川太郎、目を必死に開けようとする。
水に写っている一人の男の顔。
立木仙三——
音楽——鋭く。
川太郎、目をすえて立木を見上げる。

川太郎「何でぇ！」
立木「——」
川太郎、ノロノロと七三に構える。
川太郎「お控えなさい」
立木——ジロッと川太郎を見る。
川太郎「お武家か——しようがねえなあ——行きますよ。行きゃいいんでしょ。あばよ——ちぇっ——きれえだお武家は！　刀持ってやがる——無礼者ってきやがんだ！　わかってるんだ！　行くよ！　今行かぁ！」

川太郎、フラフラと歩き去る。

火の番の柝。

少し離れて川太郎の声。

川太郎の声「ちっ、鼻緒が切れちまやがった！　――よくねえ辻占いだ！

（ドドイッになる）〽鼻緒が切れても、わらじは捨てぬ、何で捨てよか、ひとつがい、と」

暗闇に立っている立木仙三。

肥前屋・藤の間
窓辺で坐っている文五と丑吉。
二人、お冴の庭を見ている。
酔いつぶれて眠っている矢七のいびき。（次第に消えていく）

お冴の家（昼）
庭。
用水桶（水がめ）に金魚が浮いて死んでいる。
たまげるような子どもの泣き声。

肥前屋・藤の間
顔をのけぞる文五ら三人。

お冴の家
庭。
とび出したお冴にとびついてたたく子ども。
子ども「死んじゃった！　死んじゃった！　金魚が死んじゃった！」
お冴「――」

子ども「お冴がえさをやり忘れたんだ！　お冴の馬鹿！」
お冴「母ちゃんえさはちゃんとやったのよ」
子ども「うそだ！　うそだうそだ！　お冴の馬鹿！」
お冴「きっとこの水が合わなかったのよ」
子ども「うそだうそだ!!」
お冴「坊――」
子ども（泣いている）
弱り果てたお冴。
お冴「坊――」
子ども「――（泣いている）」
お冴「さ、もう泣かないで。母ちゃん金魚のお墓つくるから」
子ども「――お墓？」
お冴「うん。金魚のお墓。――一緒につくろうね。金魚のお墓」
子ども「――」
音楽――俚謡の如く。

肥前屋・藤の間

そっと見下ろしている文五ら三人。

お冴の家

庭。
お冴、金魚の墓をつくる。
きちんと盛土し、卒塔婆を立てる。
お冴、子どもと並んで手を合わせる。
合わせたお冴はじっと目を閉じる。
子ども「お冴――」

お冴「──」
子ども「お冴──」
お冴「──」
子ども「何してるのさあ、お冴ったら
あ！」
お冴、ハッとする。
あわてて無理に微笑むと、子どもの
頭をそっとなでる。
だが、彼女の思考は、別のところを、
ぼんやりさまよって心はここにない。
その庭の前、路地を通っていく番頭
太吉。
肥前屋・藤の間
のぞいている矢七。
路地
太吉、藤の間から見下ろしている矢
七の顔に、首をかしげる。
肥前屋・帳場
太吉とおかみ。
おかみ「(声をひそめて) お向いを？」
太吉「へえ、そうなンで」
おかみ「だけど──」
太吉「いや、あっしもね、最初は道を通
る誰かを張ってるのかと、そんなふ
うに思っていたンでやすがね──ど
うもあれから注意してみるってえと、
ねらいはお向いの家らしいンで」
おかみ「あの、お冴さんの所を!?」
太吉「へえ」

おかみ「太吉」
太吉「へ」
おかみ「もっとお寄り」
太吉「へ」
おかみ「じつは私もね。ちょっと腑に落ちないことがあるンだよ」
太吉「何か」
おかみ「いえさ、あの連中最初来た時、安い部屋でいいっていったろ」
太吉「へい」
おかみ「それが、あの道が見える部屋がいいって代わって、菊の間に通したら窓からのぞいて隣りの藤の間がいいっていうンだ」
太吉「へい」
おかみ「だってお客さんあっちは一番値段が高いって、そういったンだけどかまわないからって」
太吉「そうなンで！　路地を見るなら菊の間で十分、それがどうでも藤の間っていうのは向いのあの家をのぞきてぇためじゃあ」
おかみ「そうだよ太吉」
太吉「それにねおかみさん、あの三人ときたらまる二日ってものほとんどあの部屋にこもりっ放し。こいつぁ何か、たくらんでいやすぜ」
おかみ（うなずく）
太吉「川太郎さんに届けるのもいいが——こいつぁ一応、自身番のほうへ」
おかみ「それよりお冴さんに知らしとい

文五「丑吉！」
丑吉「あ！」
窓から路地へ――釘づけになる三人の視線。
路地（俯瞰）
太吉、小走りにお冴の家へ。チラと藤の間を見上げて入る。
丑吉の声「（ささやき）番頭だ!!」
矢七の声「（ささやき）野郎！　女に俺たちのことを！」
丑吉の声「（低く）どうします!!」
番頭太吉、庭へ廻ってくる。
太吉「お冴さん！　――お冴さん!!」
お冴はいないらしい。
太吉「お冴さん!!　――留守かえ？」
たら」
太吉「へえ！」
おかみ「（低く）太吉！」
階段の所から帳場の中をじっと見ている丑吉。
二人、さり気なくそっぽを向く。
同・藤の間
丑吉、かけ込む。
丑吉「兄ィ」
文五「どうした」
丑吉「いけねえや、おかみと番頭の野郎が何かこそこそ疑ってやがるぜ」
文五「――」
丑吉「こう連日の張込みじゃあ、宿のやつだってどうしても不審を」

チラッと文五らのほうを気にする。

肥前屋・藤の間

　障子の陰に身をかくした三人。

太吉の声「（下で）お冴さん！　——おかみさん!!」

　三人、顔を見合わせる。

文五「矢七」

矢七「へ」

文五「見張ってたンだろ!!」

矢七「へ。つい今し方、手桶を持って、井戸のほうへ」

太吉の声「お冴さん!!　——いねえのか！」

おかみの声「無用心だねえ、どこへいったい」

太吉の声「お冴さん！」

おかみの声「空巣が入るよ!!」

　三人。

文五「変じゃねえか」

丑吉「子どもは⁉」

矢七「さっき仲間が来て」

文五「かみさん、昨日の今頃は糸を繰ってたぜ——」

丑吉「おとついもでさ！」

文五「水汲みゃ朝と夕刻に一度ずつ」

丑吉「兄ィ!!」

　パッと立つ三人。

文五「矢七ぁここで張れ！　丑さんは右だ！　おいらぁ左！」

二人「ヘッ」

路地

パッとかけ出る文五と丑吉。

左右に分かれて走りだす二人。

丑吉の声「文さん!!」

文五ふり向く。

丑吉、招く。

走りよる文五。

生垣の片隅に、お冴の手桶が、ちょこんと干されてのっかっている。

音楽――鋭く。

辻

走ってきて左右に分かれる文五、丑吉。

市

雑踏の中をやみくもにぬって、ぐいぐい進んでいく文五。

丑吉。

女の波々。

喧騒。

呼び声。

ぐいぐい分けていく文五。

丑吉。

文五――ふいにその手をぐっとつかむ者――川太郎。

川太郎「(ニヤリ)兄《あに》さん!」

文五「――」

ふいに物もいわずに一方へ川太郎を引っぱる。

喧騒と人ごみの行き交う向うに、川太郎に向って何事か必死で訴える文五。

川太郎の目が大きくとび出す。

うなずく川太郎。

胸をたたく。

太陽

市

人をつかまえたずねる丑吉。

梢

あぶら蝉。

辻

走ってくる文五。

走ってくる若い衆。

若い衆「親分！」

文五「親分⁉」

若い衆「わかった！　温泉場だ‼」

文五「温泉場⁉」

若い衆（うなずく）

林

音楽――

蝉。

静寂。

カサコソと近づいてくる川太郎、文五、丑吉、若い衆。

立止まる。

文五「この道が温泉場に続いているンだな」

川太郎「へえ！　一本で」

文五「ありがとうよ、帰っていいぜ」
川太郎「何をいうンだ！　おいらも手伝う!!」
文五「川太郎さん」
川太郎「あ？」
文五「あんたはお冴さんと顔見知りだ」
川太郎「――へえ」
文五「お冴さんには何の罪もねえ。お冴さんあんたに面を見られたら、家へ帰ることもできなくなっちまう」
川太郎「へえ」
文五「おいらが身分を偽っていたのも、あの人に迷惑をかけねえためなンだ。亭主の手前、近所の手前――それを川さん、あんたに打明けたのは、男一匹あんたなら胸ン中に、ばっちりおさめて伏せてくれるだろう、そう思ったからしたことなンだよ」
川太郎「――――」
文五「だまって、わかって、帰《けえ》っておくれよ」
川太郎――じっと文五を見る。
川太郎「ゆうべの振舞いの甲斐がありやした。兄ィ、――惚れやしたよ。万事、大わかり」
文五「（微笑）ありがとう」
川太郎「じゃ」
川太郎、若い衆を連れて、立ち去っていく。
文五、丑吉、目くばせし、歩きかける。
ふいにその前にさし出される刀。

（さやぐるみ）
ドキンと立ちすくむ二人。
音楽──短く、鋭く。
木の陰にいる草太郎。
文五「（低く）先生──!!」
丑吉「やっぱりこの辺りに張ってたんですね──」
草太郎、唇に手をあてる。
無言で一方を指す。
その指の先に──
草むらからのぞいている男女の顔。
立木仙三と、お冴──
音楽──鋭い衝撃。砕けて──「恋」

小川のほとり

立木とお冴。
川のせせらぎ。
疲れ果てた二人。
お冴「（ポツリと）島へ？」
立木「（うなずく）そう。島へ」
お冴「（ぼんやり）島は遠いンでしょう？」
立木「（うなずく）海の向うだよ、お冴さん」
お冴「海の──罪人みたい」
立木「罪人さ、俺は──おのしを裏切った」
お冴「（ふいに強く）いや!!」

木陰

みつめている文五。

小川のほとり
お冴の瞳がキラキラ燃えている。
お冴「私——そんなこと、思っていませんっ!!」
立木「——」
お冴「町人と、お武家様——一緒になれるなンて思っていませんでした」
立木「武士だからおのしを捨てたンじゃない」
お冴「——」
立木「俺が弱かったから、おのしを捨てたのさ。母上の言葉にそむくことができずに」
お冴「——」
せせらぎ。
立木、頰にフッとゆがんだ笑いを浮かべる。
立木「後妻に行ったって?」
お冴（うなずく）
立木「うまくいってるかえ」
お冴——ちょっと考える。
急にコクンと強くうなずく。
お冴「しあわせです」
立木「そうか。——そいつぁよかった」
お冴「——」
立木「俺はそいつが気がかりだったよ。お冴さん、何年もね、俺はそいつが」
お冴「——」
せせらぎ。
お冴「立木さんは?」
立木「俺かね——ひとりだよ、俺は」

お冴「――」
立木「女房とも別れてね、ひとりっきりさ」
お冴「――」
その目がキラキラと光る。
お冴「私――」
立木「――」
お冴「待ってました」
立木「(見る)待ってた？」
お冴「(みつめて、うなずく)立木さんを――いつも」
立木「――」
お冴「(キラキラ目が光る)昔からそうでした。いつも、待ってました。娘のころ、お店の前を、立木さんが通るのをいつも待ちました」
せせらぎ。
お冴「声一つかけていただくわけじゃないのに。私待ちました。立木さんの通るのを。道場の行き帰り、お店の前を。私覚えてます。朝はすがすがしく、帰りは汗みずくで。革の匂いが立木さん、しました。私覚えてます。革の、あの匂い」
音楽――
お冴「それからあの日、蓑市《みのいち》の日。浅草寺の境内で、ばったり立木さんにお逢いした日。嫁をもらうよ、って立木さんいいました」
立木「――」
お冴「それでも私、待っていました。何を待ってるのかわからなくなりました。でも、ただ、待ってるだけで、それでいいンです。冴は毎日待っていました。待っていればそれで気がすむンです。冴は待ってました。毎日、何かを――」

立木「――」

お冴「お嫁に来てからも冴は待ちました。何かを年じゅう待っているンです。待ってる気持が生甲斐でした。糸車を廻しながらお冴は待ちました。何を待つのかわかりもしないのに。きっと何かが来るって信じて。毎日毎日、同じ毎日、内職の糸車をカラカラ廻しながら。毎日毎日。毎日毎日――そうして昨日。金魚屋さんが急に――」

お冴、ふいに背後をふり返る。

お冴「(低く)誰かいます!!」

立木――刀を静かにつかむ。

木陰

息をつめている文五ら三人。

小川のほとり

より添った二人。

お冴「(低く)立木さん」

立木「?」

お冴「(ささやく)この下に小さな宿がありますj」

立木、お冴を凝視。

燃えるような目でみつめ返すお冴。

お冴「(ささやく)あすこなら誰にも見

られません」

立木「――――」

お冴「冴は宿代を持ってきました」

キラキラ光っているお冴の目。

木陰

汗のふき出した三人の顔。

燃えるお冴に瞠目する文五。

温泉宿・表

川のせせらぎがここにもきこえる。

中から出てくる番頭。あたりをキョロキョロ見廻して立つ。

文五の声「(低く) こっちだ」

番頭、妙な顔で物陰に行く。

文五その耳に何事かささやく。きいている番頭の顔、スッと蒼くなる。

同・一室

火のように抱き合っているお冴と立木。

立木「(無声音) こんな日を何度か夢に見たよ俺は！　いつも！　部屋の隅で刀を抱きながら！　部屋の中では蘭学者たちが、無人島渡航の計画を練っていた！　無人島に渡ってそこからさらに、遠い異国へ渡る計画！エゲレス、オランダ！　やつらはギラギラと目を輝かせて、鎖国の日本から出ることを話してた！　その部屋の隅で、刀を抱きながら、この俺はひとりでいつも考えた！　俺はエゲレスなど行かなくていい！　無人島までたくさんだ！　島で！　その島で暮らすだけでいい！　海があり、木があり、草があり、鳥が啼き、水があり、屋根があり、畑があり、めしが食え、それも少しだけ、二人分だけ、俺とおのしと、二人分だけ！　そしてその島で！　その島で俺たちは――（絶句）」

立木の瞳に涙がふるえている。
お冴の目にも涙がある。お冴、立木の唇に指をあてる。
その指に、立木の指がからむ。
お冴、その相手の指を手にとり、静かに己れの唇に持っていく。
お冴、立木の指を噛む。
相手の瞳をじっとみつめたまま、お冴はその指を、強く、強く、噛む。
立木の指から、一筋、血が流れる。
それでもかまわず噛んでいるお冴。
せせらぎ。
音楽――
ふたたび、ひしと抱き合う二人。
立木の耳もとにお冴ささやく。

お冴「（無声音）連れてってください。私を、――島へ！」
立木「――」
お冴「島へ――」
立木「――」

立木、お冴の顔をあお向かせて、見る。
凝視し合う二人。

番頭の声「(外から)お客様」
　二人、動かず。
番頭の声「(外から)お客様!」
二人「――」
番頭の声「(外から)お客様、お風呂が」
立木「わかった! 今行く‼」
お冴「――」
　立木、ふいに勢いよく立ちあがる。
　風呂へ行くべく帯をとく。
　かいがいしく手伝うお冴。
　立木の手もとがフッと止まる。
立木「(かすれて)お冴さん――」
お冴「はい?」
立木「――行きつくかつかぬかわからぬ
　島へ、おのし、本気でついてくるか
　え?」
お冴「はい」
立木「――」
　立木――つき上げる感動をおさえて
　帯をとく。

同・廊下
　湯煙りが立っている。
　番頭、一方より出て、うなずいてみ
　せる。
　文五、丑吉ら、しのび足で風呂場の
　前を通り抜ける。

同・一室
　空の部屋の中に文五らすべり込む。
　立木とお冴の、かけられた衣裳。
　草太郎、無言で床の間の刀を取る。

同・廊下

渡り廊下に湯煙りが立っている。
立木仙三が向うから来る。
角にひそんでいる文五と丑吉。
文五、十手を抜く。
立木、近づく。
文五、立木の前にすっと立つ。

文五「立木さん」
立木「――」
文五「騒がねえでくだせえ！　あのお冴さんに迷惑がかかる」
立木「――」
廊下の向いから草太郎が出てくる。
草太郎、苦し気に表を顎でしゃくる。
立木一瞬苦し気に風呂場のほうを見る。

草太郎「（低く）立木。しまいだ」
立木うなずく。
両手をさし出す。
丑吉、その手に縄をかける。
文五、顎でしゃくる。
草太郎、丑吉、立木を押すように表へ去る。

小川のほとり

草太郎、丑吉に連れられて、立木がぐんぐん歩いていく。
急に立木、はっと立止まる。
立木「（かすれて）横山」
草太郎「――」
立木「水を一口飲んでいいかね」

草太郎——うなずく。
自ら小川へかがみ水をすくって立木の口もとへ。
立木、のみかけ、ふいに身をよじる。
草太郎に体当り。
丑吉「危ねえッ」
一瞬、いつほどいたか立木の手が草太郎の刀を抜き出している。
蒼白の丑吉、草太郎。
立木、ニヤリと笑う。
いきなり刀を、わが腹につき刺した!!
音楽——短く。
温泉宿・一室
部屋に入って立ちすくむお冴。
湯あがりのみずみずしさが、あの家にいた同じ人とはとても思えない。
部屋の窓辺に、背を向けている文五。
お冴「すみません！　部屋をまちがえて」
文五「ちがっちゃいません、ここでさ、お冴さん」
お冴——凍りつく。
文五「お冴さん——」
お冴「——」
文五「立木さんはちょっと番所まで来てもらうことになりましてね」
お冴「——」
文五「あんたはすぐにお帰りになることた——今からならご亭主の帰るに間に合う」

お冴「―――」
せせらぎ。
お冴「(かすれて) 立木さんは―――」
文五「(もかすれて) 大丈夫。あんたが
ここに来たことは、あっしらのほか
誰も知りやせん。今から帰って、さ
り気なくおやんなせえ。そうして
―――立木さんはもう忘れたがいい」
お冴「―――」
文五「忘れて、明日《あした》っからいつものとお
り、また糸車を、―――」
お冴「―――」
お冴―――ペタンと畳に腰をつく。
文五、目をそむけたまま、窓の障子
を開く。
せせらぎの音が大きくなる。

文五、突然怒ったように、
文五「早くしなせえ!! 時がなくな
る!!」
音楽―――

小川のほとり (夕暮れ)
立木の死体に菰《こも》がかぶされる。
菰からはみ出た立木の手の指に、お
冴の噛んだ血の痕が一筋。その血の
上を蟻がはっている。
どこかでひぐらしの声がきこえる。
ぼう然と見下ろしている草太郎と丑
吉。
ひぐらし。
せせらぎ。
(この音次第に消えていく)

肥前屋・藤の間（夕暮れ）

文五、丑吉、矢七荷をつくっている。
おとく入っている。

おとく「また来てくださいね。親分さん方」
矢七「ああ来るよ」
おとく「ほんとうですよ親分、川太郎だって待ってますから」
矢七「わかったわかった、きっとまた来る」
おとく「あ、荷物持ちます荷物！（つぶやく）ほんとうにうちのおかみさんたちったら」
矢七「おかみさんがどうかしたかえ」
おとく「いえね、お客さんたちのこと空巣じゃないか、なンて。（プッと吹き出し）あらごめんなさい、ついいっちまった」
矢七「おとくさん。ばれたらしかたねえ。ぶっちゃけていこう」
おとく「へ」
矢七「じつは空巣だ。もっとも三日いて獲物はなかった」
おとく「ほんとうですか？」
矢七「――」
おとく「やですよ！　からかっちゃ」
矢七「ははは、さ、行こう。勘定勘定」
おとく「はいはいただいま」

矢七、おとく、下へ。
文五と丑吉、そっと窓辺へ。

文五「丑さん」
丑吉「へ」
文五「おいらにゃ信じられねえよ」
丑吉「――」
文五「あの、何でもねえあわれな女房と、昨日の温泉場の激しい女と――、どっちも同じお冴さんかねえ」
丑吉「――へえ」

お冴の家（俯瞰）

お冴、静かに糸車を廻している。一昨日までの無感動なお冴。昨日燃え上がったお冴はもういない。

語り「獲物を捕えたお狩場の中に、狩りの雄叫びはもう過ぎ去った。目明したちはもう一度ふり返る。獲物を捕えたお狩場の中に、黒い血の跡が残ってはいないか。平和な心を乱してはいないか。目明したちには、それが気がかりだ」

カラカラと廻っている糸車――

エンドマーク

若狭　宮津浜

倉本聰

船宿・千切屋
　その門燈。

語り「女がいる。

　忍という名の。齢は二十五、六。

　色白で無口なこの女は、いつのころからか船宿〝千切屋〟の店を手伝っている。今の言葉でいうアルバイトだが、頼まれれば客の相手もつとめる」

同・二階の一室
　静かに酒を飲む大阪屋の隠居と、忍。

　大阪屋は手枕で横になっている。

語り「ろくに化粧もせず、紅も塗らないこの女を、酔客たちはかえって好むのか。それともいつも一人で何かを、じっと考えている女の風情が、宿の情緒にぴったり合うからか、三十間堀のこの船宿に、忍を相手に飲みにくる年輩の客は、一人や二人ではないようだった」

　眠っているかに見えた大阪屋、ポツンと小さく、目を閉じたまま、
大阪屋「で？」

忍「？」

大阪屋「話の続きをきかしておくれ」

忍「――」

大阪屋「お前さんの出てきた若狭の話だ。
　秋まではきいた、冬の若狭だ」
忍「――」
　忍――手枕の大阪屋にそっと羽織をかけてやる。
忍「冬になると」
大阪屋「――ああ」
忍「天の橋立が雪景色になります」
大阪屋「――」
忍「丹後の山が白くなり、海の色まで変ってしまいます。村全体がどんより黒ずみ、日陰の国になってしまうンです」
大阪屋「――」
忍「崖の途中にある私の家からは、灰色の海だけが見渡せました。秋にはきこえていた成相寺《なりあい》の鐘が海のざわめきでききこえなくなります。潮鳴りが一日じゅう地の底でひびいて、若狭の景色は変ってしまいます。私の生まれた宮津の村も――」
大阪屋「――」
　忍、ふと大阪屋の隠居が、軽い寝息をたてているのに気づく。
忍――
　そっともう一枚、かいまきを、男の上からかけてやる。
　階下で女将と男衆の声。
「寒い寒い！　何てえ寒さだ!!」
「源さん、こっちで暖たまっとくれ！」
「女将さん、この分だと雪になりゃ

すぜ！」
忍、そおっと窓をあけてみる。
その目に——チラチラと小さな雪片。
ふと、幼女のようにあどけない顔で
灰色の空を見上げる忍——。
タイトル流れて。

「樽屋」（夜）
「フウ寒い寒い‼」
のれんをかき分けてとび込む三次。
仕事帰りらしく、道具箱をかついで
いる。
おしの「ご苦労さん」
お京「あったかいのがついてるわ」
三次「ありがてえ！（一口飲んで）何しろここンとこ火事が多くって、おかげでこちとらとんだ忙しさだ」
矢七「結構じゃないですか」
与之助「火事で儲けるは鳶と大工だ」
三次「べら棒め、それも程度によらあね」
急に丑吉が立ちあがる。
丑吉「勘定はここへ置くぜ」
お京「あら、もう？」
文五「丑さん」
丑吉「——」
文五「草太郎先生のところへ行くのかえ？」
丑吉「——」
文五「話合いはいいが、けんかはいけねえよ」
丑吉、プイと出る。

三次「どうしたンで」
文五「なあに」
与之助「丑さんの口ききで先生を頼んだ三五郎店《たな》のいかけ屋が、先生に一向来てもらえねえンだと」
矢七「丑兄ィ、顔をつぶされたって」
三次「怒ってるのか？」
与之助「そういうこと」
お京「しようがないわよ！」
矢七「おや」
与之助「こらまたどうして？」
お京「だってあのいかけ屋、全然先生にお金を払わないって」
矢七「ですがねお京さん」
お京「何よ！」
矢七「医は仁術といい、人のためなら」
お京「人のためならただでもやれっていうの!?」
矢七「そうでさ」
お京「そんな馬鹿な！」
おしの「お京」
お京「それじゃ先生が気の毒じゃない！」
与之助「ですがね」
お京「何よ！」
与之助「損をしたってやるべき商いは、この世の中にいくらもありますぜ」
矢七「そうでさ。早え話がこの店だって、銭の取れねえお客も来る」
三次、飲んでいた酒を吹き出す。ふところから銭を出し、
三次「たまってた勘定だ」
おしの「何を三次さん！」

矢七「そ、そんなつもりじゃ」
お京「いいじゃない、ある時もらっとくもンよ」
お京、さっさと銭を受取る。
おしの「お京‼」
お京「ありがとうございます」
三次「いいえ」
与之助「しっかりしてるわ」
文五「こいつぁおしのさんより役者が上だぜ」
どっと笑った。

草太郎の居間
丑吉、草太郎、琴絵。
丑吉「見損ったよ‼」
琴絵「兄上！」

丑吉「先生、おいらはな、先生を実のある人だと思うから、みんなに吹聴して歩いてたンだ‼　——それを何だえ、一度や二度の治療代が払えねえからと、頭を下げても来てくれねえ。それが医者かえ。人の命を預る医者かえ！」
琴絵「すみません。兄上！」
丑吉「琴絵さんに謝られる筋ぁねえ、おいら草太郎先生にいってる。——いいかえ先生、おいらたちぁ貧乏だ。三五郎店のいかけ屋だってな。銭の払えないことはいくらだってあらあ。一度や二度の治療代くらい」
草太郎「三度だ」
丑吉「——三度だってよ！」

草太郎「丑吉」
丑吉「何です」
草太郎「三五郎店のあのいかけ屋、治療の金は払えなくても、酒を飲む金は払えるらしい」
丑吉「先生」
草太郎「何だ」
丑吉「それくらい許して貰えませんかね」
草太郎「いやだな」
丑吉、ドスンと畳をたたく。
丑吉「貧乏人だって時にゃあ酒くらい飲みてえンだ!!」
草太郎「酒は禁じた」
丑吉「禁じ――」
草太郎「この俺が禁じた」
丑吉「しかし」
草太郎「ほんとうに払えぬ金ならがまんもしてやる。禁じた酒を飲む金があるなら、治療代に廻せと俺はいっている」
丑吉「――」
草太郎「そういうことだ」
丑吉「わかりやした」
草太郎「用はそれだけか」
丑吉「じゃもう先生は三五郎店に治療に行っちゃあくれねえンですね」
草太郎「いかぬ」
丑吉「なるほど」
草太郎「――」
丑吉「どうもお邪魔しやした」
琴絵「丑吉さん！」

丑吉「（ギラリ）琴絵さん！　兄さんを見損ったよ!!」
　丑吉、去ろうとする。
琴絵「丑吉さん!!」
　その時とび込む幸吉。
幸吉「先生!!　丑兄ィ!!」
丑吉「どうした!!」
幸吉「殺しだ!!　湯島の寮で!!」
　音楽――

湯島路地裏
　野次馬を整理する矢七、与之助。

寮
　殺人現場。
　こたつに入ったままつっ伏して死んでいる一人の女。
　卓の上には湯のみが二つ。そして徳利が飲みさしのまま――。
　死体を検証する文五と三次。倉田。
　死体の後にぼう然と立っている血みどろの手の中年男。
　――医師、松岡半太夫。

路地
　草太郎、丑吉、幸吉、野次馬をかき分け走り込む。

寮
　文五、女の右脇腹から短刀を抜く。
　倉田に見せる。
　倉田うなずき、男をふり返る。

倉田「名前は」
　男——ふるえて口もきけない。
倉田「名前はッ」
　男——ガチガチ歯を鳴らしている。
　とび込む丑吉、草太郎。
丑吉「文さん!!」
文五「先生！」
　草太郎、死体にかけよる。
　傷口を見る。
　短刀を見せる文五。
　体に刺さっていた深さを示して、
文五「(低く) ここまで」
　草太郎、卓の上を見る。
　女の前と、女の右手に、二つの湯のみ。そしてその前に座布団。
文五「(低く) 坐って話していたらしい。この位置から不意に——(刺す仕草) こう」
　草太郎、初めて、中年男をふり返る。
　その草太郎の目が大きくとび出す。
草太郎「ま——松岡先生!!」
松岡「——」
文五「松岡先生——⁉」
草太郎「先生!!　どうしたンです!!　私です!!　草太郎です!!　以前先生の門にいた、横山草太郎です!!」
倉田「(驚愕) おぬしの知合いか」
　松岡——突然狂ったように、草太郎の体にしがみつく。
松岡「ち、ちがうッ。横山君!!　わしじゃないッ」

草太郎「落着きなさい‼　先生、いったいこの人は」
松岡「おみちだ‼」
草太郎「おみちさん⁉」
女の死に顔。
松岡「わ、わしじゃないッ。ちがうッ。どうして私がおみちを刺す‼　ついさっき来たのだ‼　来てみたらこうだ‼　おみちは刺されてた‼　わ、わ、私じゃない‼　ちがう‼　私が来た時すでに死んでいた‼」
草太郎「先生はそれまでどこにいたンです‼」
松岡「寄合町の裏長屋だ！」
草太郎「患者の家ですか⁉」
松岡「い、いやちがう。知人の家だ！」
文五「知人の名前は⁉」
松岡「し、忍！」
文五「忍？」
丑吉「女か！」
松岡「さ、三十間堀、船宿千切屋の」
草太郎「何刻《どき》から何刻まで」
松岡「五ツから、い、五ツ半――
――きいてくれ！　証人だ‼　忍が証人だ‼」
文五、倉田を見る。
倉田めくばせ。
文五「（松岡に）一応番屋へ同道願いやしょう」
松岡「（目をむく）証人だ‼　忍が‼　忍が証人だ‼」
文五「おいでなせえ」

文五、倉田、松岡半太夫を引き立てて去る。

丑吉「医者って野郎は、暇人が多いぜ」

死体をあらためていた草太郎、ギラッと光る目で丑吉を見る。

丑吉――。

音楽――

役宅

長谷、倉田、文五。

長谷、書付けを読む。

長谷「殺されたのは湯島二丁目、無職、みち。当三十一。駿河台漢方医松岡半太夫愛人。十一月二十三日暮六ツより六ツ半の頃。自宅にて何者かと談話中、ふいに相手に刺されたるもの。傷痕、右脇腹。細身の短刀にて深さ約四寸に至るもの一つ、これをもちて致命傷と認む。――相違ないな」

文五「へい」

長谷「松岡半太夫といえば、江戸にもきこえた医師ときくが」

文五「江戸だけじゃござんせん。上方にもきこえた漢方医で」

倉田「労咳治療の権威と申します」

長谷「うむ。でその殺された女とは」

文五「は？」

長谷「長いつき合いか」

文五「五年の余のつき合いと申します」

長谷「ふむ」

文五「松岡先生の申し立てによれば、そ

の夜は寄合町にいたといいますゆえ、往復の時間を考慮しまするに、先生の犯行とはとれませぬ」

長谷「その申立ての裏付けは」

文五「ただ今、丑吉が」

長谷「殺された女に出入りの男は」

文五「それも現在ききこみ中で」

長谷「倉田」

倉田「は」

長谷「たしか松岡半太夫といえば、諸藩の江戸詰役人のうちにも、治療を受付けているものがあるはず」

倉田「そのように」

長谷「心して当たれ。文五も同様」

二人「は」

音楽——短く。

「樽屋」

入ってくる文五。

迎える一同（丑吉、三次を除く）。

文五「（入りつつ）どうだ」

幸吉「へい、だいたい」

文五「殺された女のことからきこう」

幸吉「松岡とのつき合いは六年ごし」

文五「うむ」

幸吉「湯島に寮の立ったのは二年前で、以来近所とはほとんどつき合いなし」

文五「男関係は」

幸吉「ねえようで」

おしの「文さん、お茶」

文五「ありがとよ」

幸吉「手伝いの婆さんが春木町から通っていやす」
文五「その婆さんが帰るのは」
幸吉「七ツ半で」
文五「会ったかえ？　婆さんに」
与之助「あっしが」
文五「帰る時刻にゃ何もなかったンだな」
与之助「へい」
文五「二人の仲は」
与之助「それが――」
文五「何かあったかえ？」
与之助「へい」
キラリと光る草太郎の目。
与之助「ここンとこ少し、波風があったそうで」
文五「わけは」
与之助「女でさ」
文五「女――」
与之助「例の松岡の口走ってた、三十間堀の船宿の女」
文五「たしか――」
幸吉「忍です」
与之助「先生がちょくちょく逢いに行くンでね」
文五「それでけんかか」
与之助「へい」
文五「なるほど」
お京、徳利を運んでくる。
お京「文さん、熱いとこ」
文五「いや、まだ後にする。丑さんたちが、もどってねえ」

お京「――」
文五「矢七」
矢七「へい、今日のあの路地の人の出入りですが」
文五「――」
矢七「とくにあの家へ入ったものは、とりたてて誰も気づいてないようで、ただ物売りは、日中何人も――」
文五「何の物売りだえ」
矢七「お定まりでさあ、すす竹、竹細工、それに早々《はやばや》とこたつ屋が来たそうで」
文五「――」
草太郎――座敷で卓の上に湯のみを並べている。現場の状況と同じように――。

文五、チラッとそれをみつめて。
文五「草太郎さん」
草太郎（手が止まる）
文五「心配はいらねえよ、じき先生は釈放になる」
草太郎「――」
幸吉「それにしても丑兄ィたち、やけに時間をとりやすねえ」

町

夜更けの町に、火の番の柝。

寄合町一劃（深夜）

路地から川端の道へ、急ぎ足で出てくる丑吉と三次。

船宿「千切屋」
灯。
どんどん!! どんどん!!
激しくたたかれている大戸の音。
三次の声「御用の筋だ！ ちょっと開けてくれ!!」

「千切屋」玄関
丑吉、三次と千切屋の女房。
丑吉「じゃあ、ほんとうに忍は、この家にいたンだな」
女将「いましたよ」
丑吉「五ツから五ツ半――その時刻だが」
女将「七ツ刻に来て、四ツ半までいましたよ」

顔見合わせる丑吉と三次。
女将「何か――」
丑吉「――松岡先生を、女将知ってるかえ？」
女将「知ってますとも。よく来ていただきます」
丑吉「今日は」
女将「いいえ。お見えにはなりませんでした」
ふたたび顔見合わせる丑吉と三次。
女将「どうしたンです」
丑吉「ちょっと待ってくれ」
三次「つまり、七ツから四ツ半まで、ずっと忍はこの家にいたンだな」
女将「そうですよ」
三次「たしかかえ」

女将「だって、大阪屋のご隠居がみえて
　て」
三次「大阪屋？」
丑吉「何だその人あ？」
女将「ご近所の大店のご隠居ですけどね、
　一人で年じゅう見えるンですよ。
　そン時は部屋で酌させて――
　今日もそうでしたよ、店が閉るま
　で」
丑吉「途中抜け出たってこたぁ、あるめ
　えな」
女将「（笑う）そんな失礼はさせやしま
　せんよ。
　だいいち私が帳場にいるのに、抜け
　出るわけがないじゃありませんか。
　ここを通らなきゃ、出られないンで
　すから」
二人「――」
　丑吉、三次、すっと立ちあがる。
　音楽――

「樽屋」
　目をむく一同。
文五「今夜、松岡は忍と逢ってない⁉」
丑吉「へい」
　立ちあがる草太郎。
草太郎「松岡先生がうそをついたという
　のか」
丑吉「（冷たく）そうとしかとれねえね」
草太郎「馬鹿な！」
三次「いや、でもたしかに」
草太郎「先生は出たらめをいうお人では

ない！」
丑吉「女がはっきりそういってるンだ」
草太郎「うそをついてる」
三次「忍が⁉」
草太郎「そうだ」
丑吉「草太郎先生」
丑吉、初めてギラッと草太郎を見る。
丑吉「三次とおいらは寒い中をねッ、伊達や酔狂で歩いてたンじゃねえぜッ」
幸吉「丑兄ィ――」
丑吉「忍だけじゃねえ、船宿のおかみにも、店の者にもきいてきたンだ。忍はずうっと船宿にいたンだよッ。客の相手をずっとしてたンだッ。松岡なンぞとてめえのうちで、逢ってる間なンかなかったンだよッ」
おしの「丑さん」
文五「落着きねえ」
幸吉「おしのさん（酒の仕草）コレを」
おしの（うなずく）
間。
お京、酒肴の用意をする。
草太郎「いずれにしても――俺には解せぬ」
文五「考えやしょうよ、みんなで先生」
草太郎「女に俺が逢う」
突然卓をたたき立ちあがる丑吉。
丑吉「おいらのいうことが信じられねえのかッ‼」
草太郎「お前を疑ってると誰がいった‼」

丑吉「そうとれらあ‼」
草太郎「俺は、ただその女が解せぬというのだ‼　たかが船宿の女のひと言で」
矢七「（珍しく顔色を変えている）先生」
草太郎（見る）
矢七「そういう言い方はおいら好かねえ」
草太郎「――――」
矢七「学問のある者の言葉なら信じる。学のねえ女のひと言は信じねえ、そういう言い方はやめてもらいやしょう」
おしの「よしてよ‼」
草太郎、立つ。
草太郎「帰る‼」

文五「先生‼」
草太郎去る。
おしの「文さん！」
文五、じろっと一同を見返す。
草太郎の後を追って、表へ走り出る。

同・表

足早やに立去る草太郎、追いすがる文五。
文五「先生――」
草太郎「――――」
文五「連中、悪気でいってるンじゃねえ」
草太郎「――――」
文五「言葉の荒いのは許してやンなせえ」

草太郎「わかっている」
文五「――」
草太郎「だが俺は先生の無実を信じる。先生は殺しなどできる人ではない」
文五「――」
草太郎「俺には忍というその女が、うそをついているとしか思えぬのだ」
文五「(うなずく)おいらだってあんたを信じやすよ。だが――」
草太郎「――」
文五「とにかくこの一件、まかしてくだせえ。明日、あっしが、じかに当ってみる」
草太郎「――」
音楽――

草太郎の部屋

草太郎入って、机の前に坐る。
じっと目をつむり瞑想にふける。
しきい際に入って手をつく琴絵。
琴絵「兄上――」
草太郎「――」
琴絵「三五郎店のいかけ屋のおかみさんが、往診を頼みたいと何度も家まで」
草太郎「――」
琴絵「お金のことは、明日にもきっと」
草太郎「――」
琴絵「兄上――」
草太郎、ギラッと琴絵をふり向く。
草太郎「考えの最中だ!! 部屋に入る

琴絵「――」
な!!」
音楽――

朝

寄合町路地
どんよりと曇っている。
文五、幸吉入っていく。

忍の家
竹ざるを編んでいる忍。内職物らしく、部屋の片隅にいくつも積まれている。
戸のあく音に、忍ふり向く。
「ごめんよ」

入口に立っている文五と幸吉。
ほつれ毛をかきあげて立ちあがる忍。

＊

文五、幸吉、忍。
文五、飲んでいた茶椀を静かに置く。
文五「あんたの話にまちがいはねえようだ」
忍「――」
文五「昨夜も今日も、手間をとらしたな」
忍――ちょっと顔を下げる。
文五「(チラと竹細工を見て) 内職かえ?」
忍「ほんの、手なぐさみで――」
文五、ざるを一つ、手にとってみる。

文五「うめえもンだ」
忍「――」
文五「みんなあんたが？」
忍「いえ、こっちは弟の作でございます」
文五「弟さん――」
幸吉「弟さんと一緒にいなさるのか」
忍「いえ」
文五「？」
忍「くににおりますが時々行商に――」
文五、うなずく。
文五「(にっこり) とんだ迷惑をかけちまった。三つばかり土産に買わせてもらおうか」
忍「いえ、そんな――」
文五「気にしなさんな、馴染の店へね。野菜の盛付けにでも使わせようってのよ」
忍「――」
文五「(選ぶ) こいつを二つと――こっちはあんたが作ったもンかい？」
忍「はい」
文五「じゃあそれを一つだ――いくらになるかえ？」

川端の道

文五、幸吉、路地から出てくる。
走ってくる矢七。
矢七「兄ィ」
文五「当たったかえ？」
矢七「へい。丑吉兄ィのいったとおり」
幸吉「大阪屋の隠居は」

矢七「今与之助が」

与之助「――」

大阪屋「こっちが頼まにゃ口もきかないが、その無愛想がかえってよくってね――いつも呼んでる」

与之助「――」

大阪屋「ゆうべもずっとだ――もっとも――（ちょっと笑う）この老人だ。三合も飲んで話をきいてると、いい気持になってそのまま眠っちまう――フッフ。目がさめるといつも夜更けになってらあ」

与之助「――」

大阪屋「それでもあの娘はまだそばにいるよ。そっとかいまきをかけてくれてね」

与之助「――」

栈橋

枯っ風が遠く吹きすぎて行く。どてらにえり巻きの大阪屋、じっと釣糸をたれている。

そばに与之助。

大阪屋「いたよ」

与之助「へえ」

大阪屋「あの娘の話をきくのが好きでねえ。三日とあげずにでかけるのさ」

与之助「で、昨夜もずっと？」

大阪屋「ああ」

与之助「その間、忍さんは、ずっとご隠居のそばでお酌を？」

大阪屋「――ああ」

大阪屋「静かないい娘だ」
与之助「ご隠居さん」
大阪屋「ああ」
与之助「ひいてますぜ」
大阪屋、ゆっくり釣竿を操る。
ぼんやり見ている与之助。
枯っ風――

「樽屋」
隅で飲んでいた丑吉、ギクリとしたように顔を上げる。
入ってくる文五、幸吉、与之助、矢七。
おしの「どうでした」
文五「丑さんの言葉にまちがいはねえ」
丑吉――黙って酒を飲んでいる。

お京「じゃあ、やっぱり松岡先生がうそを⁉」
幸吉「そうとしかとれねえね」
与之助「こうなるとよけいにいけやせんね」
文五「ああ」
間。
文五「草太郎さんには気の毒だが、松岡先生は伝馬町送りだろう」
一同「――」
おけい、勢いよくとびこんでくる。
おけい「フウ寒い寒い‼」
おしの「こっちに火があるわ」
おけい「兄さん、今倉田さまから連絡があって、松岡って人を、昼前伝馬町に送ったって」

一同、ハッとおけいを見る。

おけい「長谷様、倉田さまの見当じゃ、十中八九ホシは松岡半太夫だ、そういうふうに兄さんに伝えろって」

音楽――

一同、何となくしんと、席につく。

おけい「――どうしたの？　みんな」

文五「おしの」

おしの「はい」

文五「酒と肴を――折につめてくれ」

おしの「折に？」

文五「草太郎さんのとこに、おいら行ってくる」

おしの、うなずき、中へ入る。

文五、チラッと丑吉を見る。丑吉、

――文五の置いた忍の竹細工を、じっとその手でもてあそんでいる。

音楽――

図面
草太郎「(低く) 発見時の所見。女はこたつで誰かと話していた。湯のみに酒があった。

二人は飲んでいた。相手は女の右側にいた」

草太郎の部屋
草太郎、蒼白の顔でじっと考える。

草太郎の声「相手は誰でもいい。男としよう。そうだ！　男だ。深さ四寸の傷を負わせる、男の力以外考えられない。誰だ？　松岡先生か？　――

いや。かりに別の男とする。なぜそこにいた。理由は何とでもつけられる。殺されたおみちさんに男がいたのか。それでもいい。まったく見ず知らずの物売りか何かか。それもあり得る。一人暮らしの淋しい女だ。しかも先生とけんかしていた。話相手が欲しかった。どうでもいい。とにかく男だ。男がそこにいた」
草太郎の目が異様に光る。
琴絵、入口に不安気に立っている。
琴絵「兄上」
草太郎の声「男がそこにいた。二人は飲んでいた」
草太郎、机を部屋の中央に出す。
湯のみを現場の位置に並べる。
琴絵「兄上、少しお休みにならぬと」
ハッとその声に気づく草太郎。
琴絵「兄上」
草太郎「琴絵」
琴絵「はい」
草太郎「坐れ！」
琴絵「は？」
草太郎「そこに坐るンだ!!」
琴絵「あの――」
草太郎「黙ってそこへだ!!」
琴絵「――」
女の位置に坐らせる。
草太郎、爪をかみ、ギラギラと目を光らせる。
草太郎の声「女は左にいた。男は右だ。男はひそかに短刀を抜いて身がまえている」

草太郎、そっと懐から短刀様の筆を出し、右手にかまえる。

琴絵の脅え——。

草太郎、坐った位置のまま、突然右手の筆を琴絵の脇腹に。

思わず洩らす琴絵の悲鳴。

草太郎、立つ。

草太郎の声「男は女の後へ立った。倒れる女を見下ろした——待て!!」

草太郎の目。

草太郎の声「ちがう!!」

琴絵「(泣きそうに) 兄上!!」

草太郎無言でふたたび席へつく。

琴絵「兄上!!」

草太郎、ふたたび右手で筆を琴絵の脇腹へ。

琴絵「(悲鳴) やめて!!」

草太郎今度は左手で筆を持ち、琴絵の脇腹へぐいと突いた——。

琴絵、戦慄——。

口もきけない。

筆を突き立てたまま動かない草太郎。

沈黙。

草太郎、初めて琴絵の顔を見る。

草太郎、ゾッとするような笑みを浮かべる。

思わず悲鳴をあげかける琴絵。

草太郎「(かすれて) 解けたぞ琴絵!」

琴絵「——」

草太郎「刺されたおみちさんの脇腹の傷は、後ろから斜め前方に入っていた。

かりにこの位置で刺したとしたら、
右手で刺したのではそのようには刺
せぬ。
左手で、こうだ！　——そしてその
力が深さ四寸に及ぶ以上、下手人は
左が効腕だ。左効きの男だ‼　ちが
うか琴絵‼」
琴絵「———」
草太郎「松岡先生は右効きだ。下手人は
先生ではあり得ない‼」
音楽——
廊下にいつか立っている文五。
草太郎「先生はやはり真実をいわれたの
だ‼
先生が現場にもどられた時、すでに
おみちさんは殺されていた！
先生はありのままをいわれたのだ。
先生は寄合町に行っていた。うそを
ついたのは先生ではない！　ついた
としたら船宿の女だ‼」
文五「(出る) 草太郎さん」
思わず悲鳴をあげる琴絵。
文五「すまねえ、琴絵さん、いくら呼ん
でも返事がねえンで」
草太郎「文五！　解いたぞ‼」
文五「ここできやした」
草太郎「松岡先生はうそはいってな
い‼」
文五「だが船宿の忍という女も、たしか
にほんとうをいっておりやすよ」
草太郎「———」
文五「あっしがこの耳でたしかめてきた

ンだ」

草太郎「――――」

文五「松岡先生がやましくないなら、どうしてみえすいたうそをつくんだ」

草太郎「文五」

文五「会いやすか」

草太郎「――――」

文五「忍という女に」

草太郎「会おう」

川端

枯っ風。

千切屋の表

風にゆれている。その門から出てくる文五と忍。

川端に立っている草太郎。

文五と忍、そっちへ近づく。

文五「先生――」

草太郎、ギラッとふり向く。

忍の顔。

文五「この人に説明してやってくンねえ。ゆうべ松岡半太夫が、あんたの家に来なかったということを、この人ぁどうしても納得しねえ」

草太郎――その目が驚愕に見開いている。

文五「ゆうべ松岡先生は来なかったンだね」

忍「――はい」

文五「しつこいようだが、確かなンだね」

忍「たしかでございます」
草太郎「――」
文五「先生――どうかね。ご自分できい
　ちゃあ」
草太郎「――」
文五「先生――？」
草太郎「わ、私は」
忍「信じる信じないは勝手でございます。
　これ以上説得のしようはございませ
　ぬ」
草太郎「――」
忍「お客様にお待ちを願っているので、
　よろしかったら私はこれで」
草太郎「――」
文五「先生」
草太郎「――」
文五「いいんですかい？」
草太郎「わ、わかった」
忍（ちょっと、頭を下げ、去る）
　文五――狐につままれたように草太
　郎を見る。
文五「先生」
　草太郎、ふいにゾクゾクッと体をふ
　るわす。来た道をスタスタ帰りはじ
　める。
文五「（驚いて）先生!!」
　追いかけて去る文五。二人の去った
　川端に、木枯しが音たてて吹き過ぎ
　る。

ろうそくの灯
　風にたよりなくゆれている。

草太郎の部屋（夜）

草太郎、狂ったように書棚を探す。
やがて一冊の古い日誌を出す。
ろうそくの光に近づけて開く。
求めるページが彼の目にとび込む。
くい入るようにみつめる草太郎。

草太郎の声「天保六年十一月五日雪」
音楽――鋭く、記憶を呼びさます。

雪〜

草太郎の声「六ツ発ち、松岡先生宅へ向う、休診日とて患者なし書庫にて新着の本草綱目を読む。夕刻、来客あり、小生取次ぐ、若狭の国宮津より、はるばる先生偉名をきき、たずねきたるという若い男女なり、男の名を茂吉、女を桐という」

松岡半太夫宅・玄関

記憶。
雪の降りしきる中に立っている若い田舎者茂吉とお桐。
――お桐は、五年前の忍の姿である。

松岡半太夫書斎（五年前）

記憶――
若い半太夫ふり向く、しきい際に立っている、若き日の草太郎。

松岡「若狭から？」
草太郎「はい」
松岡「――」

草太郎「京都の鈴木道庵先生の添え書きを持ってまいっております」
松岡「道庵先生が見放したのか」
草太郎「さあ——それは」
松岡、添え状をちょっと開いて見る。
松岡「(つぶやくように)労咳」
草太郎「雪の長旅に疲れ果てております」
松岡「一人か?」
草太郎「いいえ、女房という女がついて」
松岡「——」
草太郎「先生、労咳はすすんでいますので?」
松岡「——」
草太郎「先生」
松岡「横山」
草太郎「は?」
松岡「二人の宿は?」
草太郎「いえ、まだ当てがないらしゅう存じます」
松岡「当てがない?」
草太郎「はい」
松岡「治療費のことを話したか」
草太郎「——いえ、まだ」
松岡「——」
草太郎「相手は何分江戸にうとい者——何とかなると思ってきたのでは」
松岡「——貧しいのか」
草太郎「——見たところそのように」
松岡「取れぬな」
草太郎「は?」
松岡「いや——治療費がさ」

草太郎の顔。

松岡「医者を慈善家とまちがえている者がいる——これは困る」

草太郎「——」

松岡「当方はこれをなりわいにしている。治療費のことを教えてやりなさい。そして無理なら——断わるのだ」

草太郎「先生。しかし」

松岡「横山」

草太郎「は」

松岡「私には数多い患者がいる。いずれも身分の高い人ばかりだ。一片の人情に費す力は、今の私には余っていない」

草太郎「——」

松岡「断わりなさい」

草太郎「——は」

音楽——鋭く、短く。

同・門（記憶）

雪を背に立っている桐と茂吉、そして草太郎。

桐「お金」

草太郎「はい」

桐「それは——今すぐは払えませぬ。でも、きっと将来」

草太郎「——」

桐「必ず払います！　どんなに高くても！」

草太郎——苦しく首をふる。

桐「先生！　若狭から来たのです!!　ここまでくるのさえ、精一ぱいの努力でした‼ でもこの人の病気さえなおれば――松岡先生が最後の綱なンです‼」
草太郎「お気持はお察しします。ですが先生は――お忙しい」
桐「松岡先生は日本一の、労咳の権威ときいております！ 先生なら、この人も――」
草太郎「――」
桐「お願いです‼」
草太郎「駄目なのです」
桐「一度診るだけでも」
草太郎「診れば先生はそのままではすまぬでしょう」
桐「診れば治すと？」
草太郎「おかみさん」
桐「診れば治すとおっしゃるのですか。治せるのに診れぬと」
草太郎「それはわかりませぬ。しかし先生は――多忙なのです」
間。
桐の顔。
えり巻きと笠にくるまって、じっと黙している女の亭主、茂吉。
桐「人を救うのが、お医者様ではありませぬか」
草太郎「（低く）正義の押しつけは困ります」
桐「――」
雪――
草太郎（苦しい）
桐「先生」

草太郎「私には、これ以上――」
桐「わかりました」
じっとうつむいている桐の顔。
草太郎の苦渋。
桐「くにに帰ることにいたします。――江戸に出たのは無駄でした」
草太郎「――」
桐「二人の土地を売って来ましたが」
草太郎「――(低く)おかみさん」
桐「先生」
桐、キラッと光る目を草太郎にあげる。
桐「一つだけおききしとうございます」
草太郎「――」
桐「貧乏人は助かる命も、助かることができぬのでございましょうか」
草太郎「――」
音楽――鋭く、美しく、俚謡ふうに流れ込む。
ひと言も返せず立ちつくす草太郎。
桐、夫の肩を抱き、雪の降りしきる中へ去ろうとする。
草太郎、われに返り、傘をつかんで雪の中へとび出す。
草太郎「傘をお持ちなさい！」
桐(首をふる)
草太郎「私の傘だ！　返さなくていい‼」
桐「いりません」
草太郎「――」
雪の中へ消え去る桐と茂吉――。

道（記憶）

雪。

夜の中に降りしきる。

傘をさして行く松岡と草太郎。

草太郎「夜、根岸の寮に先生の伴で行く。おみちさんという先生の女なり。その道すがら、お桐という女の、あの叫び声、耳にこびりつく」

桐の声「貧乏人は助かる命も、助かることができぬのでございましょうか！」

草太郎の顔。

——記憶、終る。

草太郎の部屋

日誌を前に、ぼう然たる草太郎。

「兄上——灯を」

琴絵、入ってきて、そっと兄を見る。

げっそりやつれている草太郎。

琴絵、いたわる如くそっという。

琴絵「寒い寒いと思っていたら、とうとう雪になってしまいました」

障子の外に降っている雪。

雪

夜の中に静かに降っている。

寄合町路地

頬かぶりした忍が、雪の中を急いで帰ってくる。

家に入ろうとして、ふと足を止める。

向いの軒先に立っている草太郎。

音楽——

忍の家
　雪降る格子ごしの忍の家。
　ポッネンと茶をすすっている草太郎。
　竹細工を編んでいる忍。
　間。
草太郎「（ポッリ）私の顔を覚えていますか」
忍「（手を休めぬまま）はい」
草太郎「――（見る）」
忍「一目見た時わかりました」
草太郎「――そうでしたか」
　鉄瓶がチンチン湯気をたてている。
草太郎「ご主人はどうしました。あの時の――茂吉さん、でしたか」
忍「死にました」

草太郎「――亡くなった」
忍「はい」
草太郎「――」
忍「あれから三月《みつき》後に」
草太郎「くにで？」
忍「いいえ、江戸で」
草太郎「江戸で――」
忍「はい」
　雪――
草太郎「若狭へはお帰りにならなかったのですか」
忍「あの二日後に倒れたンです」
草太郎「――」
忍「とうとうそのまま江戸で死にました」
草太郎「――」

忍「主人は帰るといい張りましたが」
草太郎「――」
　忍――竹を編む。
　雪。
草太郎「恨んでいますか」
忍「――何を」
草太郎「われわれを」
忍「どうして恨むことがあります」
草太郎「――」
忍「私たちにはお金がなかった。だから
　治療が受けられなかった――
　しかたないことじゃありませんか」
　草太郎、チラと忍を見る。
　忍、竹を編みつつチラと笑う。
　草太郎――低く。
草太郎「だったらどうしてうそをつくン
　です」
忍「うそ？」
草太郎「そうです」
忍「どんな」
草太郎「――松岡先生はあの夜ここにい
　た。たしかにあなたとこの部屋にい
　た」
忍「私はうそなどついていませんよ。あ
　の日、私は船宿にいたンです。あな
　たのお仲間が確めたはずです」
草太郎「――」

路地

　丑吉がいつか、格子の外できいてい
　る。

家の中

二人。

草太郎、バッと畳に手をつく。

草太郎「お願いだ！　お桐さん！　ほんとうのことをいってくれ！　あんたはかくしてる！　松岡先生を恨んでハメる気だ！」

忍「横山さん」

草太郎「お願いだ、お桐さん！　俺にできることは何でもする！」

忍「（冷たく）お桐と呼ぶのはやめてください」

草太郎「――――」

忍「お桐は死にました。五年前に、茂吉と一緒に死んだンです」

音楽――俚謡。どっと流れ込む。

草太郎の顔。

忍「お桐は死にましたよ。とうの昔に。忍は江戸の、船宿の女です。お金さえもらえば、酌もする、伽《とぎ》もする。男につかえることに馴らされた、恨むことなンか忘れた女です」

草太郎「――――」

忍「（笑う）手を上げてくださいよ、横山先生。男が女に、力のない女に、みっともないじゃありませんか」

草太郎「――――」

忍「私は何もかくしていません。疑わしいなら、誰にでもおききなさい。そうして、松岡先生を、救ってさしあげることですね」

草太郎――手を上げる。

打ちひしがれて立ちあがる。
忍「おや、お帰りですか？」
草太郎「――――」
忍「おかまいもしないで」
のろのろ行きかけた草太郎、土間に下りかけて足を止める。
草太郎「（低く）おみちさんを殺したのは、先生じゃない」
忍「――――」
草太郎「下手人は左ききの男です」
忍――瞬間その手が止まる。
だが草太郎は気づかない。
草太郎「私はきっと先生を救う」
草太郎、戸をあけ、雪の中へふみ出す。
と、
忍「先生」
草太郎（ふり返る）
忍「あなたもお医者を開業に？」
草太郎（うなずく）
忍「やはり、お金のないものは、治療できないお医者様ですか？」
草太郎の顔――
音楽――鋭く。
キラキラ光っている忍の目。
草太郎、表へ。
忍「傘をお持ちくださいまし」
草太郎（一瞬凍りつく）
忍「あなたもあの時、親切におっしゃってくだすった。私の傘を、お持ちくださいまし」
草太郎「――――」

去る。

音楽――

雪

その中に出て行く草太郎。
（映像が次第に消えていく）

路地

雪の中を去る草太郎。
物陰でじっと丑吉が、去って行く草太郎の後ろ姿を、痛々し気に見送っている。

朝

軒

雪の雫がポタポタと落ちている。

草太郎の家・門前

雪の中を帰ってくる草太郎。
琴絵とび出し。
琴絵「留守中何度も文五さんが」
草太郎「三五郎店へ往診に行く、俺の薬箱を取ってくれ」
琴絵「だって、兄上この雪に！」
草太郎「（叫ぶ）出せばいいのだ!!」

「樽屋」表

納豆売りの声がすぎる。雪どけの道を一目散に走ってくる三次。

「樽屋」内

三次とび込む。

朝食をとっていた与之助たち、びっくりした顔で三次をふり向く。

三次「ぶ、文さんは⁉」

おしの（びっくりして首をふる）

三次、とび出す。

一同、キョトンと顔を見合わす。

三十間堀川端の道

三次と文五、走ってくる。

丑吉の声「文さん‼」

千切屋からとび出してくる丑吉。

血相が変っている。

千切屋・玄関

女将と三人。

文五「じゃあ、玄関《ここ》を通らねえでも川へは出られるンだな⁉」

女将「そりゃ出られますよ、船宿ですから」

三次「ここんとこ舟で遊んだ客は」

女将「そんな人いませんよこの寒いのに」

文五「すると舟は」

女将「舫《もや》ってあります」

文五、丑吉、顔を見合わす。

女将「いったいどうしたっていうンですか⁉」

丑吉「この家の間取りを教えてくンねえ‼」

千切屋間取り図

丑吉の声「いいか、ここが忍と隠居のいた部屋だ。通りへ出るには、玄関《ここ》を通るしかねえ。だが、川へ出るにはこっちから出られる。

部屋は二階だが、この階段を通れば、店の者には気づかれねえ」

「樽屋」

図面をかこんで目つきの変っている一同。（草太郎、三次を除く）

与之助「そういや隠居はいつも寝ちまうと」

文五「そうよ。大阪屋の隠居は三合も飲むと二刻《ふたとき》近く目が覚めねえ」

幸吉「年じゅうつき合ってる忍にゃわかってる」

文五「うむ！」

与之助「あの晩もやはり眠った。すると、その間に——」

文五「切絵図!!」

お京、絵図を出す。

文五「それじゃねえ！　京橋、築地、鉄砲洲ってやつだ!!」

お京、あわてて絵図を選ぶ。

絵図
箸でさし示す文五の手。

文五の声「いいか、ここが三十間堀。船宿千切屋の位置はここだ。すぐこの裏が川に面してる。

ここから忍が舟に乗れば、新橋、木挽橋——こっちへ曲って新橋中の橋、土橋の手前が寄合町だ‼」

幸吉の声「ものの半刻とかかりやせんぜ」

「樽屋」

矢七「しかし——忍は舟がこげやしょうか」

文五「若狭の女だぜ。海には慣れてらぁ——」

矢七「なるほど」

与之助「ちょ、ちょっと」

文五「何でえ」

与之助「おいら、どうもよくわかンねえ。つまり——忍はあの晩こっそり抜け出して、松岡の女を刺したっていうンで?」

丑吉「ちがうよ!」

幸吉「わからねえな」

文五「説明しよう。お京、江戸の全図だ」

お京「はい!」

江戸全図。

指し示す文五の指。

文五の声「いーか。殺しの現場はこの湯島だ。松岡半太夫が疑られてる。ところが、松岡はその時刻、寄合町(指す)にいたっていうンだ。忍とここで逢ってたってな。ほんとうにここにいたなら殺しはできねえ。だが肝腎の証人忍は、その時間ずっと三十間堀(指す)にいたっていうンだ——わかるかえ?」

与之助の声「へえ、そこまでは」
文五の声「寄合町にいたっていう松岡の言葉がうそか、逢わなかったという忍がうそか。そいつを丑さんが探り出したわけよ」
与之助の声「つまり、ひょっとしたら川伝いに忍は、寄合町に行ってたかもしれねえってンで？」
文五の声「そうよ、船宿千切屋にいるとみせかけて、じつぁこっそりこの川伝いに、寄合町の家に帰り、そこで松岡と逢って酒を飲み、また川づたいに千切屋にもどる——部屋にもどっても大阪屋は寝たまま。——後で誰かにきかれたとしても、〝どこにも出なかった〟〝寄合町に行くわけがない〟と忍はいいはれるわけだろう」
与之助の声「——へえ」
矢七の声「だけどどうしてそんな面倒な」
文五「忍は松岡半太夫を、窮地におとすのが目的だったのさ」
与之助「窮地に⁉」
おしの「なぜなの？」
文五、ゆっくり地図をしまう。
文五「忍は松岡半太夫に、ずっと恨みを持っていたのさ」
与之助「恨みを？」
文五「そうよ。はるばる労咳の亭主を連れて、若狭から松岡を頼ってきた。だが金のない亭主の治療を松岡半太夫は断わった。亭主は死んで忍は残った。忍は松岡を仇と思った」
幸吉「待ってくれ⁉」
矢七「するてえと、忍は松岡の家で、殺しがあることをあらかじめ知ってた？」
丑吉「そうよ！」
文五「知ってた段じゃねえ、松岡の女の殺しの采配も、じつは忍が仕組んだんじゃねえかと――」
与之助「何だって⁉」
文五「それが丑さんとおいらの判断だが」
矢七「じゃあ、あの殺しも、忍が命じて――」
三次とび込む。
三次「文さん‼」
三次の目が輝いている。
文五「（パッと明るく）何かつかんだな！」
三次「へい‼」
文五「いってみろ‼」
三次「千切屋の船番の爺さんの話ですが、あの翌日、舫《もや》ってあった舟を見て廻ると、一そうの舟だけが、前の日とようすがちがってたそうで」
丑吉「どんなに⁉」
三次「へい。舟を坑にしばる、なわの結び方が、ゆんべ自分の結《ゆわ》いたのとはちがう、漁師なンぞの本格的な舫い結びになってたそうなンで」
文五「なるほど」

三次「あっしぁそれから川筋をきいて廻りやした。あの晩、三十間堀から寄合町の土橋にかけて舟の通るのを見なかったかと——何人もいやしたよ。雪のあの晩、あの寒いのに、灯りもつけねえ小っちゃな舟がギイギイ川を下ってたのを、酔狂なやつだって見ていたそうで」
丑吉「乗っていたのは女だったのかえ?」
三次「それぁわからねえ、だがあの五ツ刻、寄合町の土橋のたもとに、舟が一そう舫ってあるのを、所の木戸番が認めているよ。しかも、木戸番が不審に思って、その舟の提燈をのぞいてみたら——たしかに千切屋と書いてあったそうで」
文五「——!!」
音楽——
三次「忍はたしかに兄ィたちのいうとおり、舟で寄合町に抜け出ていやす」
文五「よし!!」
丑吉「あのアマめ!!」
おしの「文さん、だけどそれが本当なら、湯島の殺しはいったい誰が!?」
文五「そいつだ! そいつが二日前江戸にいなかったか、湯島界隈を廻っていなかったか、それをみんなで調べるンだ!!」
幸吉「へい!!」
立ちあがる一同。
音楽——テーマ曲。

モンタージュ

歩く文五。

ききこむ丑吉。

現場付近を。

寄合町を。

川端の道を。

雪どけの路地を。

「樽屋」

戸を蹴破るように、とび込む与之助。

与之助「文さん!!」

ふり返る文五。

丑吉、店の片隅に草太郎。

その目の前に与之助、一つの竹ざるを放る。

与之助「あったぜ!!　あの日に売りに来た竹ざるだ!!」

竹ざる——

文五「おしの!!」

おしの「はい!!」

文五「この前土産に持ってきた竹ざるを!!」

おしの「はい!!」

お京、例の竹ざるを三つ、運んでくる。

比べる一同。

文五「どうだろう」

丑吉「さてね」

お京「ざるなんて作りはみんな同じよ」

草太郎「待て!!」

一同、草太郎を見る。

草太郎「この店に前からの竹ざるがある

だろう」

おしの、小走りに似たざるを持ち出す。

草太郎、じっと一つ一つを見比べる。

おしの「先生――」

文五「何か――？」

草太郎「文さん」

文五「へい」

草太郎「土産に持ってきた三つのこのざる、いずれも同じやつが作ったものか」

文五「いや、二つは弟が作ったといってた。どれとどれだったか」

草太郎「これとこれだ」

草太郎、二つを選び出す。

文五「――？」

草太郎「与之助の持ってきたこの竹ざるも、恐らくその弟が作ったものだろう」

文五「――どうして、そんなことが？」

草太郎「竹の末端をよく見てみろ」

一同、竹ざるを手に取ってみる。

草太郎「ふつうの竹ざるは竹の末端が、右から左まわりに終っている。だがこの三つの竹ざるだけは竹の末端が逆向きに出ている」

竹ざる――

音楽――

草太郎「恐らくこれを編んだざるの作者は、ふつうのものとときき腕がちがうのだ。つまり、弟は左ききなのだ」

音楽――

矢七「出ました！　旅仕度で‼」
丑吉「何だと⁉」
矢七「幸吉が後を！」
文五「どっちだ‼」
矢七「川ぞいに、寄合町のほうへ‼」
一同、バッと走る。

寄合町路地

雪の中——
幸吉、ゆっくり、忍の家へ近づく。

同・家の中

男——喜三次。
仏壇を拝んでいる。
旅仕度に身をかためたその姿。
喜三次、笠と合羽をとる。

とび込む三次。
三次「文さん‼　竹細工屋が‼」
文五「何⁉」
三次「三十間堀の千切屋に現れた‼」
文五「何だと⁉」
立ちあがる一同。
三次「今、幸吉と矢七が張ってる‼」
音楽——衝撃。

川端（三十間堀）

ふたたび、雪がちらほら降りはじめている。
手を上げる矢七。
文五、丑吉、三次、与之助、走ってくる。
文五「（低く）男は中か⁉」

その時、コトッとかすかな音。
喜三次、ハッと身がまえる。
表戸が、少しずつ、開いている。
喜三次、棍棒を左手につかむ。
戸があき、幸吉、そっと中をのぞく。
幸吉「ごめんよ」
物陰に息を殺している喜三次。
幸吉入る。喜三次の棍棒、幸吉の顔上に。
幸吉バッタリと土間に倒れる。
喜三次——
笠と合羽を着、表へすべり出る。

路地

雪の中を喜三次。
急ぎ足で立去ろうとする。
その時路地に入ってくる文五たち。
喜三次、笠に顔をかくして過ぎようとする。一瞬。
文五「待ちねえ」
喜三次——凍りつく。
文五「おめえさん、竹細工を商ってる、忍さんの弟じゃねえかえ?」
喜三次——突然獣のように吠える。
すさまじい力で文五に体当り。
丑吉、くらいつく。
喜三次、はねとばす。
かじりつく三次。
矢七を投げとばす喜三次。
乱闘。
狂った獣のような、喜三次の馬鹿力。
雪の降る中に、声一つたてず、あり

ったけの力で戦い合う男たち。

喜三次の強さ。

すさまじい闘争。

無言の、長い——

長い闘争。

そして——


——


文五たち、やっと喜三次をおさえる。

誰も、荒い息をつくのがやっとだ。

物もいえないで息する一同。

手をねじあげられ、地面に坐って、
ハアハア息をついている喜三次。

文五「(やっと) お前は——」

突然、喜三次の口から獣のような慟哭がもれる。

必死におさえられて、身も世もない慟哭。

喜三次「(泣きつつ叫ぶ)おいらただ、兄ちゃんの仇をとっただけだ!! 兄ちゃんの仇をとっただけだ!!」

喜三次、子どものように泣きはじめる。

降る雪の中にペッタリ坐って、獣のように泣く素朴な百姓、喜三次の姿。

文五ら一同、つっ立ったまま。

音楽——悲しく。


「樽屋」


一人、ポツネンと坐っている草太郎。

おしの近づいて、いたわるように。

おしの「先生——どうして行かないンで

す」
草太郎「──」
おしの「これで松岡半太夫先生の疑いもすっかり晴れるっていうのに」
草太郎「──」
草太郎、ちょっと首をふる。
かすれた声で、ポツリという。
草太郎「酒を──」
お京、表から白くなってとび込む。
お京「姉ちゃん、また雪が降りだしてきた」
窓格子の外に降っている雪。

三十間堀川端の道

雪がしんしんと降りはじめている。
どこかで静かな三味線の音──無言で軒下に散らばっていく。三次、幸吉、矢七、与之助、文五、丑吉、二階を見上げる。

同・二階の一室

例によって手枕で、横になっている。
大阪屋の隠居と、坐っている忍。
開いた窓の外を降っている雪。
目を閉じたまま隠居がポツリと、
大阪屋「で？」
忍「──」
大阪屋「その恋が、実ったのかえ？」
忍「はい。──両方の親が死んでようやく」
大阪屋「（目を閉じたまま）五年かかってか。

──よかったねえ、忍さん」

同・表

怪訝な顔で出てくる女将。

文五、その耳に小さくささやく。

女将の顔色が次第に変る。

二階・一室

忍、ぼんやり雪を見て、淡々としゃべる。


忍「──私たちちょっとした旅をしました。

秋ももう深い頃でした。丹後半島の北の端に、経ヶ岬という岬がありました。そこからずっと西へ歩いて、間人《たいざ》の浜へ二人で出たんです。間人の浜には雪がありました」


音楽──俚謡。美しくしのびこむ。


忍「真っ黒な海が砂浜にくだけて、浜はすっかり白い雪でした。その雪の浜に墓地がありました。あんな景色は若狭でも見ません。

浜全体がお墓なンです。浜一面に墓石が立って、そのすぐ脇に波が砕けてます。

茂吉も私もぼんやり見てました。あんまり荒れ果てた景色だったから、私たち何もしゃべれませんでした。

────。

三日かかって宮津へ帰りました。宮津の浜はまだ秋でした。

崖の中腹の私の家に、私たち小さな

世帯を持ちました。
二人だけの小さな、小さな世帯でした。
陽の当たることのない北向きの家でした。
それでも私たちしあわせでした。
夢みたいに楽して正月がすぎ、春が訪れ、若狭の海が青く変った時――
私は、茂吉の病気を知りました
――」
表にしんしんと降っている雪。
ポツンと、忍の目に涙が一滴。
音楽――俚謡。ゆっくり盛りあがる。

エンドマーク

解説対談――松本清張の代表作が倉本聰の手で時代物に！

北村薫・宮部みゆき

（『読まずにいられぬ名短篇』収録の作品について、編者のお二人に語っていただきました。本対談は、作品の内容や結末にも触れておりますので、最後にお読みください。）

北村　今回もまた宮部さんと一緒に楽しくお話しできればと思います。もう何冊もアンソロジーやっていて、「そろそろトーンダウンするだろう」と思っている方もいるかもしれません。ところが、とんでもない。自信の二冊になりました。『読まずにいられぬ名短篇』第一部は『**動物のぞき**』から。やっぱり幸田文、これいいでしょう？

宮部　いいですねえ。タイトルが「動物観察」とか「動物の暮らし」じゃなくて、「動物のぞき」というのがいいですよね。

北村　この「**類人猿**」。

宮部　せっかく檻から抜け出たのに、途方に暮れたような顔をして歩いているっていうのがね。

北村　ちょっと暴れたら殺さなくちゃいけない。ところが、手をつないで帰ってきたんだっていうところがしみじみとしますよね。「**しこまれた動物**」にしてもそうなんですが、人間と動物のつながりを通して、動物の姿がまたわれわれ自身に照射されるようなところがある。

宮部　ありますね。

北村　猿がストーブに当たってるとかね。

宮部　目に浮かびますよね。きっと手をこうやって当たってるんだろうなって。

北村　うん（笑）。

宮部　幸田文さんって二世作家ですよね。父娘とも文学者として非常に素晴らしい実績を収めるというケースはわりと多いですけど、その先駆けのような方ですよね。私は女性の二世作家さんって、「ちゃんとした文学の教育を受けてきたお嬢さん」というイメージを抱いているんです。だから次の作品の……。

北村　そうか。江國さんもそういえば、江國滋さんと江國香織さん。

宮部　はい、そういうつながりもありますよね。

北村　それは気がつかなかった。

宮部　この「**デューク**」って、誰の心にも訴える傑作だと思いますけど、同時にほのかなエロスがあるんですよね。でも、やっぱり江國さんがすごくて、作品に品があるんですよ。「キスがうまい」っていうのがちっともいやらしくない。

北村　これ死因は老衰だから、出てくるデュークも理屈をいえば少年じゃなくて……。

宮部　ヨボヨボのおじいさん。チューがうまいの（笑）。

北村　そうはならないというのが、ひとつ想像の中の世界というか。

宮部　プールに行くっていうのもいいですよね。犬は泳げますからね。そんなベタな言い方しちゃいけないんだけど（笑）。でも、本当これはね、傑作ですよ。

北村　やっぱり作品は個人が読むんで、そのとき、その人の状況によって響いてくるものって変わるんでね。この「デューク」は、広く読まれている作品です。アンソロジストとしてはあまり有名なものは採りたくない。ですけど今回は、ちょっと採りたくなってしまう個人的な事情がありまして……。幸田文からこういう風に並べて最初に置きたかった。

宮部　「動物のぞき」、「デューク」と続けて読んで本当に思ったんですけど、ペットがかわいいってことは、もう万人に共通する感情ですよね。でも、それを、ある種の品格を持ったまま書き表せるかどうかは、書き手の知性とか教養というものをすごく問われるなと思いましたね。私、こんなに品格を持ってペットのことを書く自信ないです。もっと剝き出しに、「かわいかったの、うちの猫はー！」というふうに書いちゃうと思うんですよね。

北村　この見事な、清潔な距離感があってね。

宮部　そうそう、清潔な距離感ですよね。「動物のぞき」も、もっとベタな話として書く手もあるけれど、そうしない。その清潔な距離感が、第一部の二作には共通してると思います。

今回このアンソロジーで、一旦ここで本

を置いて、可愛いかったペットのことをしみじみ思い出す方が多いと思います。

北村　間を置くということも含めて、名作中の名作ですが、第二部の最初は山本周五郎の「**その木戸を通って**」。「デューク」の愛の話から……。

宮部　はい、愛の話ですからね。

北村　これはもう本当に「読んでください」という見事な作品ですよね。冒頭から話に引き込まれて。

宮部　やっぱり、巨匠だなと思いました。

北村　うん。でも、このお話はどこから思いついたのだろうね。

宮部　単なる記憶喪失と読むこともできるし、そのたびに彼女がいなくなって、しかも不意に現れてくるから、タイムホールに入ってしまうっていう考え方もできるんですよね。

北村　深読みしていけばね。

宮部　これは山本周五郎が書いたSFだという取り方もできると思うんです。ただ、その因果関係、システムをまったく説明してませんよね。同じようなSFの傑作がイギリスのカズオ・イシグロの『わたしを離さないで』（ハヤカワepi文庫）なんですよ。説明がないんです。あることが起こる社会で、人がどう生きるかという、その思いの丈だけ書いている。

北村　一番信頼出来る情報源は口コミなんで、わたしも宮部さんにいわれて、さっそく読みました。最初は、英国流寄宿舎小説かと思い、次に……というように驚きつつ一気に読み終えました。こういう世界を小説として成り立たせるのは、結局のところ筆力ですね。

宮部　私はものすごく影響を受けちゃって。だから、久しぶりに「その木戸を通って」を読んで、ああ、これもそうなんだと再発見した気がしました。それぐらい普遍的な現代にも通じるネタだと思いますね。

またこの主人公の正四郎、けっこう気の強い人ですよね。仕事もできる人なんでしょうし、怜悧な人のように見えるんだけど。

北村　真面目な人間。

宮部　うん。決してその道を踏み外さない人ですよね。

北村　読者を非常につかんで、ふさが窮地に陥ったりするとこっちもハラハラしてね、早く助けてやってほしいという気持ちになっていく。男からすると、彼女をどうにかしなくちゃとか、正四郎の思いがそのまま自分の思いになっちゃうんですけど、女性が読むとどうなんでしょう。

宮部　立場や年代によって変わると思います。私が初めて読んだのは二十歳ぐらいだったので、「思い出して帰ってきてあげてほしい、正四郎のもとに」って思いましたけど、今回はもう五十路を超えて、姪にも子どもが産まれたりしてるから、正四郎も言ってますけど、「子どももいるんだから。子どものために思い出してほしい」という気持ちのほうが強くなっちゃいました。

あと、地味な役ですけど、田原権右衛門。いいオヤジですよね。一見、政略と腹芸ばっかりやってるように見えるけど、実はそんなことない懐の深い人なんだってチラッと出てくる。この長さの作品にこんなに深みのある人物を、ぜいたくに使ってます。

北村　そのへんは周五郎的だよね、非常にね。

宮部　非常に深みのある人物をフッと配し

ているという。

北村　同じく日本人作家ということで、「からっぽ」を。これはもう非常に不思議な小説。

宮部　いやあ、本当不思議。私もメモに「摩訶不思議」って書きました。

北村　どうしてこれを私が知ったのかというと。久世番子さんの文芸漫画『よちよち文藝部』（文藝春秋）の番外篇が、『別冊 文藝春秋二〇一二年七月号』に載りました。そこでこれを紹介していて、すごく面白そうだったんです。「へぇ、田中小実昌、こんなの書いてんのか」と。

宮部　紹介のほうを先に読まれたんですね。

北村　そうそう、お話が途中まで紹介されてるんです。「トイレがないんですよ」っていうね（笑）。

宮部　そう、「トイレがない、トイレがない」ってね。

北村　これは、田中小実昌研究家が読み解こうとすれば説明がつくのかもしれないけど、それも野暮な感じのするような、田中小実昌的世界が非常に混沌としながらある。

宮部　田中さんってテレビとかで見ていて、毛糸の帽子をかぶっていつもニコニコしていてやさしい人ってイメージがあったんです。この小説もひらがないっぱいでやさしそうに見えるんだけど、手ごわいですよね（笑）。

北村　女性の一人称というのがね、小説ってすごいなって感じました。あの人が書いたんですからね（笑）。それにしても摩訶不思議な話ですよね。

宮部　基地で働き出すまでの五日間とか、曹長の左の目の描き方とか、嫌なことが起こるわけじゃないんだけど、「からっぽ」というだけあって、読んでいてなんとなく不安になるんですよね。

北村　いろんな種がばらまかれているようだけど、作家というのは、実は本能的に書いている気がする。読み解くのは読み手の仕事ですね。

宮部　感覚的には北杜夫さんの「異形」（ちくま文庫『とっておき名短篇』収録）に近いと思いました。漠然と不安で。

北村　なんかちょっとセックスの感じも。

宮部　はい。ちょっと生っぽい感じもする。周りの軍人たちが、ヒロインに比べたら、みんなむくつけき大男なんだと思うのもね、指に金色の毛が生えてるとか。

北村　まあ、とにかく非常に異色作であり、皆さんに読んでもらって「へぇ、田中小実昌にこんな作品があったの？」と思っていただきたいです。こういう機会でもないと、なかなか読めない作品だと思うので、収録しました。あと一言付け加えると、田中さんのトークって、とんでもなく面白いんですよね。機会があったら紹介したい。

北村　さて第三部です。今回「デューク」を収録することもあり、そういえば犬の話と思って。また、筒井康隆先生の『短篇小説講義』（岩波新書）で有名になりましたローソンの「爆弾犬」という話がありまして、爆弾犬ならもう一匹いるぞと（笑）。こちらの話は「デューク」から直接つなげるわけにはいかない。

宮部　（笑）いけません！

北村　「白い牙」「野性の呼び声」などで有名なジャック・ロンドン先生がなんと犬を……という「**まん丸顔**」です。非常に怖い話で、まん丸顔の男を毛嫌いしている主人公の感情とか、殺害をたくらむ様子とか、嫌な話が嫌に書けている。そういった意味では成功した作品ではないかと。

宮部　でもねえ、ジャック・ロンドンが犬を爆死させちゃいけませんよねえ。天に唾するようなことではないかと。これ最初に読み終えたとき、「ひっどーい」って思わず大きな声で言っちゃった（笑）。

北村　人間はともかくね（笑）。

宮部　このクレイヴァーハウスさんを嫌いなのはもうしょうがないよと。あなたと合わないんでしょう。だけど、犬を巻き添えにするなんてかわいそう。

北村　筒井先生によれば、映画の『アラスカ珍道中』の中で犬が爆弾をくわえて持ってくるという似たシーンがあるそうです。筒井先生は、こういった話の嚆矢は「爆弾犬」だろうと仰っていますが、この作品と「爆弾犬」はほぼ同時期に書かれている。ただ、「爆弾犬」が有名になった分、あまり知られてないだろうということで。

宮部　ジャック・ロンドンとしては、あまりこの短篇の存在を知られたくないんじゃないですか？

北村　なるほど！

宮部　犬であんなに儲けさせてもらっていながら、無残にも犬を。

北村　そのへんは、やっぱり遠慮会釈ない人なんでしょうね。ただ、大作家にそんなこと言っちゃアレだけど、よくできてるんですよね。とくにこの嫌なやつ追うところ。

宮部　調教してね。

北村　犬を使って——というところは『謎の部屋』（ちくま文庫）に収録した古銭信二の「猫じゃ猫じゃ」を思い出します。あわせて読んでいただければと思います。

宮部 でも、ひどい！

北村 同じくジャック・ロンドンの「焚き火」ですが、これは宮部さんから、面白いメモをしたとメールをもらいました。

宮部 読み終わって、「凍死なう」って（笑）。この頃ツイッターがあったら、そう書いただろうなって（笑）。

北村 これ靴下の先の冷え込むような部屋で読むと、けっこう効くでしょうね。

宮部 私、大雪の日にわざわざ読み直しました。

北村 ハーヴィーに「炎天」（創元推理文庫『怪奇小説傑作集 1』収録）という有名な短篇があるじゃないですか。あれは焼けつくような夏の日と、それの生じさせる狂気を描いていて、炎天そのものがテーマといえる。こちらは寒気、氷点下華氏でマイナス八十何度の世界。

宮部 なんとか焚き火を起こしたあと、火を絶やさないように座ったまま枝を引っ張っていたら、ザバッて雪が落ちて火が消えちゃう。コントみたいなんだけど、それが結局、死につながるわけですよね。恐ろしいなあと思って。

北村 とてもつらいのに、客観的にはコントみたいなことってありますよね。ジャック・ロンドンには他にも過酷な短篇ってけっこうあるんですよ、やっぱり遠慮会釈がない。

宮部 取材だけじゃなくて、その中に身を置いてた人なんですかね。

北村 そうでしょうね。アラスカに近いクロンダイク地方のゴールドラッシュに参加してます。

宮部　自分も相当しんどい体験をしてるんですね。あと、この話にも犬が出てきますね。今度は助かるんだ。

北村　「まん丸顔」では爆死したけど、こっちでは人が死んで犬が生き残る。

宮部　バランスがとれてよかった。

北村　なかなか、われわれはこういう過酷なところに行けないけど、小説は連れていってくれます。

北村　過酷な状況ってことで「蜜柑の皮」です。

宮部　過酷な状況つながりなんですね。

北村　前の解説対談のときに、宮部さんが山田風太郎の『修羅維新牢』（ちくま文庫）の話をしたので、そのあとに読んでみたんです。そこで「蜜柑の皮」を思い出した。宮部さん、『修羅維新牢』って、これにちょっと通じませんか。『修羅維新牢』がどんな話かというと……。

宮部　江戸城明け渡し後の江戸で官軍の隊長が何者かに暗殺される、そこで薩摩藩士が幕臣十人を人質として捕え、順番に殺していくんです。

北村　国家のような大きなシステムのためには、個人がどんどん犠牲にされていくというところ。この「蜜柑の皮」は大逆事件ですよね。

宮部　大逆事件について考えるなら、当然この方たちは、完全に無実の人もいるし、本当は違う関わり方だったりした。なのに、こうして死刑判決を受けるまでには、当然、証言の強要とか拷問があったわけですね。

ちょうど私、『ゼロ・ダーク・サーティ』というＣＩＡのビン・ラディン暗殺についての映画を観たんですけど、その冒頭が、捕まえた連絡員を拷問するシーンなんです。すごいのは、向こうが折れて情報を出し始めると、差し向かいでお茶飲んでご飯食べたりするんですよ。それで淡々としゃべったりする。そこまで折れてしまうと、もう何でも言いなりになるんです。

だから今回、「蜜柑の皮」を読み直すと、この人たちが蜜柑の皮を残して従容として死んでいくまでの過程がどれだけ凄まじかったかってことが、直接的には書かれてないんだけれども、本当に肌が粟立つような感じで、ザラッとした感触が残りました。

北村　今でもやっぱり、社会とか政治とかシステムの中でつぶされていく人間はあるでしょうから、それの非常に極端な形で現れる、恐ろしい、背筋のちょっと寒くなるような悲劇ですよね。

宮部　前の状況が書いてないのが余計怖いですよね。こっちが想像してしまう。ここまでへし折られてしまうというか、もう認めるしかない。真実は違うんだけども、順番に吊るされていくという。

北村　個人と大きなシステムが対峙するというのは、本当に怖いですね。尾崎士郎は、この件については学生時代から深い関心を持っていた。終生のテーマなんですね。短篇八作を一冊にまとめた『大逆事件』という本も出しています。そういう人だから書けた。

宮部　あと、平和や団欒の象徴である蜜柑が、殺されていく人たちのところにポツッと一つ出されるってことの残酷さっていうんですかね。蜜柑の筋を取る様子から、奥さんと差し向かいで食べたのかなとか、子どものために取ってやったのかなとか、普段の生活が浮かびあがりますよね。

これで大逆事件に興味を持たれたら、ぜひ清張さんの『昭和史発掘』（文春文庫）の二・二六事件の将校たちが処刑されていくあたりと読み比べてほしいですね。彼らの最期も本当に悲劇ですけども、軍人さんですし確信して事を起こした人たちだから、押しつけられた死と正面から向き合うことができたけど、最後まで本当に「自分は助かるんだ、何もしてないんだから」と思いながら、すりつぶされるように死んでいく方たちとの違いはね、ぜひ読んでみてほしいと思います。

北村　不思議な運命ということで次のライスの「馬をのみこんだ男」（笑）。

宮部　この並びはね、私はけっこう打ちのめされました。ここでこれが来るかって（笑）。

北村　『こわい部屋』（ちくま文庫）にクレイグ・ライスの「煙の輪」を入れたときに、宮部さんは「馬をのみこんだ男」のほうが好きだって言ったんですよ。

宮部　そう。なんかショッキングだって。でも、どっちの話も、「クレイグ・ライスってこんなもの書く人なの？」っていう変な短篇ですよね。『スイート・ホーム殺人事件』の作者だと思ってると、「え、違う人なんじゃないの？」というぐらい。しかも、マローンが出てるんですよ。こんなものになぜマローンをという（笑）。

北村　「大あたり殺人事件」「大はずれ殺人事件」なんかで大活躍するジョン・J・マローンが堂々と出てくる。ライスの持ち探偵というか弁護士、酔いどれのね。

宮部　クレイグ・ライスは、まだまだ女性のミステリー作家が少なかった頃に草分けとして活躍した人ですよね。

北村　「大はずれ」「大あたり」にも変なところはあるし、これとか「煙の輪」もそうだけど、どこか普通じゃないところを持ってた人ですね、こう見てるとね。

宮部　この世代の草分け的な女性ミステリー作家って、みんなどこかしら、エキセントリックだったり、非常に学究的。P・D・ジェイムズなんか「そんなに厳しく追い詰めて書かないでください」って思ったりするんですけど（笑）。マイノリティとしての「女流作家」っていう言葉があった時代の人なんですもんね。逆風のなかで、自分の作風を確立していくためには、強く個性的でなければならなかった時代です。私は今、「あなたは女流作家でしょ」って言われたら、多分その人をゲンコツで打ちますよ。「失礼な！」って（笑）。

北村　でも、私はやっぱり「煙の輪」が衝撃でしたね。なんか理に落ちないんだよね。

宮部　そうです。あっちは本当に怪談です。

北村　こっちはある程度……。

宮部　こっちは皮肉な話。「なんで馬の色聞いとかなかったんだよ」っていう（笑）。

北村　落語みたい。

宮部　あ、そう、落語みたいですね、これ。柳家喬太郎さんに落語でやってほしいですね。

北村　うん。どんな感じになるかね。

宮部　「ぽっくりいっちまったんだよな、見せたらさ」って。

北村　エリザベス・テイラーの「**蠅取紙**」なんですけど、これを採ろうと思ったきっかけは、知り合いの編集者が貸してくれた『ロアルド・ダール劇場』のDVDなんです。『ダール劇場』は名短篇をテレビ番組化している。それぞれダールの語りから始まるんです。

宮部　最初にね。

北村　「うちの近所の女流作家、エリザベス・テイラーがこんな心温まる話を」というふうな感じで。

宮部　うふふふ。

北村　「あの人こんなの書いちゃってさ」っていう感じが、非常に面白くて。映像を見ると、爬虫類みたいな嫌な男が出てくる。あの役者がまたいいでしょう？

宮部　はいはい。よく見つけてきましたねって感じの。

北村　ところで、小説だと女の子、不美人なんだよね。

宮部　かわいげがなくて誰にも好かれないって書いてあるんですよね。

北村　それが映像だとかわいい子にしないと画にならない。最初のダールの語りの面白さ、爬虫類のような男の強烈さ、そして、小説と映像の違いの面白さなんかも話せると思って、この作品を採りました。小説はこれ、不美人でいけるんだよね。そこに小説の深さ、面白さがある。ある意味、不美人だから小説になるというか、俗に落ちないところもけっこうあるんですよね。

宮部　うんうん。そうですねえ。

北村　しかし、嫌な話だね。最後に「これで準備ができたわ」というセリフがあるんですけど、これ読んでて「いいのか」と思って（笑）。

宮部　私、その前の「わたしは何でも甘くて新鮮なものでないとだめなのよ」というのが気持ち悪いと思って。ドラマのほうには「甘くて新鮮じゃないとだめ」ってセリフはさすがにありませんでしたね。あまりにも生っぽいからかな。
北村 驚いたのは、これが小学生向けのアンソロジーに採られているんですよね。
宮部 でも、これはね、子どもに読ませてもいいと思いますよ。
北村 そうですか。
宮部 はい。世の中、親切な人ばっかりじゃないよ。おっかないこともあるんだからねって。
北村 過酷な運命ということで「**処刑の日**」。ヘンリィ・スレッサーはもうプロ中のプロ。こういうものの書き手としてはアメリカの代表的作家で〈アッと驚く〉作品が非常に多い。これなど、いかにも彼らしい。実にうまい。終わってみればそうなるしかない話なんだけど、読んでいる最中はそのまま引き回されてしまう。
宮部 これ、スレッサーにしてはわりと長めの作品ですよね。プロセスがジリジリしていて。だんだん首を絞められていくような感じ。
北村 そうそう。平凡な作家が書くと見え透くじゃないですか。
宮部 ここへ落ちるんだろうなって。
北村 そう思わせずに引っぱっていくテクニック、やっぱり大変なものですよね。
宮部 しかも、こんな読みやすい文章。「運命の皮肉を書き続けた人だ」って私メモしたんですけど、スレッサーは本当に不条理で思い通りにならないものをたくさん書いてますよね。〈アッと驚〉かせるためならば、どんな容赦ないことでもやりますという。
北村 アーリントンじいさんに来られたら

嫌だね。

宮部　嫌ですね（笑）。これ決してね、セルヴィが悪い人じゃないんですよね。堅苦しい、生真面目な人。それをここまで追い込むかって。

北村　スレッサーは、読んでいるときに、むこうに見える結末点に安易に持っていかないようにサスペンスを持続させているんだよね。この作品の場合だと、何時までにとかね。

宮部　タイムリミットサスペンスですもんね。

北村　サスペンスをうまく持ってきて、余計なこと考えさせない。

宮部　そうそう、「その人をどんな目に遭わせようっていうの？」って。

北村　オチのつく話は、どうしてもちょっと軽かったり、底の見え透いた感じになることが多い。ところがオチがあるのにそうならない。プロの技になる作品です。

北村　第四部。高校の教科書でお馴染の中島敦先生ですが、『南島譚』から二作。

宮部　いいですね、これね。

北村　「幸福」は非常に不思議な短篇ですね。

宮部　でも、この感覚ってみんなにありますよね。人生のある幸せな局面とかに、「あ、これ夢だったら覚めないでほしい」って。

北村　おそらく似たような話というのはいくつもあるんでしょうね。

宮部　南の島という、もともと閉鎖された世界の中でこれが起きているというのがまた、嫌度《いや》がアップしますよね。

北村　南のパラオの話を日本にいて読むという距離感がいいですよね。

宮部　どんどん痩せ細っていく大権力者がかわいそうだなって思った自分は、今、現実がある程度幸せなんだろうなって思いました。どっちに感情移入するかで、読みごこちの変わる小説です。

北村　以前、とある文学賞の受賞者の方がカプセルホテルで応募作を書きましたって話を授賞式でしてたから、これで目が覚めたらカプセルホテルだったら……。

宮部　うわぁ、たまんない！

北村　なんて思ったんだけど。

北村　さて「夫婦」のギラ・コシサンとその妻エビル。笑っちゃうよね。

宮部　エビル。いい名前だ。

北村　自由な人ですね。

宮部　すごいですもんね。モテるというか片っ端から（笑）。

北村　これも南だからいいのでね、「焚き火」のようなところじゃダメだね。

宮部　そんな心の余裕がないですよね。名前のつけ方もいちいち楽しいですよね。現実離れしてるところがすごく楽しい。まあ、パラオの実在の地名なんでしょうけど。中島敦の作品の中でも、南のものというのは一つ大きなジャンルとしてあるんですか。

北村　パラオへ行きましたからね。

宮部　何を思ってこれをまとめて書いたんだろう。

北村　パラオに行って、そこでいろいろ見たり聞いたりしたんでしょうね。

宮部　じゃあ、フィールドワークの結果生まれた作品群ってことなんですかね。

北村　そう言われてますね。やっぱり皆さん、「山月記」というイメージが強いでしょうから、「夫婦」なんか見るとビックリするんじゃないかと。

宮部　こういう楽しく笑いながら話のできる作品もあります。でも、これは教科書には載らないだろうと……、載せてもいいのにね。

北村　女同士で諍いがあったら、こうやって解決するんだよとかね、こうやって戦うんだよって（笑）。

宮部　日本でも中世には後妻《うわなり》打ちってやってましたもんね。中学・高校からこういうのを読ませておくと、そんなに簡単にストーカーにならない。「別の組み合わせでました、幸せがあるかもしれない」というふうに思えるかもしれない。

北村　「夫婦」というつながりで、小池真理子先生の「百足」。

宮部　あ、そういうつながりなんですね。

北村　これもスレッサーと同じで、そうなるしかない話なんだけど、要するに読まされちゃう。ムカデの力なんだよね。これが蜘蛛とかだったら、まだ冷静でいられるんだけど、ムカデっていうと待ったなしじゃない？

宮部　この人ムカデっていったときにその文字を想像したんでしょうかね。ほら、百、百だから。

北村　とっさにそこまでは浮かんでいなくて、単純にわれを忘れて一番身近な女性の名を挙げたということなんでしょうけど、作品として考えると百足、百子ってネーミングはいい。

宮部　本当になんかゾロゾロしてる感じがする。あと、この最後から二行目の、妻が「一本の冷たい釘のように見えた」っていうのが、私は鮮やかだなと思うんですよね。

北村　うん、そうですね。
宮部　まったく対照的なものじゃないですか。やっぱりこれは名手の技ですよね。
北村　技ですね。筋を話しちゃったらしょうがないんだけど、ムカデを持ってきてこういうふうに書いていくところがね。
北村　で、アンソロジストの技としては、「夫婦」があって、「百足」に変換して、そして次に吉田直哉のこれを置くというところが（笑）……。
宮部　「**百足殺せし女の話**」。
北村　やっぱり順番に読んでいただきたいって感じはありますよね。
宮部　そうですね、流れの妙ってありますからね。
北村　これもムカデの勝利ですよね。
宮部　いやあ、ムカデはやっぱり怖いですよ。本当の話なのかな。
北村　これは本当でしょ。非常に泉鏡花的世界ですよね。そこら中にコンビニができる前の時代ならば、あるだろうなって感じはします。役者がいいんですよね。寺山修司だっていうのが。
宮部　寺山修司は、今でも写真がよく紹介されるから、あの人が二十七歳のときかってすごく想像しやすいし、またこの美女の存在感が、たったこれだけの長さなのに、本当に美人なんだろうなと思わせる。
北村　「まだ新しいのに畳が湿っぽく、ぶかぶかする」（声色を使って）。
宮部　嫌だねえ。
北村　そういう旅館だったんですね。「なんでこんなとこ、宿取っちゃって」って言ったら、絶世の美女が来るんですね。
宮部　私、そこ絶対泊まれない。

北村　「静かな、愁いを帯びて、あまりにも美しい美女」「畳の上に無数のムカデが這い回る」（声色を使って）。

宮部　うわあ（耳をふさぐ）。

北村　「おきらいですか」。バシバシバシ（笑）。「ぶかぶかの畳がまるで鼓のように鋭い音を発っし、そのたびにムカデが一匹ずつ」って、吉田直哉はやっぱり文章家だね。

宮部　このとんでもない話を、この長さで説得力を持ってスパッとおさめる。

北村　このムカデの話が非常に忘れられなくてね。この機会にと。

宮部　不気味な話なんだけど、ほのかに色っぽい話でもある。でも、前後不覚に寝込んでしまった吉田さんのほうが、私はいい人だと思います。

北村　最後の第五部、松本清張の「張込み」。実は以前、宮部さんに松本清張の対談に呼んでいただきました。

宮部　はい、清張記念館の研究史に載せるのに、どなたかと対談してくださいと言われて、真っ先に北村さんと申し上げて実現しました。

北村　対談の中で、「いやあ、清張さんっていえば、いろんな『ゼロの焦点』があるんですが、昔は『ゼロの焦点』を捕物帳でやったんですよ」なんて話になって。

宮部　清張さんの代表作が捕物帳になっているというのにビックリしました。

北村　そこで、倉本聰さんが『文五捕物絵図』で「武州糸くり唄」の原案とした「張込み」です。

宮部　何回読んでも傑作ですね。私ね、文春文庫の清張コレクション編んだときは、これ外したんです、あえて。

北村　それもあるからここに採りました。

宮部　もちろん、短篇小説の傑作だと思うんですけど、じゃあ、これミステリーかって言われたら、ミステリーではないと思うんですよ。謎解き要素がないから。刑事さんが出てきて、逃亡してる犯人の立ち回り先に行って張込みをするっていう話だから、事件物であるけど、謎解きミステリーではないんですよね。だから、これをもって清張さんのミステリーの初期の代表作であると言うのはちょっと違うような気がして、自分が作ったコレクションからは外したんです。

北村　そして、倉本聰さんの「**武州糸くり唄**」です。なんと「張込み」が捕物帳になっちゃう。

宮部　やっぱりさすがですね。張込みしているあいだの、登場人物それぞれの個性の出し方や関わり方なんかが素晴らしいです。原作の「張込み」って非常に硬派な話で色気や愛嬌がないですよね。どうしてかっていうと、最後に一瞬、湯上りの女の色香と、夫と子どもを捨てようとする決断みたいなのを、ふわっと香らせるために、道中はドライな話にしているんです。一方、「武州糸くり唄」では『文五捕物絵図』の一話にするためにいろんな会話のやりとりを倉本さんが入れたというところに、読み比べの楽しさが出てくると思いますね。あと、土地の顔役？　こいつが単純なやつなんだけど、なかなかいい味出してますよね。

北村　『倉本聰コレクション』（理論社）にはキャスティングも載ってたんですよね。文五が杉良太郎、丑吉は露口茂、草太郎は和崎俊哉ですね。

宮部　私、実はシナリオを読むのすごく下手なんですよ。場面が浮かんでこなくて苦労するんです。でも、今回の二作は私でも、非常にエキサイティングに読めました。これは、今回のアンソロジーの大きな売りですよね、掘り出し物です。清張さんの代表作が倉本聰さんの手で時代物になっていた。

北村　この機会に放送してもらえないかな。映像が残ってなかったら、『松本清張――倉本聰シリーズ』として、十本くらいリメイクしてほしい。

宮部　また、「武州糸くり唄」のシナリオを読んでから「張込み」を読み直したら、なんか味わいがね……。

北村　そうですよね。

宮部　ずっと食べていて味を知ってると思ってた炊き込みご飯が、やっぱりおいしいって再認識したような、そういう感じでした。

北村　いやあ、さすがにプロの技を感じた。『倉本聰コレクション』の『文五捕物絵図（1）』のあとがきには、倉本さんが清張さんの原作を好きにアレンジしていいと言われたことや、原作の名を冠する必要はないと清張さんから言葉をもらったことが書いてあって興味深いです。

北村　そしてほかの作品見ててね、もう一つぐらい入れたいなと思って選んだのが「若狭　宮津浜」なんですよ。

宮部　これは『霧の旗』（新潮文庫）ですよね。

北村　そう、私はその「本名は桐です」と言われたところで……。

宮部　ズキーンとね。

北村　柳田桐子だよ。出てきちゃったよっていう感じがして。

宮部　あちらは弁護士で、こっちはお医者さんですよね。

北村　『霧の旗』には理不尽なところがあって、それが作品の魅力になってると思うんですが、こちらは非常に納得できる形になっている。この忍さんの最後のシーン、うまいよね。

宮部　反対を押し切ってやっと一緒になれた夫婦だというのが、最後のもう終わるよってところでポッと出てくる。『霧の旗』はヒロインの桐子が恋人や夫のためじゃなくて兄のためにあれだけのことをするというところに、意味深さや謎めいたいかがわしい感じがありますよね。

北村　うん。こちらは夫婦ということでわかりやすくなっているのですが、それによって一つ別個の作品として非常に完成されている。

宮部　テレビでこれが見られた時代は、なんと幸せだったんでしょう。あと、『文五捕物絵図』の登場人物を本当に過不足なく出し入れしてるのが、当時のドラマの見事さだなあと。

北村　ということで、なかなかテレビのシナリオを読む機会もないと思うので。

宮部　アンソロジーに収録されることもないですよね。

北村　宮部さんと松本清張対談をしたおかげで、不思議な縁でこの話になりました。

宮部　今回はいい機会をいただきました。

（於　山の上ホテル　2014.2.25）

『教えたくなる名短篇』に続く

本書に収録した作品のテキストは左記のものを底本として使用し、表記は新漢字・現代仮名遣いとしました。なお、今日の人権意識に照らして不適切と思われる表現が含まれていますが、時代背景と作品の価値を考慮し、そのままとしました。

動物のぞき――『動物のぞき』（新潮社）
デューク――『つめたいよるに』（新潮文庫）
その木戸を通って――『山本周五郎全集第二十八巻』（新潮社）
からっぽ――『ビッグ・ヘッド』（河出書房新社）
まん丸顔――『アメリカ残酷物語』（新樹社）
焚き火――『極北の地にて』（新樹社）
蜜柑の皮――『現代日本文学大系50』（筑摩書房）
馬をのみこんだ男――『ミニ・ミステリ傑作選』（創元推理文庫）
蠅取紙――『20世紀イギリス短篇選（下）』（岩波文庫）
処刑の日――『うまい犯罪、しゃれた殺人』（ハヤカワ・ミステリ）
南島譚――『中島敦全集2』（ちくま文庫）
百足――「小説新潮」二〇一一年一月号
百足殺せし女の話――『思い出し半笑い』（文春文庫）
張込み――『松本清張全集35』（文藝春秋）
武州糸くり唄、若狭　宮津浜――『倉本聰コレクション9　文五捕物絵図（1）』（理論社）

本書は文庫オリジナル編集です。

THE DAY OF THE EXECUTION by Henry Slesar
Copyright © 1960 by The Estate of Henry Slesar
Japanese language anthology rights arranged with
Ann Elmo Agency, Inc. New York,
through Tuttle-Mori Agency, Inc., Tokyo

"The Fly Paper" by Elizabeth Taylor
from The Devastating Boys (Chatto, London, 1972)

宮沢賢治全集（全10巻）　宮沢賢治

『春と修羅』、『注文の多い料理店』はじめ、賢治の全作品及び異稿を、綿密な校訂と定評ある本文によって贈る話題の文庫版全集。書簡など2巻増巻。

太宰治全集（全10巻）　太宰治

第一創作集『晩年』から太宰文学の総結算ともいえる『人間失格』、さらに『もの思う葦』ほか随想集も含め、清新な装幀でおくる待望の文庫版全集。

夏目漱石全集（全10巻）　夏目漱石

時間を超えて読みつがれる最大の国民文学を、10冊に集成して贈る画期的な文庫版全集。全小説及び小品、評論に詳細な注・解説を付す。

芥川龍之介全集（全8巻）　芥川龍之介

確かな不安を漠然とした希望の中に生きた芥川の全貌。名手の名をほしいままにした短篇から、日記、随筆、紀行文までを収める。

梶井基次郎全集（全1巻）　梶井基次郎

「檸檬」「泥濘」「桜の樹の下には」「交尾」をはじめ、習作・遺稿を全て収録し、梶井文学の全貌を伝える。一巻に収めた初の文庫版全集。（高橋英夫）

中島敦全集（全3巻）　中島敦

昭和十七年、一筋の光のように登場し、二冊の作品集を残してまたたく間に逝った中島敦——その代表作から書簡までを収め、詳細小口注を付す。

山田風太郎明治小説全集（全14巻）　山田風太郎

これは事実なのか？　フィクションか？　歴史上の人物と虚構の人物が明治の東京を舞台に繰り広げる奇想天外な物語。かつ新時代の裏面史。

ちくま日本文学（全40巻）　ちくま日本文学

小さな文庫の中にひとりひとりの作家の宇宙がつまっている。一人一巻、全四十巻。何度読んでも古びない作品と出逢う、手のひらサイズの文学全集。

ちくま文学の森（全10巻）　ちくま文学の森

最良の選者たちが、古今東西を問わず、あらゆるジャンルの作品の中から面白いものだけを基準に選んだ、伝説のアンソロジー、文庫版。

ちくま哲学の森（全8巻）　ちくま哲学の森

「哲学」の狭いワク組みにとらわれることなく、あらゆるジャンルの中からとっておきの文章を厳選。新鮮な驚きに満ちた文庫版アンソロジー集。

現代語訳 舞姫
森鷗外 井上靖訳
古典となりつつある鷗外の名作を井上靖の現代語訳で読む。無理なく作品を味わうための語注・資料を付す。原文も掲載。監修＝山崎一穎

こころ
夏目漱石
友を死に追いやった「罪の意識」によって、ついには人間不信にいたる悲惨な心の暗部を描いた傑作。詳しく利用しやすい語注付。（小森陽一）

英語で読む 銀河鉄道の夜（対訳版）
宮沢賢治 ロジャー・パルバース訳
“Night On The Milky Way Train”（銀河鉄道の夜）賢治文学の名篇が香り高い訳で生まれかわる。文庫オリジナル。井上ひさし氏推薦。（高橋康也）

百人一首
鈴木日出男
王朝和歌の精髄、百人一首を第一人者が易しく解説。現代語訳、鑑賞、作者紹介、語句・技法を見開きにコンパクトにまとめた最良の入門書。

今昔物語
福永武彦訳
平安末期に成り、庶民の喜びと悲しみを今に伝える今昔物語。訳者自身が選んだ１５５篇の物語は名訳を得て、より身近に蘇る。（池上洵一）

私の「漱石」と「龍之介」
内田百閒
師・漱石を敬愛してやまない百閒が、おりにふれて綴った師の行動と面影とエピソード。さらに同門の友、芥川との交遊を収める。（武藤康史）

阿房列車 ――内田百閒集成1
内田百閒
「なんにも用事がないけれど、汽車に乗って大阪へ行って来ようと思う」。上質のユーモアに包まれた、紀行文学の傑作。（和田忠彦）

教科書で読む名作 夏の花ほか 戦争文学
原民喜ほか
表題作のほか、審判（武田泰淳）／夏の葬列（山川方夫）／夜（三木卓）など収録。高校国語教科書に準じた傍注や図版付き。併せて読みたい名評論も。

名短篇、ここにあり
北村薫 宮部みゆき編
読み巧者の二人の議論沸騰し、選びぬかれたお薦め小説12篇。となりの宇宙人／冷たい仕事／隠し芸の男／少女架刑／あしたの夕刊／網／誤訳ほか。

猫の文学館Ⅰ
和田博文編
寺田寅彦、内田百閒、太宰治、向田邦子……いつの時代も、作家たちは猫が大好きだった。猫の気まぐれに振り回されている猫好きに捧げる47篇‼

品切れの際はご容赦ください

ちくま文庫

読《よ》まずにいられぬ名短篇《めいたんぺん》

二〇一四年五月十日　第一刷発行
二〇二二年六月十日　第三刷発行

編　者　北村薫（きたむら・かおる）
　　　　宮部みゆき（みやべ・みゆき）

発行者　喜入冬子

発行所　株式会社　筑摩書房
　　　　東京都台東区蔵前二―五―三　〒一一一―八七五五
　　　　電話番号　〇三―五六八七―二六〇一（代表）

装幀者　安野光雅
印刷所　中央精版印刷株式会社
製本所　中央精版印刷株式会社

乱丁・落丁本の場合は、送料小社負担でお取り替えいたします。
本書をコピー、スキャニング等の方法により無許諾で複製することは、法令に規定された場合を除いて禁止されています。請負業者等の第三者によるデジタル化は一切認められていませんので、ご注意ください。

© KAORU KITAMURA, MIYUKI MIYABE 2014 Printed in Japan

ISBN978-4-480-43157-8 C0193